唐宋诗词名家精品类编

唐代合集

万里归心对月明

陈祖美　主编

陈祖美　编著

河南文艺出版社

图书在版编目（CIP）数据

万里归心对月明:唐代合集/陈祖美编著. —郑州：
河南文艺出版社,2015.7(2019.5 重印)
（唐宋诗词名家精品类编）
ISBN 978-7-5559-0192-1

Ⅰ.①万…　　Ⅱ.①陈…　　Ⅲ.①唐诗－诗集　　Ⅳ.①
I222.742

中国版本图书馆 CIP 数据核字(2014)第 295673 号

出版发行　河南文艺出版社
本社地址　郑州市郑东新区祥盛街 27 号 C 座 5 楼
邮政编码　450018
承印单位　河南瑞之光印刷股份有限公司
经销单位　新华书店
开　　本　700 毫米×1000 毫米　1/16
印　　张　25.75
字　　数　416 000
版　　次　2015 年 7 月第 1 版
印　　次　2019 年 5 月第 4 次印刷
定　　价　49.00 元

总　序

◎陈祖美

　　"一树春风千万枝,嫩于金色软于丝。"白居易描绘春日柳条迎风摇曳之态的名句,无形中似乎也道出了唐宋诗词千姿百态的风姿。从公元第一个千年的中后期到第二个千年的末期,在这一千三四百年的历史长河中,唐宋诗词作为人类精神文明的乳汁,她哺育和熏陶过多少人,她的魅力又使多少人为之倾倒,恐怕谁也无法数计。

　　然而,有一个事实却为人熟知,这就是在唐宋诗词作家中,特别是其中的名家如李白、杜甫、李商隐、杜牧、温庭筠、李煜、柳永、苏轼、周邦彦、李清照、陆游、辛弃疾等,且不说在他们生前身后所担荷的痛苦或所受到的物议和攻讦"罄竹难书",更令人难以思议的是,在21世纪的钟声即将敲响之际,竟发生过这样一件事:

　　这得追溯到1998年的国庆佳节前夕。那是一个不似春光胜似春光的金秋时节,四五十位专家学者从四面八方来到河南——唐代诗人李商隐的家乡,出席李商隐学术研究会第四届年会。由于东道主把此事作为一种文化建设对待,更由于成果斐然的诸位李商隐研究专家的莅临,此次年会的成功和人们的热诚是不言而喻的。但作为本套丛书最初的编撰契机,却是出人意料的:由于对李商隐的全盘否定和极力攻伐所引发的一种怅触——那仿佛是一位挺面善的老人,他历数李商隐种种"罪愆"的具体词句一时想不起了,大意则说李商隐是"教唆犯"。他不但自己坚决不读李商隐,也严令其子女远离这个"教唆犯",因此他的孩子都很有出息。听了这番话,有位大学女教师娓娓道出了她心目中的李商隐,而她的话代表了在座多数人的心声。不必再对那位老人反唇相讥,听了这位女教师的一席话,是非曲直更加泾渭分明。尽管这样,上述那种离奇的话,还是值得深思和认真对待的。

刚迈出这个会场的门槛，时任河南文艺出版社编辑的王国钦先生叫住了我，以商量的口气询问：能否尽快搞一本深入浅出而又雅俗共赏的李商隐诗歌类编，以消除由于其作品内容幽深和文字障碍等所造成的对其不应有的误解，甚至曲解……联想到上述那位老人莫名其妙的激愤情绪，王国钦先生的这一建议，显然既是出自编辑出版人员的职业敏感，更是一种难能可贵的社会责任心。人非木石，对这种公益之举岂有无动于衷之理！后来听说，王国钦还想约请那位堪称李商隐知音的女教师撰写一本《走近李商隐》。这更说明作为编辑出版者的良苦用心，并进而激发了笔者的积极性和应有的责任感。

当我回京后复函明确告知愿意参与此事时，随之得到了王国钦大致这样的回音：一两本书难成气候，出版社领导采纳了王国钦以及发行科同人的倡议，计划力争搞成一套丛书，并将之命名为"唐宋诗词名家精品类编"。而且，还随信寄来了较为详细的丛书策划方案。方案显示：丛书除包括唐代的大李杜、小李杜和宋代的柳、苏、李、辛八卷作品集以外，唐、宋各选一本其他著名诗家词人的精品合集。整套丛书一共十本，每本约三十万字。我当即表示很赞赏这一策划，除建议将李清照换成陆游外，无其他异议。而换掉李清照，并不是因为她的作品达不到精品的档次（相反她的各类作品中精品比例比谁都大），只是因为她在中、晚年遭逢乱世，流寓中大部分著作佚失得无影无踪。后人陆续辑得的十多首诗和比较可靠的约五十首词，即使都算作精品，也很难编撰成一本约三十万字的书稿。当然，要是将评析部分写成两三千言的长文，字数达标是不成问题的。但是这样做，一则太长的文字不尽符合丛书"点评"的体例，二则主要是担心不合乎当今和未来读者的口味与需求。而号称"六十年间万首诗"的陆游，人呼"小太白"，其作品总和万数有余，古今无双，选择的余地非常大，容易保质保量。

双方很快达成了共识。在这里，我愿意负责地告诉读者："唐宋诗词名家精品类编"丛书，以创意新颖、方便读者为宗旨。所谓创意新颖，是指本丛书既不排除"别裁"式的分类方法，更知难而进地在全面吃透作品内容的基础上，从"题材"方面分门别类。类似的分类，以往只在有关唐人绝句等方面的多人选集中见到过，像这样既兼顾体裁又着眼于题材的分类，尚属前所未有。本丛书还在每类相同题材的若干作品中，均以画龙点睛的诗句作为小标题，每本书则以该作家作品中的最为警策之句加以命名，于是就有了《黄河之水天上来·李白集》《每依北斗望京华·杜甫集》等一连串或气势不凡或动人情愫的书名。从每集作者作品中选取一句最恰如其分的诗句,用作该集的书名——这一创意本身,无形中体现了出版社对"唐宋诗词名家精品类编"丛书的一种极为独到而又相当可取的策划思路。对整套丛书来说,则力求做到"以其昭昭使人昭昭",也就是说,同类精品都有哪些可以一目了然。由此所派生的本丛书其他方面的特点和适用之处,则在每一本书中都不难发现。

原先没有想到的是,出版社嘱我担任整套丛书的主编并撰写总序。对此,我曾经再三谢辞。直到最后同意忝于此事,其间经历了一个不算短的过程,延缓了编撰时间,使出版社在策划之际尚得风气之先的这套丛书,耽搁了一段时间优势。为了顾及一定的时间效益,我于酷暑炎夏中攻苦食淡,最终亦可谓尽力而为了!

最重要的是选择和约请每一集作品的撰稿人。

丛书的第一本是大李(白),其编撰者林东海先生,早在20世纪七八十年代就沿着李白的足迹进行过考察。这对深入研究李白、了解其诗歌的写作背景及题旨等,洵为得天独厚之优势。20世纪80年代问世的《诗人李白》(日文版)及近期关于李白的新著,无不体现出林东海对这位"谪仙人"研究的深湛造诣。因而编撰"唐宋诗词名家精品类编"丛书中的李白集,对林东海来说是轻车熟路、手到擒来之事;而对读者来说,则将有幸读到一本质量上乘的好书!

至于小李(商隐)诗歌编撰者黄世中先生,我在20世纪90年代初于天涯海角与其谋面之前,已有多年的文笔之交,而且主要是谈及李商隐。仅我拜读过的黄世中有关玉溪生的论著已臻两位数。他对人们所感兴趣的李商隐无题诗尤其研究有素,对李商隐著作的每种版本乃至每一首诗几乎无不耳熟能详,其家传和经眼的有关李义山的典籍,几乎难有与之相埒者。因此由黄世中承担本丛书的李商隐集,可谓厚积薄发,定能如大家所预期的那样,以深入浅出之作,引导人们沿着正确的途径走近李商隐,从思想性和艺术性两方面,说明其独特的价值之所在,从而向广大读者奉献一餐美味而富含营养的精神食粮。

人们所称"小李杜"中的小杜,指的是《樊川文集》的作者杜牧。关于杜牧诗歌的精品类编,之所以约请胡可先先生编撰,是因为早在他到南京师范大学做博士后之前的1993年,就已有专著《杜牧研究丛稿》出版,可谓对杜牧研究有素。同时,笔者自然也联想到曾经拜读过的胡可先的一系列功力颇深的论文。如他提供给中国唐代文学学会第九届年会的关于"甘露之变"与晚唐文学的论文,其中既有惊心动魄之笔,亦有细致入微之文。特别是其中把"甘露之变"对文人心态的影响,以及晚唐诗歌之被目为"衰世之音"的原因所在,剖析得很有说服力。"甘露之变"时,杜牧刚过而立之年。稔悉这一政治和文学背景的胡可先,对杜牧诗歌进行注释和评点自然易近腠理,能于深邃之中探得其诗歌之内涵,弘扬其精华,同时也就消除了人们对杜牧的某种片面理解。

丛书的宋代名家中,柳永的年辈最高,但对其生平事迹和作品系年,后人都曾有重大误解。而浙江大学文学院的吴熊和先生,对此曾做过令人深信不疑的考证和厘定。柳永集的编撰者陶然先生,自然会承桃其业师的这些重大的学术成果,贯穿于自己的编著之中,从而撰成一本甄误出新之作。再者,陶然虽说是这套丛书十位编著者中最年轻的一位,但他有着相当机智精练的语言功底。无论其何种著作,行文中总是既以流丽多姿的现代语汇为主,又不时可见精粹的文言成分,其用语既富表现力,又令人颇感雅洁可读。同时,他作为年轻的文学博士,在其撰著中很善于运用新颖的科学论析方法,兼具宏观把握和微观剖析两方面的优长。表现在此著中,既有对词学源流的总体把握,又能对柳永诗词做出中肯可信的注释和评析。

苏轼是古往今来文学家中最具魅力的人物。选评苏轼诗词精品的陶文鹏先生,则是名声在外的多才多艺之辈。在他相继撰写、出版的多种论著中,有不少是关于苏轼诗词方面的,堪称是东坡难得的知音之一。以其不久前结项的"国家社会科学基金项目"——《中国古代山水诗史》一书为例,关于苏轼的章节就写得特别全面深透。其中不仅有定性分析,还有相当精确的定量分析。在其他各种论著中,陶文鹏不仅对两千六百余首苏轼诗中的精品有所论列,对三百余首东坡词的代表作亦时有画龙点睛之评。在这样的基础上所撰成的本丛书苏轼集,更不时可见出新之笔。比如,书中引述"苏轼诗词创作同步说",以及对《念奴娇·赤壁怀古》中的"故国神游"等句的新解,都体现了苏轼研究的最新学术成果。

从编著者的组成来看,这套丛书最突出的特点是较多女性编著者的参与。人数虽然只有宋红、高利华、邓红梅、陈祖美四位,男女编著者的比例只是三比二,与"半边天"的比例还有些距离。但是请君试想:迄今为止,在有关古典文学作品的类似规模的丛书中,有哪一套书的女编著者或作者能占到这样大的比重?

在这里需要说明的是,编撰本丛书的初衷和着眼点,绝不是单纯地追求女作者的人头优势,主要还是在不抱任何性别偏见的前提下,使每位撰著者的才华和实力得以平等展现!

不妨先从宋红先生说起。她从北大中文系毕业来到人民文学出版社古典文学编辑室不多久,就主持编辑了一本《〈诗经〉鉴赏集》。我在撰写其中《〈邶风·谷风〉绅绎》一文的过程中,宋红在关于泾渭孰清孰浊的问题上提出了很好的建议。后来这篇标题为《借荠菲之采,诉弃妇之怨》的拙文,竟得到一些读者的由衷鼓励,这与宋红的建议有着密不可分的联系。她的才华在相当大的学术范围内几乎是有口皆碑的,这自然也与她所处的学术环境有关。以 20 世纪 80 年代初在出版界出现的"鉴赏热"为例,她所在的古典文学编辑室及时推出了规模可观、社会效益甚好的《中国古典文学鉴赏丛刊》。特别是较早出版的关于唐宋词、汉魏六朝诗歌和《诗经》等鉴赏集,对这一持续了约二十年之久的"鉴赏热",起了很好的导向作用。这期间,宋红在编、撰结合中得到了很实际的锻炼。所以,此次她在编撰本丛书杜甫集这一难度颇大的书稿时,一直是胸有成竹,甚至发现和纠正了研治杜诗的权威仇兆鳌等人的不少疏误。这种学术勇气和责任心是极为难能可贵的。

生在绍兴、长在绍兴的高利华先生,她喝的不仅是当年陆游喝过的镜湖水,而且与这位"亘古男儿一放翁"还有一种特殊的缘分——在她从杭大毕业回到绍兴任教不久,即参与筹办纪念陆游八百六十周年诞辰大型学术活动。这是她逐步走近陆游的一个难得的良好开端。此后每五年举办一次的同类学术活动,自然都少不了她这位陆游研究者的热心参与。直到今天,在她担负着绍兴文理学院中文系极为繁重的教学任务和该校学报执行主编的同时,她的身影还不时出现在陆游的三山故里及沈氏名园之中,进行实地考察、拍照,仿佛仍在时时谛听着陆游的创作心声……这一切,对于高利华正确地解读陆游均有着难以替代的重要作用。体现在她所评的本丛书陆游集中,尤其值得一提的是,在"灯暗无人说断肠"一类中,她是把《钗头凤》作为陆游与其前妻唐琬彼此唱和的爱情悲剧之章收入的。这一点是有争议的。假如她一味按照自己的观点解读此词,无疑是片面的。好在高利华把这首词的有关"本事"及关于女主人翁是唐琬还是蜀妓的历代不同见解,在简短的文字中胪述得清清爽爽,洵可作为有关《钗头凤》词的一篇作品接受史和学术研究史来读。仅就这一点,没有对陆游研究的相应功力和对这位爱国诗人的一颗赤诚之心,是难以做到的。

人们如果很欣赏哪位演员的表演才华,往往夸赞说某某浑身都是戏。我初次与邓红梅先生在一次学术会议上谋面时,就明显地感觉到她浑身都透着活力。等到听了她的发言、看了她关于辛弃疾的文章之后,便感到这种活力远不止表现在触目所见的外形上,更洋溢于其智能、业绩之中。所以在考虑辛弃疾集的编著者时,我便自然而然地想到了这位从江南来到辛弃疾故乡的、极富活力的女博士。当笔者与邓红梅在电话里初谈此事时,她二话没说,仿佛是不假思索地说:"我将写出一个与众不同的辛弃疾!"果然不负所望,她很快将辛弃疾六百余首词中的佳作按题材分为主战爱国词和政治感慨词等十一类,从而把人称"词中之龙"的辛弃疾,由人及词全面深刻地做了一番透视与解剖。这样,即使原先是"稼轩词"的陌路人,读了邓红梅的这一编著,沿着她所开辟的这十多条路径往前走,肯定会离辛弃疾其人其词越来越近,并从中获得自己所渴望的高品位的精神享受。

然而令人痛心的是应了那句"文章憎命达"的谶语,红梅竟在其春秋尚富的2012年离开了我们,我和不少熟悉她的文友都为之痛楚不堪!在她逝世两周年之际,"唐宋诗词名家精品类编"丛书(共十卷)得以重新修订出版。此系每位编撰者有所期待的良机,然而九泉之下的红梅对于她所编撰的辛弃疾集则无缘加以厘定。忝为这套丛书的主编,我有义务联手责编王国钦先生代替红梅料理她的这一学术后事。所以我在肠癌手术尚未痊愈的情况下,通校了辛弃疾集,从而深感红梅堪称辛稼轩的异代知音!她对每一首辛词的"点评"之深湛精到,令我不胜服膺。对于红梅出色"点评"的内容要旨,我未加任何改动。对于我在此次通校中所发现的问题,大致分以下两种情况:一是个别漏校或笔误,诸如"蛾眉"误作"娥眉","吟赏"误作"饮赏","疏"误为"书","金国"误为"全国","谕"误为"喻","询"误作"讯"等,径作改正。二是对于"惟"与"唯",想必红梅曾和我一样理解为此二字必须严格区分,就连"唯一"也必须写作"惟一";"唯"只用于"唯心""唯物"等少数哲学词汇,其他均写作"惟"。然而在红梅去世后问世的《通用规范汉字字典》(商务印书馆,2013 版)"惟"的第二义项与"唯"是相同的。所以我此次通校过的唐代合集和辛弃疾集中所用合乎《通用规范汉字字典》规定的"惟"字义项,都没有改动。

上述未经本人审阅的作者"小传",鉴于笔者了解情况不尽全面,表述又不见得很准确,所以不一定完全得到"传主们"的首肯。但是有一点,即使他们不予认可笔者也要坚持:这就是他们均为治学严谨的饱学或好学之士,对于唐宋诗词的研究尤为擅长。不具备这方面的优势,所撰书稿很容易误人子弟。因为不论是唐诗宋词或唐词宋诗,其老版本都曾存有各种谬误。即使一些很有影响、极受欢迎的选本,当初由于各种条件的限制,也都存在着种种不足之处。没有相应的学识,没有严谨的态度,不加深究,就很难发现问题,很容易以讹传讹。

本丛书的所有编撰者,在这方面都是可以信赖的。而他们的另一共同点是,大都具有与古代诗词名家发生共鸣的文学创作才能。仅就笔者经眼之作来说,比如林东海的《登戏马台》诗云:

> 当年戏马上高台,犹忆乌骓舞步开。
>
> 九里狂沙怜赤剑,八千热血恨黄埃。
>
> 时来竖子功名立,运去英雄霸业摧。
>
> 回首楚宫空胜迹,云龙山外鹤鸣哀。

此系诗人于彭城(今江苏徐州)凭吊项羽之作,其用事、用典何等妙合自然,感慨又何等遥深,早被旧体诗词的行家里手赞为"诗风沉郁,颇似杜少陵之抑扬顿挫"。笔者所拜读过的林东海的其他诗作还有七绝《过邯郸学步桥》、七律《吊白少傅坟》《马嵬坡怀古》等,也都是思覃律精,足见功力之深。

在黄世中只有十五六岁时,他就曾有感于一出南戏对陆游、唐琬爱情悲剧表现之不足,遂写了一个自己心目中的陆唐情深的南音剧本,且作词、谱曲一气呵成,后来又把陆唐之恋编成了电影文学剧本。当他将这一剧本寄到上海海燕电影制片厂后,不久就收到该厂回复的长信,希望他对剧本做一些加工修改以期拍摄。同时,黄世中还把剧本寄奉郭老(沫若)和朱东润先生求教,并很快收到了郭老和朱先生加以鼓励的亲笔回信。笔者不仅细读过黄世中所写的历史小说和颇具规模的散文集,还亲耳聆听过其具有南昆韵味的自弹、自唱、自度之曲,其文艺才能可见一斑。

陶文鹏是新诗、旧诗俱爱,而且几乎是张口就来,出口成章。例如他的一首七律《晚云》:

岁月催人近六旬，经霜瘦竹尚精神。

胸中故土青山秀，梦里童年琐事真。

伏枥犹思腾万里，挥毫最喜绘三春。

何须采菊东篱下，乐在凭栏对晚云。

　　此外，陶文鹏还有一副高亢嘹亮的歌喉，每次在学术会议上总是属于最为活跃的一族。多年来，他一肩双挑，编撰兼及，硕果累累。当然，这一次他将再度奉送给读者一个惊喜。

　　宋红谙悉音律，对旧体诗词的写作堪称得心应手。其长篇五古《咪咪歌》，把她的宠物猫咪写得活灵活现，想必谁读了都得为之捧腹不迭。此诗被识者誉为："神机流动，天真自露。猫犹人也，可恼亦复可爱，以其野性存焉。"

　　在20世纪60年代出生的那辈人中，旧体诗词的爱好者已不多见，擅长者更是凤毛麟角，而毕业于河南大学中文系的王国钦却对此情有独钟。20世纪90年代初，他曾写过一首题为《桂林赴上海机上偶得》的七律，诗云：

关山万里路何迢？鹏鸟腾飞上九霄。

云海涛惊心海广，航空技越悟空高。

却思尘世多喧扰，莫道洪荒不寂寥。

笑瞰人间藏碧水，乾坤一点画中瞧。

　　此诗为老一代著名诗人所看重并为之精心评点："……首联设问，引出壮志凌云；颔联设比，胸怀何其广大；颈联表现一种复杂的矛盾心理；尾联化大为小，小中见大，表现了作者对人间的无限依恋与热爱。作者融天上人间、喜乐忧烦、神话科技于一诗，别具情趣，也别有一种超乎时空的磅礴之气。"王国钦在诗词兼擅的基础上，还从1987年至今摸索、创造出一种新的诗歌形式——度词、新词，并得到当代诗词界人士的广泛称赏。当初他来京商谈丛书编选的诸项事宜时，我因为手上稿事过多等缘故，希望与他一同主编丛书。他诚恳地说：自己可以多承担一些具体的编辑工作，主编还是由社外专家担任，所以只承担了宋代合集的任务。之所以再三邀他负责宋代合集的编选，也正是由于他对宋词的偏爱和对词体发展的不懈努力。

20 世纪 90 年代初,中州古籍出版社曾出版、再版过一本享誉海内外的《当代诗词点评》。在这本厚达六百七十多页的选集中,所有编著者均按长幼顺序排列。排头是何香凝,而高利华是其中最年轻的女编著者——在当时也是旧体诗词界最为年轻的新生代。此书选收了高利华的《浣溪沙·夜出遇雨》《菩萨蛮·雨过索溪向晚戏水》等篇,行家认为其词善于将"陈句融化,别出新意,既富造诣,又见慧心"。其《八声甘州·八月十八观钱江潮》有句云:"叹放翁、秋风铁马,误几回、报国占鳌头。休瞧我,凭栏杆处,欲看吴钩。"此作更被知音者推为:"上片写景,是何等气势!下片怀古,是何等襟期!山阴多奇女子,信哉!"

　　笔者之所以对丛书编著者们如此着意介绍,既不同于孟子所云"知人论世",也与胡仔所谓"知人料事"不尽相同。这里似乎略同于学术领域的"资格论证"和文化消费中的"品牌意识",或者说借重上述诸位的专长和才华,以增加读者对这套丛书的信任感,在假货无孔不入的情势下使精神消费者能够放心。虽说人们对某种"品牌"的喜爱和信任程度,最终要靠"品牌"本身的质量说话;虽然即使声势浩大的"广告",最终也不见能抵得过下自成蹊的"桃李"的魅力,但是还有一种"话不说不明,木不钻不透"的更为通俗和适用的道理——被埋在地下的夜明珠人们尚且看不到它的光芒,而一个新问世的"品牌",多少也需要自我"表白"一番的。

　　本套丛书初版于 2002 年 8 月,之后已陆续重印多次。随着时间的推移,虽然丛书在封面设计、版式设计及印刷质量等方面略显不尽人意之外,但在内容的编选和点评方面却依然值得肯定。因此,丛书的本次重印,除由编选者对内容进行了个别的修订、勘误之外,还由出版社对封面、版式进行了重新设计,将印刷质量进一步提高。同时,本着"把辛苦留给自己,把方便提供给读者"的编辑初衷,丛书又在一些体例方面做了进一步规范。比如对于词牌、词题在目录或引述时的表述方式,无论是在学术界或是在出版界,并无明确而统一的规范形式,所以不同的编选者就不可避免地出现了不同的表述。而这对于一套丛书来说,就出现了体例上不统一的问题。经过多方的交流、咨询和讨论,出版社在修订时提出了统一规范的建议,笔者认为十分必要。

　　具体来说,规范之前的一般表述形式大约分为三种情况:(一)原作既有词牌又有词题:"词牌·词题",如周邦彦《少年游·感旧》;(二)原作只有词牌却无词题:"词牌",如秦观《鹊桥仙》;(三)原作只有词牌却无词题:"词牌(本词首句)",如秦观《鹊桥仙》(纤云弄巧)。

本次规范之后,实际上是把第二、第三种无词题的情况合并为了一种形式,也就是说把原作无词题的情况统一都表述为"词牌(本词首句)",如姜夔《暗香》(旧时月色)。进行这样的规范,起码有这样两点好处:(一)对现在并不太了解古典诗词(尤其是词)表现格式的读者来说,能够将有无词题的作品进行一目了然的区分;(二)对于一般读者和研究者来说,方便对同一作者同一词牌的多首作品进行准确表述及辩识。而出版社的这些建议和规范,恰恰是丛书初衷的自觉践行。作为本套丛书的主编,笔者当然表示尊重和欢迎。

一言以蔽之,这套丛书的最大特点和长处是策划独到、思路新颖,它仿佛为每位编选者提供了一双崭新的"鞋子"。穿上这双"新鞋",是去"走世界"还是到唐宋诗词名人家里"串门子",抑或是像"脚著谢公屐"似的爬山登高,那就该是因编选者各自不同的"心气"而有所不同的事情了。但我可以夸口的是:他们全都没有"穿新鞋走老路"!

初稿于 1999 年 10 月,北京

改定于 1999 年 12 月,郑州—北京

厘定于 2015 年元月,北京

目　录

王朝兴废·天若有情天亦老

悼人伤事·伤心不独为悲秋

友谊天长·一片冰心在玉壶

人心难测·等闲平地起波澜

伉俪情深·曾经沧海难为水

怨女痴想·何处相思明月楼

游子思乡·万里归心对月明

睹物思人·每逢佳节倍思亲

边塞之音·不教胡马度阴山

春花秋月·日出江花红胜火

诗乐谐声·大珠小珠落玉盘

贫者可叹·为谁辛苦为谁甜

编余撷英·一树春风千万枝

前　言

初、盛、中、晚四唐，时运国祚不同，诗人们的命途有别，作品的韵味各异。比如李白的"黄河之水天上来"，显示出大唐气派；杜甫的"每依北斗望京华"，反映出其对盛唐的一副衷肠；杜牧的"烟笼寒水月笼沙"，以清丽哀伤之景衬托六代兴亡之感，此诗被誉为"绝唱"；李商隐的"相见时难别亦难"，倾吐对其意中人的怀想。以上述四句诗命名的四本诗集，均有画龙点睛之妙，代表了大、小李杜各自的创作主调。而这本除大、小李杜之外的唐代其他诗词名家的精品类编合集（以下简称《合集》），则应包容四唐的三四千位作者中的佼佼者、五六万首诗词中的代表作，这对《合集》来说是一个很大的难题。它的编撰履历，大致走过了以下几条大小不同而又不无崎岖的路径：

一　筚路蓝缕　开拓行进

将这本《合集》命名为《万里归心对月明》，是不得已而求其次。因为出自卢纶七律《晚次鄂州》的这句诗，虽然写得很好、很出名，再精当不过地表征出超越时空的游子们耿耿可鉴的思乡之心，但对其他更多题材来说，洵为以偏概全。再如，这本《合集》以最大限度也只注释、点评了一百多位作者的二百八九十题、约三百首诗词，仅为《全唐诗》之九牛一毛。与此相关的是，已经出版或可以出版相应规模的单人精品类选的唐代诗词作者，恐怕不下三五十人。由于"丛书"突出了大、小李杜四人，从而使王孟、高岑、韩柳、元白、刘（禹锡）、李（贺）、温韦以及南唐二主等，一同屈居于《合集》之中，岂不令人为之于心难忍！再比如，这本《合集》评注诗词总约三百首，而仅白居易一人作品就几近三千首，其被收入《合集》者，左不过一二十首。这样一来，如何在遗珠过多的情况下，仍能保持每位诗人词家的庐山真面目，也是摆在这本《合集》面前的首要难题。这一问题假如得不到合理解决，势必会出现类似于鲁迅所批评的那样，把集"悠然见南山"和"金刚怒目式"于一身的陶渊明人为割裂的问题。而这一问题如果解决得适当，或许会收到以少胜多之效。不妨仍以白居易为例——

面对《白香山集》那么多作品，单从入选数量着眼，很难顾及白氏全人，倒不如运用"任凭弱水三千，只取一瓢饮"的方法。这除了在他本人所划分的讽喻、闲适、伤感、杂律等类别的基础上各选取一定的代表作外，更要紧的是，对其珠联璧合的重头篇目，不应畸轻畸重，有所偏爱。这一点，不仅有些类似规模的选本有所不足，就是一些规模相当大的总集，也存在着某种欠缺和遗憾。甚而言之，白居易其人其诗几被"凌迟"。比如，不少人耳熟能详的《唐诗品汇》这一总集，其编选者高棅，才学过人，号称"闽中十子"之一。但其所收录、补充的总共约六七千首的偌大规模的"品汇"中，白诗不仅只选了三十六首，还只选《琵琶行》而未选《长恨歌》，岂不无异于"肢解"了这位"长恨歌主"。因为对《长恨歌》，白氏不啻将其称为压卷之作，还十分自矜自负地说过："一篇《长恨》有风情。"它与《琵琶行》同样被后人誉为"古今长歌第一"。所以对这两首长诗，本《合集》不仅悉加收入，而且还慎之又慎，力求注解准确，点评精当，有所出新。

鉴于白居易在唐代诗人中是首屈一指的多产者，为了对其事功业绩加以充分肯定和揄扬，本《合集》还特意在"伤心不独为悲秋"这一部分中，选用了当朝皇帝唐宣宗李忱的一首题作《吊白居易》的七律。诗云："缀玉联珠六十年，谁教冥路作诗仙。浮云不系名居易，造化无为字乐天。童子解吟长恨曲，胡儿能唱琵琶篇。文章已满行人耳，一度思卿一怆然。"皇帝御笔写诗哀悼一位文人，这本身就是一件不平常的事。加之此诗又写得情真意切，对白居易及其作品作了全面而中肯的评价，特别是颈联"童子解吟长恨曲，胡儿能唱琵琶篇"，冥冥中的白居易也当为之感激涕零！

由此表明，本书最终对白居易不算菲薄。是否可以说，《合集》所遇到的上述难题，已经得到了某种程度的弥补和解决？

二　博采众长　奋袂出新

20世纪80年代以来,是唐代诗词研究的兴盛期,各种论著和选本多不胜数。特别是《唐诗大辞典》和《中国词学大辞典》的相继出版,对唐代诗词的研究和普及工作提供了很大的方便。在这一唐代文学研究蒸蒸日上的背景之下,编选一本像《合集》这样带有普及性的选本,假如完全步武前贤或人云亦云,那将是一件轻而易举的事情。然而,在唐代诗词研究的学术水平已经相当之高的基础上,要想做出自己的贡献,那就是一件难度很大的事情了。对此,不敢自诩为独辟蹊径,也要力求在前人开拓的道路上,留下自己的脚印。

在前人和他人的成果中遨游,凡遇到某种可取之处,在绝大多数的情况下,我并不是原封不动地写到自己的稿本上,而是像品尝美味佳肴那样慢慢地吃下去,变成自己的学术营养。《合集》中对每一首诗词的注释和点评,都有这样一个吸收、消化和力求出新的过程。于是,这一《合集》就大致具备了以下四方面的特点:

首先,多方寻觅前人和时贤的有关精辟之说,做到从善如流。比如,在撰写名诗《春江花月夜》的点评之前,就不止一次地拜读过闻一多、程千帆两位先生的有关论著。对他们的有关高见,一般采取这样两种办法:通俗易懂的就直接加以征引,既能保持其原汁原味,也可杜绝自己的无根之言;对含有生僻字句或典故的文言,一一疏通后再加适当征用。更多的是在保留不同见解的同时,或申说自己的一家之言,或表示赞同某家之说,在行文中力避平淡无味之语。

其次,为了把书稿写得尽量生动一些,以引发读者的兴趣,便想方设法增加每一则"点评"的故事性。有些诗词的"本事",大都具有一定的故事情节,再稍加点染便很容易引人入胜。如崔护的《题都城南庄》和柳氏的《答韩翃》等诗词,之所以能够不胫而走,主要是因为分别有一个"人面桃花"和韩柳悲欢离合的动人故事。再如,在"友谊天长"一类中,所收戎昱《移家别湖上亭》那首小诗,它之所以对后代产生了那么深远的影响,当与其中那个一方面重情爱、另一方面又不夺人之美的曲折"本事"密不可分。虽说不是每一首诗词都有"本事",但尽量使每一则"点评"都写得具有一定的可读性,可说是这本《合集》着力追求和较为突出的特点。

第三，在 20 世纪 80 年代中前期，上海辞书出版社率先推出了一本《唐诗鉴赏辞典》。这部一百八十多万字的大书，在当时产生了非常强烈的轰动效应。1983 年第一次就印刷了四十万册，时隔一年之后的第二次印刷更达到了八十万册。这样大的印数，仍然供不应求。据说，在上海一度要持结婚介绍信才能买到这部书。名不虚传，这的确是一部高水平的唐诗鉴赏集。笔者在当时拜读后就受益匪浅，留下了极为深刻的印象。此次编撰《合集》时，有几首诗稿则借鉴了这部书的有关段落，并且采用的是原文征引、注明出处的办法。在这里之所以破例地搞这种"拿来主义"，是基于这样的实际情况：一则笔者非常欣赏有关文稿的生花妙语，深感自己一时写不出这样的美文；二则这里所征引的都是类似于范文的少而精之作，这不但免去了《合集》读者的翻检之劳，而且也使上述美文再放光彩。

第四方面要说的，是这一小标题的后半部分"奋袂出新"。诚然，"出新"是笔者着力追求的重要目标，但却未必真的"奋袂"。因为在《合集》编撰正较劲的时候，恰值酷暑，身着无袖短衫尚且挥汗如雨，又如何去甩袖子呢？只不过用以说明刻意出新的劲头罢了。现在看来，这方面的功夫没有白花，在具体篇目中既博采众长，也时有与他人不尽相同的、更为贴近时代的新音符。比如在点评《春江花月夜》时，笔者写下了这样一段话：此诗虽然有乐府、古风、歌行等称谓，实际上却是一回事。用今天的眼光看，它就是一首熔景物、哲理和爱情于一炉的、内容健康向上、思绪深沉、旋律优美的通俗歌曲。人见人爱的"月亮"，在这首歌词中出现达十四次之多，真堪称"月亮代表我的心"！又比如关于《长恨歌》，在对此诗的研究中，笔者曾引进白居易早期的一段恋情——在他二十多岁时，曾经爱恋过一个名叫湘灵的少女。她很美，又很重感情，白居易称她为"艳质"和"长情人"。她亲手做了一双精致的鞋子，送给白居易作为定情之物。然而，月下老人没有成全他们，白居易为之不胜感伤。直到三十七岁时，才与一个"清白"人家的女儿结成夫妻。正因为作者曾经有过关于爱情的悲剧性体验，他才能在《长恨歌》中，把李隆基和杨玉环的爱情悲剧写得那么深情动人。可以这样说，在《合集》中对《长恨歌》的点评，是较有深度和颇具新意的。如果不避自夸之嫌的话，那么我还想说，在《合集》中更具新意的是对李煜《相见欢》一词的评点，这也是笔者的悉心研究所得。至于它新在哪里、有何可取之处，读者可以在"曾经沧海难为水"那一类中一目了然，兹不赘述。

三　帝王、薄命女　好诗照样收

在唐朝皇帝中，能写诗的不乏其人。但其诗被收入这一《合集》中的，只有女皇武则天的一首和宣宗皇帝李忱的一首"半"。

说武则天有创新意识，从其弊端百出的朝政方面看，人们可能不无贬义地说她标新立异；而如果从文学方面看，则又仿佛应该另当别论。且不说她在其他诗作中用词、立意时有自出机杼之处，仅以《合集》所收这首《如意娘》来说，不仅诗题作为乐府名称是她首创的，诗中有的词句也是始见于她的笔下。令人不平的是，她的"初创权"竟被一些很权威的工具书归之于比她晚一个多世纪的"大男子"的名下。不仅如此，她的"看朱成碧思纷纷，憔悴支离为忆君。不信比来长下泪，开箱验取石榴裙"这首绝句，其对离思的描写，岂非独具新意！更为令人不平的是，此诗竟被"大男子"骂作："老狐媚甚！"这到底是"打是亲骂是爱"呢，还是一种人身攻击？恐怕不大像是前者。《合集》则是基于对"诗"不对人，遂将这位背着"坏女人"名声，集帝、后于一身的武则天的这首诗，归于"睹物思人"一类。

比武则天称帝晚一百六十多年、庙号宣宗的李忱，史称其"备知人间疾苦"，并谓其在位的大中年间颇"有贞观风"。李忱不仅是一位虚怀纳谏、恭俭勤政、口碑甚好的皇帝，其喜文善诗的秉性，已充分体现于上述那首《吊白居易》的难得的七律之中。在他现存总共不到两位数的诗作中，另外值得一提的"半"首，是指他即位前与一位僧人的《瀑布联句》四句中的后二句："溪间岂能留得住，终归大海作波涛。"关于此联句产生的来龙去脉及其对后世的影响，请看本书最后一部分的作品。尚需再加表白的是，这里之所以选取两位帝王的诗，着眼点与《红楼梦》里的那位贾司塾迥然不同：并不是因为他们的身价高，唯一的原因是其诗值得一读。

以"薄命女"称呼唐代女诗人虽然不尽恰当，或许还有以偏概全之嫌，但从本《合集》所涉及的主要女诗人李冶、鱼玄机等因意外灾祸死于非命的结局看，谓其"薄命"又不无因由。以鱼玄机为例，在她还是一个只有十五岁的女童时，就被宫廷侍从李亿纳之为妾，但又不为其妻所容。李亿一方面要纳妾以满足其私欲，一方面又做不了其"正"妻河东狮吼的主，却把少不更事的鱼玄机做了牺牲品。她最终被逐出李家,只得做了女道士。且不说鱼玄机因心理变态、戕杀侍婢被处决而李亿有不可推卸的罪责,即以她用泪水乃至血肉之躯所结撰的那首《赠邻女》而言,竟招来一些或不着边际、或挖苦攻讦之论。其中,黄周星更以颠倒是非为能事:"鱼老师可谓教猱升木、诱人犯法矣!罪过,罪过。"(《唐诗快》)这不仅是对人不对诗,而且真不知道说这种话的人是否扪心自问过?

比之李冶和鱼玄机,曾被提名为校书郎的薛涛就算很幸运了。本《合集》在"友谊天长"一类所编选的她那首《送友人》,本是一首几乎是上好的七言绝句,有人对它的评语竟是什么"无雌声""妓中翘楚也"等。这些话从表面上看,是在揄扬薛涛及其作品,骨子里却是带有某种性别偏见的似是而非之说,不能完全当作好话来听的。

《合集》尽管与男尊女卑的观念格格不入,但也没有走向另一极端。尽管唐代诗坛上的男女作者原本就不成比例,女作者少得可怜,然而对她们的诗作并没有降格以就,所收作品力求与"精品"二字相称。不论在数量上,还是质量上,既避免遗珠,又宁缺毋滥。

四　大胆不妄为　驳误及其他

对这一问题,拟先从两方面说:一是如何对待权威、前贤关于习以为常的诗句的取舍和理解;二是对一些带有权威性注释的完善、补充和厘定。

关于第一点,可以以王之涣的《凉州词》"黄河远上白云间,一片孤城万仞山。羌笛何须怨杨柳,春光不度玉门关"为例。对此诗,《唐诗三百首》题作《出塞》,并将其置于乐府类。《合集》不从此本,而与其他常见本保持一致,题作《凉州词》编入七言绝句,这是从众的一面。另一面可以说是与众不同,即第四句的首二字,不随大溜作"春风",而作"春光"。需要向读者略作说明的是,这并非笔者在标新立异,而是有理有据的。所谓"有据",是指《全唐诗》卷二五三原文如此;所谓"有理",则正如杨慎所云:"此诗言恩泽不及于边塞,所谓君门远于万里也。"(《升庵诗话》卷二)窃以为以"春光"喻君恩似胜"春风"一筹。因为自然界的春风是可以度过玉门关的,而温暖的"春光"却在万里之外,不及于边塞,所以《合集》此句径作"春光不度玉门关"。另外还可以以对王维《使至塞上》颈联

"大漠孤烟直,长河落日圆"的理解为例。人们尝征引《红楼梦》第四十八回,对香菱所说"想来烟如何直"云云表示赞同或欣赏。其实,这一对"直烟"的疑想,正说明曹雪芹和他笔下的人物香菱缺乏生活实践。因为这里的"烟",并非是荣宁二府的袅袅炊烟,而是指烽火,而烽火则是燃烧时其烟直上的狼粪,所以说王维的诗句是"有理"的。在类似的问题上,《合集》时有与大家权威见解不同之处,斗胆提出,以供读者参酌。

第二点,关于注释问题。虽说关于唐代诗词的注本多不胜数,但本《合集》总共约一千多条注释,没有一条是照抄、照搬的。即使与各家完全相同的注释,也都经过自己的一番查证、咀嚼、消化,最后或对以讹传讹之处有所匡正,或归纳成较为简练准确一点的文字。对各家略有不同的注释,笔者则一定查找个水落石出。对那种意欠完备或各执一词的注释,更是本《合集》的用力所在,这可从以下两种类型中得到证实。一类是对于"禾黍"(见"天若有情天亦老"标题下许浑的《金陵怀古》一诗)的注释。这虽然是一种人们非常熟悉的典事,但是将它梳理完备到现在的地步,着实花费了一番功夫。另一类是对"日出江花红胜火"标题下张志和《渔歌子·西塞山前白鹭飞》一词的注释。以往有征引《入蜀记》和征引《野客丛书》两种完全不同的说法,在笔者一时无所适从的情况下,姑且二说俱引,供读者自酌。

关于"大胆不妄为",笔者最想说的是涉及大权威段玉裁的两件事:一件是有关许浑《咸阳城东楼》颔联:"溪云初起日沉阁,山雨欲来风满楼。"段氏以"阁"与"楼"犯复为由,力主改"阁"为"谷"。殊不知"阁"字是有生活依据的,许浑自注为:"(咸阳城)南近磻溪,西对慈福寺阁。"这样真实对景的风物,将它改掉,敢问划算吗?

另一件是关于白居易《琵琶引》的"幽咽泉流水下滩"一句的"水下滩"三字。这在前人的一些较有影响的版本里,诸如《唐诗品汇》《唐诗别裁集》《全唐诗》《唐诗三百首》等,均作"水下滩",但在今人的一些选本里多作"冰下难"。今人的这种取舍,想必是受了段玉裁下述见解的影响:"白乐天'间关莺语花底滑,幽咽泉流水下滩'。'泉流水下滩'不成语,且何以与上句属对?昔年曾谓当作'泉流冰下难',故下接以冰泉冷涩。难与滑对,难者,滑之反也。莺语花底,泉流冰下,形容涩滑二境,可谓工绝。"(《经韵楼文集》卷八)段玉裁是大家,其言有九鼎之力,但他毕竟是与白居易的思维方式迥不相埒的、书斋中的文字训诂学家和经学家,况且《琵琶引》是七言古诗,无须像律诗那样严格地去要求它的属对。从生活实际来说,泉水从地下流出,水温在摄氏零度以上。凡有泉水之处,即使在冬季,刚流出地面的泉水,不但不结冰,反而更显得热气腾腾。所以这里不拟以段氏之说来修正白居易的诗句,而仍然根据《白香山集》作"幽咽泉流水下滩"。

很显然,这两件事的症结都出在是重内容、重生活依据,还是一味看重字句格式? 这既是涉及文学创作的原则性问题,也与对作品的阐释原则有关,所以不可不据理以辩。

在这一小标题的"其他"问题中,当务之急是要说明:《合集》的最后一组诗词,均无法完全根据本丛书的体例按题材划分,但这些诗词又几乎都是十分脍炙人口的传统名篇,选本中不可或缺,故作为"编余撷英"收入。

在属于"其他"的问题中,还要加以说明的是,《合集》中有少数作品并非出自传统名家之手。这是否与丛书的"名家精品"体例有所龃龉? 这要看怎么理解。如果从实至名归的角度,当你看了马戴的《落日怅望》、崔珏的《哭李商隐二首》(其二)、高蟾的《初落第》等,你也会由衷地称这些作品为"精品"。那么将其作者视为名家,也就顺理成章了。再从另外的视角看,既然有一字之"师",为什么不可以有一首之"名"? "家"有大小,对小家也应给予一定的名分。这也正是在本"丛书"新颖独到思路下,这一《合集》的特点和长处之所在。

《合集》遇到了和《千家诗》类似的难以两全的编排问题。比如《千家诗》只管诗的体裁,不考虑作家先后,宋人被置于唐人之前,同一朝代的更不管谁早谁晚,同一作者反复出现等。《合集》不仅体裁比《千家诗》的只选绝句和律诗,多出了歌行(包括五言、七言和杂言)与词等形式,它更要着重斟酌题材分类,以及在某一类中最有代表性的篇目等问题。这样一来,只能在首先考虑上述问题的前提下,加以兼顾体裁及其他,至于作者的时代先后,只得借书后的《唐代主要诗人词家简介》加以弥补。由此给读者所带来的翻检之劳,令编者深感不安和歉疚。

不言而喻,《合集》还会有不少短处、不足和不应有的谬误! 鉴于目前笔者尚处在当局者迷的状态之下,又限于自己的水平和能力,还不可能达到完美无瑕的境界。但愿读者朋友援之以手,从而共同走近这一境界。我衷心地期待着对

《万里归心对月明》这一拙编的任何批评、建议和修正,尤其是那难以数计的、无时不在思念着家国的莘莘游子!

念天地之悠悠

人生感慨

凉州词①

王之涣

黄河远上白云间②,一片孤城万仞山。

羌笛何须怨杨柳③,春光不度玉门关④。

[注释]

①凉州词:又名《凉州歌》,属乐府《近代曲词》。原是凉州(今甘肃武威)一带的歌曲,唐代诗人多用此调,描写西北边塞风光和战争情景,其中以王翰和王之涣所作最著名。

②黄河远上:一作"黄沙直上"。

③"羌笛"句:意谓羌笛吹奏《折杨柳》曲,声音哀怨,像是在埋怨杨柳,但这是无济于事的。

④春光:一作"春风"。

[点评]

    关于王之涣和这首诗,有一个很有趣的"旗亭画壁"的故事:唐开元年间的一天,王之涣与好友高适和王昌龄在旗亭饮酒,恰遇梨园伶人宴饮,三位私约以伶人演唱各人所作诗篇情形定诗名高下。最后,三位的诗都被伶人演唱过,而演唱王之涣这首《凉州词》的伶人,则是其中最佳者,王之涣为之不胜得意(详见薛用弱《集异记》卷二)。这一记载极其生动传神地说明了这一绝句在当时的广泛影响及其与音乐的密切关系。

    诗中有一处重要异文需加以说明:即第四句之所以取"春光"不作"春风",一则是根据《全唐诗》卷二五三;二则正如杨慎所云:"此诗言恩泽不及于边塞,所谓君门远于万里也。"(《升庵诗话》卷二)笔者以为以"春光"喻"君恩"远胜于"春风"一筹,因为自然界的"风"是可以度过"玉门关"的,这有"长风几万里,吹度玉门关"(李白《关山月》)的名句为证。而象征"君恩"的温暖的"春光",却在万里之外,不及于边塞。况且这样理解的话,此诗又多出了一层感慨和讽喻之意,何乐而不为呢!

石头城①

刘禹锡

山围故国周遭在②,潮打空城寂寞回。
淮水东边旧时月③,夜深还过女墙来④。

[注释]

①石头城:故址在今江苏南京西北清凉山后,是吴国孙权迁都此地后所筑,地势险要,素有"石城虎踞"之称。
②故国:指石头城。
③淮水:指秦淮河。
④女墙:城墙上边呈锯齿形的矮墙。

[点评]

　　此诗当系酝酿于长庆末年,完成于宝历二年(826)作者自和州返洛阳过金陵(今南京)之际,历时约三年。原是名曰《金陵五题》五首怀古诗中的第一首,也是最著名的一首。
　　一组短诗,花费如许时日,仅此亦可见并非寻常之作。事实上,这组诗在当时就为大诗人白居易所激赏。他认为读过此诗,后之诗人再也写不出这种咏怀金陵的佳作了。到了清代,沈德潜所云更叫人信服:"只写山水明月,而六代豪华俱归乌有,令人于言外思之。"(《唐诗别裁》卷二十)这段话的意思是说:此诗有言外之意,它通过对眼前石头城凄凉寂寞景象的描写,抒发了对"六代豪华俱归乌有"的无限伤感。四句诗依次说明"山""水""明月""女墙"依旧,但江山易主,人事全非。今昔盛衰之叹,令人不胜悲慨!

途经秦始皇墓^①

许　浑

龙盘虎踞树层层^②,势入浮云亦是崩。

一种青山秋草里,路人惟拜汉文陵。

[注释]

①秦始皇墓:在今陕西临潼以东,南傍骊山,北临渭水。墓体突兀高大,势入云霄。

②龙盘虎踞:像龙盘曲,像虎踞坐。这里借以形容秦始皇墓的雄伟高大。

[点评]

此诗针对秦始皇的暴政,流露出诗人对秦的灭亡仿佛持有类似于"活该"的诅咒口吻;而"路人"之所以对汉文帝刘恒之墓顶礼膜拜,不仅因为他为人谦和、俭朴,更因为他采取了"与民休息"和"轻徭薄赋"的仁爱政策,以致使社会出现了钱花不完、粮吃不尽的国富民安的景象,后世誉之为"文景之治"。

同样是死,陵墓同样淹没在青山秋草之中,但是人们却加倍地怀念汉文帝,对他的死感到伤感和痛心。不言而喻的是,此诗通过对前朝的褒贬,寄寓了诗人对不同皇帝、不同爱憎的两种态度。同样不言而喻的是,李贺之所以对改朝换代发出"天若有情天亦老"的浩叹,当是对所谓好皇帝和盛世的怀念,许浑写此诗的心情看来也有类似之处。

在狱咏蝉

骆宾王

西陆蝉声唱①,南冠客思深②。

那堪玄鬓影③,来对白头吟④。

露重飞难进,风多响易沉。

无人信高洁,谁为表予心。

[注释]

①西陆:指秋天,似亦兼含作者被禁之囚室西之意。
②南冠:楚国人戴的帽子,这里代指囚徒。深:一作"侵"。
③玄鬓:指蝉。
④白头:作者自指。写此诗时作者未满四十,因含冤坐牢而白了壮年头。

[点评]

唐高宗仪凤三年(678),骆宾王以侍御史之职上书言事,触忤皇后武则天,被诬以贪赃之罪下狱,此诗系在狱中所作。诗前原有一篇长序,慨言作诗之用意——借咏蝉寄托怨愤!

首联以"西陆"对"南冠",既写实又工整;颔联虽系流水对,而以"玄鬓"对"白头",既不乏整饬之美,又不与首联相重,可见诗艺之高。

颈联"露重飞难进,风多响易沉",系对仗工稳的千古名句,它借蝉之"露重"

难飞、鸣声被肃杀的秋风所阻,比喻诗人仕途之艰。尾联进一步表白作者心地之纯粹,他就像居高树而饮清露的蝉一样清白而高洁。

望洞庭湖赠张丞相^①

孟浩然

八月湖水平,涵虚混太清^②。

气蒸云梦泽^③,波撼岳阳城^④。

欲济无舟楫,端居耻圣明^⑤。

坐观垂钓者,徒有羡鱼情^⑥。

[注释]

①诗题又作《岳阳楼》和《临洞庭》。
②虚、太清:均指天空。
③云梦:古代泽薮之名,大致跨有今鄂南、湘北之广袤地区。
④岳阳城:濒于洞庭湖东岸。
⑤端居:平居。
⑥“坐观”二句:系化用《淮南子·说林训》:“临河而羡鱼,不如归家织网。”

[点评]

这是一首干谒诗。诗题中的“张丞相”,以往注者多谓指张九龄;后来有研究者指出,“张丞相”是指张说,诗则作于张说任岳州刺史的开元四年(716)或五年。

诗虽然写得不卑不亢,含蓄有致,但三、四联之干谒求进之意甚明。

今天看来,全诗最可称道的是颔联"气蒸云梦泽,波撼岳阳城",此为描绘洞庭湖的千古名句。

滕王阁诗^①

王 勃

滕王高阁临江渚^②,佩玉鸣鸾罢歌舞。

画栋朝飞南浦云^③,珠帘暮卷西山雨。

闲云潭影日悠悠,物换星移几度秋。

阁中帝子今何在^④？槛外长江空自流^⑤。

[注释]

①滕王阁:在今江西南昌沿江路赣江边。唐显庆四年(659)高祖李渊之子滕王李元婴都督洪州(治所在今南昌)时营建,阁以其封号命名。
②江渚(zhǔ 主):江中的小洲。
③南浦云:即"南浦飞云"。在王勃作《滕王阁诗》并序之前,"南浦飞云"已蔚为一景,并建有供迎送客人休息之用的南浦亭(在今南昌沿江路抚河桥附近,详见《豫章记》)。
④帝子:指滕王李元婴。
⑤槛(jiàn 剑):这里指滕王阁周围的栏杆。

[点评]

　　唐高宗李治上元二年(675)九月九日,重修滕王阁成,洪州都督阎某在此大宴宾客,原拟由其婿撰写阁序以之夸耀。适逢王勃赴交趾探父过此,席间作此诗并序。

因为骈文《滕王阁序》写得辞藻华美,对仗工稳,其中"落霞与孤鹜齐飞,秋水共长天一色"两句,以当时流行的句调,写出前人未道过的景物,最为传诵。全文约一百四十句,几乎句句优美动人。

按说此诗写得也不错,如其中的"闲云潭影日悠悠,物换星移几度秋",已成为形容时序世事变化的著名成语,洵为难能可贵。只是由于诗序写得更为典雅华贵,才造成后来的"喧宾(序)夺主(诗)"之势。

黄鹤楼①

崔 颢

昔人已乘黄鹤去,此地空余黄鹤楼。

黄鹤一去不复返,白云千载空悠悠。

晴川历历汉阳树,芳草萋萋鹦鹉洲②。

日暮乡关何处是?烟波江上使人愁。

[注释]

①黄鹤楼:始建于三国吴黄武二年(223),故址在黄鹄矶头,即今背靠蛇山的武汉长江大桥的武昌桥头。传说仙人王子安(亦有关于费文祎等其他仙人之说)乘鹤由此经过,他飞升后在这里只留下了一座黄鹤楼。

②鹦鹉洲:唐时尚在汉阳西南长江中,后沉没。此地之得名有二说:一说东汉末黄祖为江夏太守时,有献鹦鹉于此洲者,故名;一说写过《鹦鹉赋》的祢衡,被黄祖杀于此洲,因此得名。

[点评]

　　最早而又最为推崇此诗的是宋严羽《沧浪诗话·诗评》："唐人七言律诗，当以崔颢《黄鹤楼》为第一。"宋胡仔《苕溪渔隐丛话》前集卷五引《该闻录》云："唐崔颢题武昌《黄鹤楼》诗……李太白负大名，尚曰'眼前有景道不得，崔颢题诗在上头'。欲拟之较胜负，乃作《登金陵凤凰台》诗。"元方回举李白《鹦鹉洲》诗并品之曰："太白此诗乃是效崔颢体。"（《瀛奎律髓》卷一）稍后辛文房《唐才子传》卷一称：崔"后游武昌，登黄鹤楼，感慨赋诗。及李白来，曰：'眼前有景道不得，崔颢题诗在上头。'无作而去，为哲匠敛手云"。明杨慎不以严、辛之说为然，其在《升庵诗话》卷四说"太白见崔颢《黄鹤楼》诗，去而赋《登金陵凤凰台》"，并认为这是基于"同能不如独胜"的缘故。又说："李太白过武昌，见崔诗叹服之，遂不复作，去而赋《登金陵凤凰台》诗，其乃本如此而已……"清纪昀则认为："崔是偶然得之，自然流出……"《沧浪诗话》的校注者郭绍虞不赞成严羽等人的见解，认为："论甘忌辛，好丹非素。各人所嗜不一，恐亦难得一致的论断。"

　　对这一诗歌"公案"的论述，尚有许多条，但上述几则是有代表性的，它说明一首好诗能引发出多少趣事。这里则拟着重从律诗写作的角度，对崔诗加以解析。

　　同样是诗，古体与律体的结构大有区别。前者好比是近世散文，随意性较大；而后者好比是带韵脚的八股文，有许多讲究。首先全诗的立意不仅要贴题，还讲究起句要接住题面。此诗的第一句不仅接住了"黄鹤楼"三字，还引出了一段有关的神话传说。首联破题谓之"起"，颔联叫"承"，或者"接"，就是要接住首联的意思，承接越密合越好，就像紧紧地抱住那样，即所谓"此联要接破题，要如骊龙之珠，抱而不脱"（杨载《诗法家数》）。颈联需"转"，也就是要避开前联的意思，不仅要转出新意，而且转变要突然、要像疾雷破山那样令人惊愕。以此诗而论，一、二联留给读者的是仙人消逝后的空楼和高不可攀的天际之悠悠白云，这景象给人的感受是伤怀渺茫和前途无望。颈联则令人精神振奋，眼前充满了生机，随着诗人登楼后举目远眺，楼西的晴川乔木和江中鹦鹉洲上茂密的芳草，历历在目。这种种生机蓬勃的景象，自然使人为之心旷神怡，从而"转"出了与上联造成失落感相反的一种赏心悦目的享受，在诗的结构上也造成了必要的波折。这里还有必要指出：有论者把"晴川"说成"既是地名，又令人联想到晴朗的天空下那一望无际的平川"。此说恐难成立。因为第一,晴川、绿树是"历历"在目的实景,不必"联想";第二,在蛇山对面的龟山东端虽有过"晴川阁",但它是明人所建,是取意于"晴川历历汉阳树"之句。这恰恰证明在崔颢的笔下,"晴川"不是地名,也不是双关语。

按照律诗的另一种要求,由颈联翻转了的景象和意向,在尾联还必须收回来,从而"合"到与一、二联相衔接的意思上面。此诗更见功力之处是在翻转中为"合"留下了余地,这就是"芳草萋萋"中所包含的故实,其出处见于《楚辞·招隐士》的"王孙游兮不归,春草生兮萋萋","芳草萋萋"遂成为游子思乡的象征。这样一来恰好与尾联乡关何处、归思难禁的意绪相一致,自然而然地回到了一、二联所渲染的那种时不我与的落拓氛围之中,从而恰如其分地表达了诗人的仕途失意和名声不佳以及羁旅怀乡等情绪所诱发的怅惘之感。看来此诗对于"起承转合"的运用,十分得心应手。至于首联,由于"黄鹤"二字的重复出现等原因,自然与仄起式的平仄要求不合。但这一切并不能抵消它的成功之处,用沈德潜的话说这是一首"意得象先,神行语外,纵笔写去,遂擅千古之奇"的好诗!

左迁至蓝关示侄孙湘①

韩 愈

一封朝奏九重天②,夕贬潮州路八千③。

欲为圣朝除弊事,岂将衰朽惜残年!

云横秦岭家何在,雪拥蓝关马不前。

知汝远来应有意,好收吾骨瘴江边。

[注释]

①左迁:降职。蓝关:即蓝田关,在今陕西蓝田东南。湘:韩湘,字北渚,韩愈侄韩

老成之子。

②九重:帝王所居之处,这里代指皇帝。

③潮州:一作"潮阳",均属今广东。

[点评]

唐宪宗元和十四年(819)正月,凤翔法门寺塔内发现有佛骨。为求长生不老,宪宗命宦官将佛骨迎入宫中供奉,大兴佞佛之风。为刹住此种邪风,韩愈上《论佛骨表》,触怒宪宗,几乎被定为死罪。后被人搭救,才由刑部侍郎贬为潮州刺史。在离京往潮州途经蓝田关时,其侄孙韩湘前来送行,韩愈写了这首诗吩咐后事。

忠而获罪,几乎丧命,无咎被贬,千古奇冤。诗人于悲愤之中奋笔所写此诗中的"云横秦岭家何在,雪拥蓝关马不前"一联,既寓迁谪之感,又有恋阙之意。即景抒情,形象鲜明,意境深远,为历代传诵不已。

西塞山怀古①

刘禹锡

王濬楼船下益州②,金陵王气黯然收③。

千寻铁锁沉江底,一片降幡出石头④。

人世几回伤往事,山形依旧枕寒流。

今逢四海为家日,故垒萧萧芦荻秋⑤。

[注释]

①西塞山:位于今湖北大冶以东的长江边上。

②王濬(jùn 俊):晋武帝时任益州(治所在今四川成都)刺史。

③王气:这里指王朝的气数。

④石头:即石头城,这里曾是东吴都城。

⑤故垒:昔日的堡垒。

[点评]

　　此诗是刘禹锡由夔州调任和州刺史途经西塞山时有感而作,《一瓢诗话》称这首诗为"洵是此老一生杰作"。此话不无道理,至少也是作者咏史诗中的集成之篇。

　　首先,诗中所写虽为晋、吴之战,但却是有关"分久必合"的"天下大势"。西晋的大兵当前,吴末帝孙皓原想以铁锁横江抵挡晋军,然而无济于事。他只好在石头城上打起投降的旗号,从此结束了三国鼎立的局面,华夏大地由分裂归于统一。颔联"千寻铁锁沉江底,一片降幡出石头",是非常精警而工稳的咏史名句。

　　其次,就技法而言,起承转合布置得非常圆熟。比如颈联转折十分自然,用江山依旧衬托金陵六朝的频繁更迭,极为贴题。尾联合到"四海为家日"和"故垒萧萧芦荻秋"上,不仅十分密合,且留有想象的余地,令人感到回味无穷,增强了诗的艺术感染力。

长安晚秋①

赵　嘏

云物凄清拂曙流,汉家宫阙动高秋。

残星几点雁横塞,长笛一声人倚楼。

紫艳半开篱菊静,红衣落尽渚莲愁。

鲈鱼正美不归去^②,空戴南冠学楚囚^③。

[注释]

①诗题一作《长安秋望》。
②鲈鱼句:西晋吴郡(今江苏苏州)人张翰,字季鹰,为人旷达,颇负文名。惠帝时齐王冏为大司马东曹掾。后见天下大乱,知冏必败,因秋风起,思念家乡菰菜、莼羹、鲈鱼脍,遂辞官归吴。齐王冏果败,张翰未被株连,年五十七卒于家中。鲈鱼味美遂成为归思的典故。
③南冠:指囚徒(详见《左传·成公九年》)。

[点评]

　　唐文宗大和七年(833),赵嘏省试落第,羁留长安,欲归不得,诗约作于此时。

　　在一个深秋的拂晓,诗人凭高远望,只见寒云漂流,整个长安呈现出一派深秋的氛围。诗虽字面上称"汉家宫阙",实则指唐朝宫殿。而景色的"凄清",恐怕正是大唐国运衰败的象征和诗人内心悲凉情绪的外化。

　　"残星几点雁横塞,长笛一声人倚楼"一联,句意明畅,易于理解。更由于风调清新、音韵浏亮之故,为历代所传诵。杜牧尝因此联称赵嘏为"赵倚楼"(详见《唐诗纪事》卷五六)。

　　颈联转写近处园林秋景,但见篱边紫色秋菊半开,娴静宜人,而渚中藕莲却红花"落尽",呈现出一派衰败的愁容。

　　尾联引经据典,亟言归乡心切,同时也流露出隐身远祸之念。

经炀帝行宫①

刘　沧

此地曾经翠辇过②,浮云流水竟如何?

香销南国美人尽,怨入东风芳草多。

残柳宫前空露叶,夕阳川上浩烟波。

行人遥起广陵思③,古渡月明闻棹歌④。

[注释]

①炀帝:隋炀帝杨广大业元年至十四年(605—618)在位。在短短的十四年中,除了对外滥兴兵事以及开运河、筑长城等所造成的赋重徭繁、民不堪命外,还大兴土木,造离宫四十余所用以享乐。大业十二年(616)南巡至江都,沉湎酒色,无意北归。两年后,被禁军将领宇文化及等缢死于宫中。行宫:在京城以外,供帝王出行时居住的宫室,这里当指江都(今江苏扬州),隋炀帝曾在此大筑宫苑,且定为行都。
②辇(niǎn 碾):在秦、汉以后特指君王所乘的车。
③广陵:旧郡名,隋朝改称扬州,后又因避炀帝杨广之讳改为江都郡。唐天宝元年复名广陵郡。这里指隋炀帝的行都扬州。
④棹(zhào 照)歌:渔歌。

[点评]

　　这是一首对王朝更迭抱有深沉黍离之悲的诗篇。此诗写的虽然也是王朝的覆灭,但诗人不仅毫无沉痛之感,反而极尽嘲讽之能事,并从而激发了读者的人同此心、心同此理之感——杨广和隋朝的灭亡完全是咎由自取。江山易主，江景依旧——烟波浩渺，古渡月明，渔歌嘹亮；王朝短暂，时空久远，天地幽幽。

　　看到炀帝这处残破的行宫，不由得想到隋朝的灭亡速度，比极易消逝的"浮云流水"还要快，而这正是他坏事做尽、穷奢极欲的必然后果。要想知道"南国"为何美人绝迹、香销人尽，你去看看那满地的芳草就知道了。因为这些在"东风"的吹拂下，生长出的萋萋芳草，正是被杨广作践了的那许多"美人"的冤魂变成的。诗对无辜牺牲者寄予多么深沉的同情，对荒淫无度的隋炀帝又进行了多么淋漓尽致的嘲讽！诗的高度思想艺术性又全都寓于特定的景物之中，自然蕴藉，令人回味无穷。

苏武庙①

温庭筠

苏武魂销汉使前，古祠高树两茫然②。

云边雁断胡天月，陇上羊归塞草烟。

回日楼台非甲帐③，去时冠剑是丁年④。

茂陵不见封侯印，空向秋波哭逝川。

[注释]

①苏武：西汉杜陵（今陕西西安东南）人，字子卿。天汉元年（前100）出使匈奴被扣留，经多年威胁诱降，不屈。后被流放到北海（今贝加尔湖）边牧羊十九年。始元六年（前81），匈奴与汉和好，方被遣回朝。

②茫然：这里是崇高伟岸的意思。

③甲帐：汉武帝所造的帐幕，以甲、乙为次序，饰以各种珍宝，甲帐居神，乙帐自居（详见《汉书·东方朔传》及《汉武故事》等）。

④丁年：指壮年。

[点评]

绰号温八叉、口碑不甚好的温庭筠，对坚持民族气节的苏武却深怀敬仰之意，他凭吊苏武庙而作此诗。

首句系诗人想象苏武见到汉使时百感交集的情形。汉昭帝时，虽然匈奴与汉已经和亲交好，但仍然不想放还苏武。汉使得知苏武尚在，便佯称汉室在上林苑射雁，得苏武系在雁足上的帛书，从而知其在某泽中。于是，匈奴只得承认并放还苏武。可以想见，在漫长的十九年中，苏武吃尽了苦头，无时无刻不想早日回到汉朝，承蒙汉使搭救如愿以偿。他见到汉使时的激动心情，唯"魂销"二字方能真切传神。第二句写苏武庙，以"古祠高树"的肃穆景象，衬托诗人的崇敬心情，堪称情景交融。

颔联之上句写苏武对故国的思念。在带有异域情调的月色中，他目送北雁南飞，直到雁影消失在南天的尽头，可见思念之深；下句写苏武在匈奴的孤寂生活——陇羊归圈，衰草如烟，人何以堪！

颈联转写苏武归来之日，旧时楼台依然，武帝已杳无踪影；回想当年冠盖出使，正值壮年，归来皓首，已届老年。物是人非，令其好不凄然！

尾联出句的"茂陵"代指武帝。苏武完节归来，封侯挂印，武帝却长眠茂陵之墓，永不得见；对句写苏武面对秋水，哭吊先皇的伤感，白发丹心，浩气长存！

代悲白头翁

刘希夷

洛阳城东桃李花,飞来飞去落谁家? 洛阳女儿惜颜色,行逢落花长叹息。今年花落颜色改,明年花开复谁在? 已见松柏摧为薪,更闻桑田变成海。古人无复洛城东,今人还对落花风。年年岁岁花相似,岁岁年年人不同。寄言全盛红颜子,应怜半死白头翁。此翁白头真可怜,伊昔红颜美少年①。公子王孙芳树下,清歌妙舞落花前。光禄池台文锦绣②,将军楼阁画神仙。一朝卧病无相识,三春行乐在谁边? 宛转蛾眉能几时? 须臾鹤发乱如丝。但看古来歌舞地,惟有黄昏鸟雀悲。

[注释]

①伊昔:从前、往日。伊:用于句首作语气助词,与"维"同,如"维昔黄帝"。
②光禄:官名。唐以后成为专管皇室祭品、膳食及接待酒宴之官。

[点评]

《乐府诗集·相和歌辞·楚调曲上》收此首题作《白头吟》;《全唐诗》卷八二题作《代悲白头翁》。这虽然是一首拟古乐府之作,却为历代所酷爱。

关于此诗,魏明安曾作过精致评赏,兹移录于下:

(此)乃刘希夷最为传诵之名篇,作年不可考。此诗用流美之笔触,将哲理之启悟,熔铸于明丽诗境中。初唐歌行,卢照邻、骆宾王之作不免藻绘。此诗纯美流畅,实为力辟新路,下启张若虚之《春江花月夜》。诗中洛阳女儿之伤春意绪,浓郁感人,遥启《红楼梦》中之《葬花词》。"年年岁岁花相似,岁岁年年人不同"二句,将韶光易逝,富贵无常,世事变迁之巨大感喟,融于"花相似""人不同"之强烈对比中,警策异常。《大唐新语》卷八、《刘宾客嘉话录》、《本事诗》附会为"诗谶",谓其舅宋之问爱而欲夺之,遂以土囊压杀希夷。此出传闻未有确据,然可见唐人酷爱之忱(周勋初主编《唐诗大辞典》第 700 页)。

登幽州台歌①

陈子昂

前不见古人,后不见来者。

念天地之悠悠,独怆然而涕下②。

[注释]

①幽州台:又称蓟北楼,故址在今北京西南。作者于万岁通天二年(697)随建安郡王武攸宜北征契丹兵败。陈进言,武不纳,并把陈降为军曹。陈郁郁不得志。其随军所过之幽州是古代燕国的国都,燕昭王是中兴之主,相传曾筑黄金台,置金于台上招纳天下贤俊。陈子昂文才武略兼备却屡遭坎坷,感慨系之,登台放歌而作此诗。

②怆(chuàng 创)然:悲伤的样子。涕下:这里指流眼泪。

[点评]

陈子昂传世的诗歌总共一百来首。从李杜到元白,效仿他的人不仅层出不穷,甚至说他"名与日月悬""合著黄金铸子昂""国朝盛文章,子昂始高蹈"……
这到底是为什么?

看来还是"终古立忠义"之说深中腠理,亦即陈子昂有着以忠义名世的人格
魅力。他原是任侠好施的富家子弟,其读书撰文、从军做官都不是为稻粱之谋。
特别是在其任右拾遗时,直言敢谏,主张予民休息,甚至为民请命;在文风上,人
称"其辞简直,有汉魏之风",这都是其流芳百世的重要原因。另一重要原因,是
诗人继承了《楚辞》的优良传统。以此诗而论,除了与《远游》篇的"惟天地之无
穷兮,哀人生之长勤。往者余弗及兮,来者吾不闻"的思想感情一脉相承之外,
它的成功更在于作者从自己的深切感受出发,道出了封建社会知识分子怀才不
遇的普遍心情,所以才能激发历代知识分子的同感共鸣,作品也就有了强烈的感
染力。至于对陈子昂所抒情感的解释,则有见仁见智的不同说法:有引《独异
记》以其碎琴赠文的故事来揭示此诗的内涵者,可见对其文才的重视,但更多的
是把此诗的写作契机解释为:主帅武攸宜无能,又不纳子昂之武略导致北征契丹
之败,作者失意遂作此诗。如果将上述二说加以综合,即作者的文才武略受到压
抑,在其登幽州台时有感而发。一般作者只是登高望远,而陈子昂不仅看得远,
想得更远,古、今、未来都想到了。古之贤者已成过去,未来的贤者尚未见到,自
己所感受到的只是忠而见疏、义而获罪的不幸遭遇。这怎么能不叫他倍感痛苦
以致涕泪交加呢!

在写作上,此诗用的是歌行体。这种体裁的音节、格律比较自由,五言、六言
并用,富于变化。加之作者能够俯仰古今,大气包容,在辽阔悠远的时空中抒发
自己对历史和未来的思考,所以格外深沉感人!

酬乐天咏老见示①

刘禹锡

人谁不顾老,老去有谁怜。身瘦带频减,发稀冠自偏。废书缘惜眼,多炙为随年②。经事还谙事,阅人如阅川。细思皆幸矣,下此便翛然③。莫道桑榆晚④,为霞尚满天。

[注释]

①乐天:白居易,字乐天。
②多炙:多多烤制肉干。随年:这里指适应老年体衰的需要。
③翛(xiāo 消)然:自由自在的样子。
④桑榆:指日落时余光所在处,即晚暮。这里用来比喻人的垂老之年。

[点评]

刘禹锡与白居易同年,又是诗友,人称"刘白",二人晚年均居洛阳。白居易先给刘禹锡写了一首题为《咏老赠梦得》的诗,诗云:"与君俱老也,自问老何如?眼涩夜先卧,头慵朝未梳。有时扶杖出,尽日闭门居。懒照新磨镜,休看小字书。情于故人重,迹共少年疏。惟是闲谈兴,相逢尚有余。"

刘禹锡得此原唱后便写了上述那首酬赠诗。刘、白二诗均为"咏老"之作,但刘诗显得积极乐观,特别是"莫道桑榆晚,为霞尚满天"二句,所表现的那种老当益壮、自强不息的精神,为历代所广泛传诵和引用。

天若有情天亦老

山房春事二首
（其二）

岑 参

梁园日暮乱飞鸦①，极目萧条三两家。

庭树不知人去尽，春来还发旧时花。

[注释]

①梁园：即兔园，后称梁苑，西汉梁孝王刘武所建，故址在今河南商丘以东。梁孝王好宾客，曾在园中设宴，司马相如、枚乘等曾应召而至，醉舞倾倒。枚乘和后世的江淹均作有《梁王兔园赋》。

[点评]

兔园不仅是当时名人游赏享乐的场所，后世大诗人李白、杜甫等也都有称颂梁园的诗作，可见此园曾盛极一时。但是，岑参与枚乘、李杜不同，他没有去铺陈和想象昔日梁园的繁华景象，而是从眼前的"萧条"写起：头上暮鸦"乱飞"，远处只有"三两"人家……由这种凄凉之景所引发的感慨，自然是吊古诗应有的题意。

出人意料的是，后面的两句不但没有继续写梁园的衰败，映入人们眼帘的反倒是一派绚丽的春色。这一方面照应了题面上的"春事"二字，又以"庭树"和"旧时花"分别与一、二句的"飞鸦""萧条"等作反意关合，正所谓以乐景写哀情倍增其哀。所以沈德潜称许此诗云："后人袭用者多，然嘉州（岑参曾任嘉州刺史，后人因称岑嘉州）实为绝调。"（《唐诗别裁》）看来以擅写"边塞"和"军旅"诗著称的岑嘉州，其吊古伤今之作，同样出手不凡。

春行即兴

李 华

宜阳城下草萋萋^①,涧水东流复向西。

芳树无人花自落,春山一路鸟空啼。

[注释]

①宜阳:县名,在今河南西部、洛河中游。唐代最大的行宫之一的连昌宫,就坐落在宜阳城下。

[点评]

此诗通过城下荒草、涧水横流、花落山空、阒无人迹的描写,把连昌宫的所在地写得荒凉不堪,令人倍生黍离之悲。

李华是元稹的老前辈。根据其生年和大致卒年推断,他的这首《春行即兴》,至少比元稹作于唐宪宗元和十二年(817)的《连昌宫词》早二十年。不仅如此,元稹创作《连昌宫词》时任通州司马,他根本就未到过连昌宫所在地,诗的内容也多是来自传闻的虚拟之说,而李华诗则是身临其境的"即兴"之作。因此我们有理由说,元稹受到李华诗的启发,《连昌宫词》实是对于《春行即兴》诗的敷衍之作。这就是李华此诗的价值所在。

汴河曲

李　益

汴水东流无限春,隋家宫阙已成尘。

行人莫上长堤望,风起杨花愁杀人。

[点评]

诗题中的"汴河",首句的"汴水",也叫"汴渠"。这三者称指的是同一条水,即隋所开的通济渠东段。当年隋炀帝为了南下游览江都,不顾民众死活,兴师动众地开凿了这条通济渠,沿渠筑堤,后称为"隋堤"。堤上种植杨柳,在汴水之滨修建了豪华的行宫,即诗中所谓的"隋家宫阙"。

李益触景生情,将东流汴水的无限春色,与已经颓败不堪的"隋家宫阙"相对比,从而抒发了其今昔盛衰之感。后二句则重在伤今。

乌衣巷①

刘禹锡

朱雀桥边野草花②,乌衣巷口夕阳斜。

旧时王谢堂前燕,飞入寻常百姓家。

[注释]

①乌衣巷:作为诗篇名,它是刘禹锡所作组诗《金陵五题》中的第二首,白居易曾对此不胜"叹赏"。作为地名,它是金陵古城内的一条街道,位于秦淮河以南,与朱雀桥相近。原为东吴着黑衣的军士乌衣营驻地,故名。东晋时,王导、谢安等豪族聚居于此。

②朱雀桥:六朝时金陵正南朱雀门外横跨秦淮河的大桥,是当时的交通要道。故址在今南京镇淮桥东。

[点评]

　　此诗的写作经过,与前首《石头城》相同,但取景却迥然有别。前者从大处着眼,以山、水、明月等自然景观之永恒,对比世事之巨变;后者从小处着笔,以"野草花"生发沧桑之感。"旧时王谢堂前燕,飞入寻常百姓家。"这是历代传诵的名句,意谓豪族华堂成了普通百姓之家。一只小小的燕子寄寓了作者多么深沉的历史浩叹啊!

焚书坑①

章　碣

竹帛烟销帝业虚②,关河空锁祖龙居③。

坑灰未冷山东乱④,刘项原来不读书⑤。

[注释]

①焚书坑:指当年焚书遗址,相传在今陕西西安临潼骊山下。

②竹帛:原是古代的书写材料,此处借指被焚毁的各种书籍。

③祖龙:指秦始皇。

④山东:指华山以东。
⑤刘项:指推翻秦王朝的起义军领袖刘邦和项羽。

[点评]

公元前213年,秦始皇采纳丞相李斯的建议,下令焚毁《秦记》以外的列国史记,对私藏的《诗》《书》等也限期交出烧毁,而且谈论者处死,以古非今者灭族。次年,又将攻击秦始皇的方士和儒生四百六十多人坑死在咸阳。

章碣应进士试往返长安时,凭吊焚书坑而作此诗。首句意谓秦王朝咎由自取,焚书后其暴政"帝业"也随之灰飞烟灭,化作子虚乌有。次句的"关河"犹关防,亦即险关要塞。秦地素有倚山带河之险,但却无助于祖龙的统治地位,难免江山易主。第三句举重若轻,既道出了历史的必然规律,又再一次补足首、二之句意。秦始皇原想以"焚书"来巩固其文化专制,不承想适得其反,"焚书"的灰烬还没有冷却就招致了天下大乱! 史实是嬴政死后第二年,大泽乡陈胜首举义旗。此时离焚书之日,只不过短短的四个年头。

此诗最妙的是第四句,在引人发笑的同时也催人泪下! 封建统治者为了推行愚民政策,往往把读书人作为整治和弹压的对象。以秦王朝而论,认为经过"焚书坑儒"它就可以长治久安了。殊不知,最终起来推翻它的倒是并非正经读书人的刘邦和项羽!

这首小诗之所以特别耐人寻味,就在于作者采用了别具一格的艺术手法。除了首句夹叙夹议、叙议精警、虚实绾合、自然得体外,整篇则以揶揄调侃之笔,抒写"万古凄恻"之事。这不仅使此诗别具深意和韵致,对倒行逆施者而言,笑声比骂声更可怕。

台　城^①

韦　庄

江雨霏霏江草齐,六朝如梦鸟空啼^②。

无情最是台城柳,依旧烟笼十里堤。

[注释]

①台城:本是三国吴后苑城,改建后为东晋、南朝台省即中央政府及皇宫所在地,故称台城。故址在今南京鸡鸣山以南,唐代时尚有部分遗址。五代时因修金陵城,台城遗址遂废。

②六朝:这里指皆建都于建康(今南京)的吴、东晋和南朝宋、齐、梁、陈。

[点评]

　　此诗的题目也被称为《金陵图》,但却是一种误解。韦庄另有一首题画诗叫作《金陵图》,这一首的题目确应为《台城》。因为诗是要写"六朝如梦"之事,而曾两度被攻陷的台城,洵为历史兴衰的最好见证,题面与内容卯榫相合。此诗之题,非"台城"二字难属。

　　诗中虽有江畔的蒙蒙细雨、绿草如茵,长堤上杨柳依依、鸟儿鸣啭等美好景致,但这不是一首写景诗。美景在这里不仅只是一种陪衬,二、三句中的"空"和"无情"等字眼儿还把它推向了人的对立面,因为景致越美好,"台城"就显得越破败。自然界的风景依旧,而"台城"却几度兴废。人世间就像一场梦,转瞬之间多次改朝换代。眼下的唐朝也难免重演"六朝"悲剧,离亡国已经不远了。想到这些,诗人黯然神伤。但堤上杨柳依旧充满生机,仿佛一点也不理解人的伤感,故云其"无情"。总之,这是一首借生气勃勃之景,抒发衰败无望之情的、别具一格的咏史诗。

述国亡诗①

花蕊夫人

君王城上竖降旗②,妾在深宫那得知?

十四万人齐解甲③,宁无一个是男儿④。

[注释]

①此诗录自《全唐诗》卷七九八。

②君王:指五代时后蜀国君孟昶,公元 934 年至 965 年在位,乾德三年降宋,死于开封。

③解甲:原指卸去衣甲,这里指投降。

④宁无:一作"更无"。

[点评]

　　关于此诗作者有两种说法。一说原是后唐王姓承旨咏前蜀王衍出降的"蜀朝昏主出降时,衔璧牵羊倒系旗"之句,后人据之改易而成,并非孟昶妃所作;一说宋太祖平后蜀,花蕊夫人被俘,问她有何诗作,遂口占一绝"君王城上竖降旗"云云(详见《后山诗话》)。《历朝名媛诗词》中此诗题作《口占答宋太祖》。《一瓢诗话》评曰:"何等气魄,何等忠愤! 当今普天下须眉,一时俯首。"

蜀先主庙^①

刘禹锡

天下英雄气，千秋尚凛然。

势分三足鼎，业复五铢钱^②。

得相能开国，生儿不象贤^③。

凄凉蜀故妓，来舞魏宫前。

[注释]

①蜀先主：即刘备，卒于夔州白帝城(治所在今重庆奉节以东)，后人建庙于此。
②五铢钱：汉武帝元狩五年(前 118)，罢半两钱，始铸五铢钱。王莽篡汉时五铢
钱被罢废，光武帝刘秀将此钱恢复。后来魏晋六朝都曾铸五铢钱。此诗题下作
者自注："汉末童谣：'黄牛白腹，五铢当复。'"此句意谓刘备也像光武帝一样，有
振兴汉室之雄心。
③象贤：效法、学习先人之贤德。

[点评]

　　唐穆宗长庆二年至四年(822—824)，刘禹锡任夔州刺史，此诗当作于这段
时间。

　　这首诗是刘禹锡五律中的佼佼者，备受历代称赞。清纪昀云："起二句确是
先主庙，妙似不用事者。"这是指"天下英雄"四字，原是出自《三国志·蜀志·先
主传》：曹操对刘备说："今天下英雄，惟使君与操耳。"嵌入诗中严丝合缝，堪称
使事无迹。不仅如此，接下去的三句从不同方面进一步赞颂了刘备的千秋功业，

抒发了诗人的敬仰之情。

颈联的出句"得相能开国",是进一步赞颂刘备的用人之明,他三顾茅庐躬请诸葛亮出山为相,建立了蜀汉的大业;对句的"生儿不象贤",是反意相对——与贤相孔明不同,其子刘禅(小字阿斗)竟是一个扶不起的亡国之君。

尾联"凄凉蜀故妓,来舞魏宫前",实际上是隐括了这样一个令人沉痛的历史故事:阿斗做了魏国的俘虏后,被封为安乐公,迁至洛阳。一次司马昭为刘禅设宴,为他表演蜀国的歌舞。他人皆为之不胜感伤,刘禅却嬉笑自若,竟说出"此间乐,不思蜀"这样的昏话。从这个故事里,读者不难体味,字面上说的虽然是阿斗的行径,但唐穆宗李恒又何尝不是一个像阿斗一样的昏庸无能之辈!所以,此诗名为吊古,实在伤今。

金陵怀古

刘禹锡

潮满冶城渚①,日斜征虏亭②。

蔡洲新草绿③,幕府旧烟青④。

兴废由人事,山川空地形。

《后庭花》一曲⑤,幽怨不堪听。

[注释]

①冶城:相传春秋时吴王夫差(一说三国吴)冶铸于此,故名。故址在今南京朝天官一带。

②征虏亭:东晋征虏将军谢石之兄谢万曾送客于此。故址在今南京玄武湖北。

③蔡洲:在今江苏江宁西南十余里的江中,像是一艘战舰,历史上此处曾有驻军。

④幕府:山名。东晋元帝时丞相王导建幕府于此山,因以为名。在今南京东北长江边上,形势险要,东晋时为建康(今南京)门户。

⑤《后庭花》:即《玉树后庭花》,乐府吴声歌曲名,南朝陈后主陈叔宝作,内容系赞美其妃嫔姿色等宫闱腐朽生活。陈朝不久为隋所灭,此曲被后人视为亡国之音。

[点评]

刘禹锡于宝历二年(826)由和州返洛阳,途经金陵(今南京),凭吊有关古迹而作此诗。

首联写诗人为寻访冶城而来,正值潮水上涨。这个当年盛产吴刀、吴钩的冶城,如今淹没在一片汪洋之中。除了满目风涛,诗人一无所见。于是他又来到了征虏亭——这个当年豪门大族设宴送行的所谓祖饯之地,如今只有一抹斜晖,好不令人凄凉!

颔联意谓"蔡洲"和"幕府"作为自然景观,依然新绿遍地充满生机,山青地险雄视大江。但当年驻军和取胜于此的东晋王朝,却早已被南朝宋所取代,正所谓风景依旧、江山易主!

依照律诗规则,颈联由实转虚,亦即由描写景致转为抒发议论。所谓"兴废由人事,山川空地形",就是说只凭山川险要不能保障国家长治久安,王朝的兴废完全取决于统治者所奉行的朝政国策。这既是一种进步的历史观,也为下联的咏叹留下了充足的空间。

在诵读此诗以前,一见到"后庭花"的字样,往往首先联想到杜牧《泊秦淮》一诗的"商女不知亡国恨,隔江犹唱后庭花"之句。虽然刘、杜诗中的"后庭花"都是指《玉树后庭花》,但刘禹锡生在中唐,早于晚唐诗人杜牧三十多年。应该说勇于革新的刘禹锡更有政治预见性,是他首先借这一曲亡国之音向沉溺于声色的中唐统治者进行讽劝。可悲的是刘、杜均枉费了苦心,李唐王朝的末代子孙终于步陈叔宝的后尘,葬送了大唐王朝。诗人正是基于对江山社稷的一片忧虑之心,才从预兆着亡国的《玉树后庭花》的靡靡之音中,听出了"幽怨"之声,遂使这首怀古诗具有了很强的现实针对性。

金陵怀古

许 浑

玉树歌残王气终①,景阳兵合戍楼空②。

松楸远近千官冢,禾黍高低六代宫③。

石燕拂云晴亦雨④,江豚吹浪夜还风⑤。

英雄一去豪华尽,惟有青山似洛中。

[注释]

①玉树歌:即被称为亡国之音的《玉树后庭花》。王气:指王朝的气运。

②景阳兵合:指南朝陈祯明三年(589),隋兵南下攻占台城,合兵南朝陈之景阳殿,陈后主与其张、孔等妃子被俘,陈遂灭亡之事。

③禾黍高低:禾黍,语出《诗序》:"黍离,悯宗周也。周大夫行役至于宗周,过故宗庙宫室,尽为禾黍,悯周室之颠覆,彷徨不忍去而作是诗也。"对于《诗·王风·黍离》的主旨,至今尚有多种不同看法。但历代治《诗》者,多沿用《诗序》的上述看法,文人墨客慨叹王朝盛衰兴废,又常常引用《黍离》或《诗序》的有关成句,"黍离"或"禾黍"便积淀了或亡国之痛、或吊古伤今的内涵。"禾黍高低"所沿用的正是吊古伤今之说。

④石燕:相传产于零陵的形状如燕的石块,遇风雨则飞舞,雨止还化为石。

⑤江豚:我国长江中所产的一种哺乳动物。据说样子像猪,常在浪间跳跃,遇风则起(详见《南越志》)。

[点评]

　　此诗约作于大和八年(834)前后。它不仅是许浑的传世名篇之一,而且在诸多《金陵怀古》的同题吟咏中,此首洵为"涵举一切,不专指一代一事"的"浑写大意"(详见俞陛云《诗境浅说·丁编》)之作。换言之,此首堪称"金陵"怀古诗的集大成之作。

本诗中较费解的是颈联。此联至少有三种不同的理解:一是将"石燕"和"江豚"看成英雄般的形象;二是针对唐季衰世、藩镇跋扈,托兴风雨;三谓"颈联当赠远游者,似有戒慎意"。对第一种说法笔者尚不理解——"石燕"幻化似妖、"江豚"兴风作浪,怎么会是英雄所为呢?我们赞成将"戒慎意"和托兴风雨的"警示说"联系起来,理解成与许浑的另一名句"山雨欲来风满楼"之意蕴差同。

咸阳城东楼①

许 浑

一上高城万里愁,蒹葭杨柳似汀洲②。

溪云初起日沉阁③,山雨欲来风满楼。

鸟下绿芜秦苑夕④,蝉鸣黄叶汉宫秋。

行人莫问当年事,故国东来渭水流。

[注释]

①诗题亦作《咸阳城西楼晚眺》,又作《咸阳西门城楼晚眺》。咸阳:秦朝都城,汉朝改称长安,故址在今陕西咸阳东北,在唐朝隔渭河与新都长安相望。

②蒹葭:芦苇一类的水草。汀洲:水中的小洲。

③此句"阁"字下作者自注:"(咸阳城)南近磻溪,西对慈福寺阁。"可见"阁"字是有生活依据的。而段玉裁《与阮芸台书》则谓"阁"与"楼"犯复,力主改"阁"为"谷",此说似不足取。

④芜:丛生的杂草。

[点评]

　　唐宣宗大中三年(849),许浑在朝任监察御史,诗当作于此时。

　　这首诗的主旨可谓"怎一个愁字了得"! 四联中虽然只有首联的出句带"愁"字,实际上全诗写了既相关联又不尽相同的四种愁:

　　首联写的是乡愁。登高望远此系人之常情,况且"万里愁"指的正是离家万里的乡愁。此联的对句意谓:眼前的"蒹葭杨柳"类似于我家乡的"汀洲"。许浑虽然成年后才移家京口(今江苏镇江)丁卯涧,但对那里很有感情。且不说"汀洲"指的就是"涧"字,他将其诗集以"丁卯"名之,可见诗人的这种乡情有多深!不仅如此,"蒹葭"二字更能说明问题。此二字出自《诗·秦风·蒹葭》:"蒹葭苍苍,白露为霜,所谓伊人,在水一方。"因而"蒹葭之思"(省称"葭思")常用作对人的怀念之语,可见诗人所怀念的更有"在水一方"的"伊人"!

　　颔联写的是一时难以名状的愁绪,用现在的话说类似于"预悸"。这一联的对句"山雨欲来风满楼"之所以脍炙人口,一则写景传神,令人有身临其境之感;二则寓意遥深,气势兼备,且将人们在一种特定环境之下"忧愁风雨"的心理形象化了。在经历过政治风暴的读者心中,它又是危机四伏的政局的象征。所以这一联写的主要是对时局和前程的预感和忧虑。

　　颈联通过对绿芜遍地的秦时禁苑和黄叶满林的汉时深宫的描写,怎能不令人发思古之幽情? 所以这一联重在吊古。

　　《丁卯集》中未见古诗,可见许丁卯专攻律诗,且以属对整密、格律圆熟著称。以此诗尾联而论,所抒发的"行人"伤今之愁,恰恰合到首联的同一个人的愁绪上。因为对"行人"不能理解为走路的人,而是专指游子,也就是作者自指。

经五丈原^①

温庭筠

铁马云雕共绝尘^②,柳营高压汉宫春^③。

天清杀气屯关右^④,夜半妖星照渭滨。

下国卧龙空寤主,中原得鹿不由人。

象床宝帐无言语,从此谯周是老臣^⑤。

[注释]

①五丈原:古代地名,在今陕西岐山南斜谷口西侧。

②铁马:原指自己有铁甲的战马,后来也借喻雄师劲旅。云雕:犹云旗,指画有熊虎或老雕的旗帜,且高至云端,故曰云旗或云雕。

③柳营:可泛指军营,但这里是细柳营的省称。细柳:原为地名,在今陕西咸阳西南渭河北岸。西汉文帝时,周亚夫将军驻于此地。文帝亲往劳军,被甲士所阻不得驰入,后因称军营纪律严明为“细柳营”(详见《史记·绛侯世家》)。

④关右:即关西,汉、唐时泛指函谷关或潼关以西的地区。

⑤谯周:三国巴西西充(今四川阆中西南)人,字允南,善书札,通经学,官至蜀汉光禄大夫。炎兴元年(263),劝蜀主刘禅降魏。他本人入晋,官至散骑常侍。

[点评]

公元234年,蜀汉诸葛亮伐魏,出斜谷,驻军五丈原,与魏兵相持百余日后,病卒于此。温庭筠经过五丈原时,叹惋诸葛亮而作是诗。

诗的前四句抒写蜀汉军威、春秋景致及诸葛亮的赍志而没,表达了作者无限痛惜的心情。后四句夹叙夹议,唤起了人们沉痛的历史感:诸葛亮受先主托孤之重,尽全力辅佐刘禅,然而他是一个扶不起来的"阿斗",竟宠信佞臣谯周。诗中把谯周称为专指诸葛亮的"老臣",人称这种讥讽比痛骂更有力,甚是。

渡中江望石城泣下①

杨 溥

江南江北旧家乡,三十年来梦一场。

吴苑宫闱今冷落,广陵台殿已荒凉。

云笼远岫愁千片,雨打归舟泪万行。

兄弟四人三百口②,不堪闲坐细思量。

[注释]

①此首一作李煜诗,非是。

②兄弟四人:亦与杨溥事合,而李煜入宋时尚有兄弟六人。

[点评]

马令《南唐书》卷五将此诗系于李煜名下,虽将诗之本事说得煞有介事,但资料却是来自《江南野史》(卷三)。而夏承焘根据郑文宝《江表志》及《四库全书总目提要·江表志》和《五周故事》(卷上)等载籍,确认"此是杨溥诗无疑"(详见《南唐二主年谱》),兹从之。诗写得极为沉痛伤感,将其归于"天若有情天亦老"这一类,再恰当不过。

金铜仙人辞汉歌并序

李 贺

魏明帝青龙元年八月①,诏宫官牵车西取汉孝武捧露盘仙人,欲立置前殿。宫官既折盘,仙人临载,乃潜然泪下。唐诸王孙李长吉②,遂作《金铜仙人辞汉歌》。

茂陵刘郎秋风客③,夜闻马嘶晓无迹。画栏桂树悬秋香,三十六宫土花碧④。魏官牵车指千里,东关酸风射眸子。空将汉月出宫门,忆君清泪如铅水⑤。衰兰送客咸阳道⑥,天若有情天亦老。携盘独出月荒凉,渭城已远波声小⑦。

[注释]

①青龙元年:应为三国魏景初元年(237)。

②诸王孙:皇帝之子除继位者外,其他被封王的统称诸王。李贺,字长吉,他是唐朝宗室之后代,故自称"唐诸王孙"。

③刘郎:指汉武帝刘彻,因其写有《秋风辞》,又葬于茂陵(今陕西兴平东北),李贺别出心裁地称其为"茂陵刘郎秋风客"。

④土花:青苔。

⑤君:指铸造金铜仙人的汉武帝。铅水:铜人所流的眼泪。

⑥客:指铜人。

⑦渭城:秦国的都城咸阳,汉代改称渭城,在此诗中二者均代指长安。

[点评]

这是一首有史可稽的咏叹诗。从题面所指来看,写的是汉武帝曾在长安建章宫立神明台,台上铸有手捧铜盘承接露水的"金铜仙人"。汉武帝晚年迷信方士,以为饮用了这种和着玉屑的仙露可以长生不老。他的这种昏愚之想理所当然地破灭了,他树立的仙人也被曹操的孙子曹叡(庙号魏明帝)诏令拆除并遣离都城。这件事本身对李贺来说,洵为看《三国》掉眼泪——替古人担忧。那么此诗又为何写得这么动情感人?一个并无生命的铜人在诗人笔下又为何能这样活灵活现呢?

原来这里渗透着作者的一段任凭铁石心肠也要为之鼻酸的身世之戚——一个"少年心事当拿云"的有志之士,竟被所谓的名讳葬送了一生的前程!当李贺仕进无望、京城已无他的立锥之地而不得不悲愤交加地离去时,这个"潸然泪下"的铜人的一切感受,岂不就是李贺内心悲苦的外化!在这里,铜人也就变成了有血有肉的生命。不仅将其拟人化在所必然,诗中的其他异想奇语,也都不足为怪了。

诗的前四句意谓:一心想长生的刘郎,到头来不仅他本人成了历史的匆匆过客,后人也难免于黍离之悲,当年豪华的宫殿只留下碧绿的苔藓一片。接下去的四句,字面上写的是"仙人临载"时的感受,但它的眸子所感受到的酸风和流出的铅水,又何尝不是诗人的类似遭遇呢!最后四句中的"天若有情天亦老",意谓假如上天也有感情的话,在它经历了这种人世沧桑和王朝盛衰的巨变之后,也会显得容色衰老,令人目不忍睹。所以,这一句从内容上成了代表王朝兴废和人世沧桑的名言。从形式技巧上,也被称为"奇绝无对"。多少年后,才有人巧妙地对之以"月如无恨月长圆",遂成为文学史上著名的典故。

摊破浣溪沙①

李 璟

　　菡萏香销翠叶残②,西风愁起绿波间。还与韶光共憔悴③,不堪看。　　细雨梦回鸡塞远④,小楼吹彻玉笙寒⑤。多少泪珠无限恨,倚阑干⑥。

[注释]

①此词调名又作《南唐浣溪沙》《添字浣溪沙》等。摊破:唐宋曲子词中术语,又叫"摊声",指乐曲节拍的变动所引起的句法和协韵的变化。
②菡萏(hàn dàn 汉但):荷花的别称。
③韶光:这里比喻美好的青春时期。
④鸡塞:泛指边地。
⑤"小楼"句:意谓曲子吹奏到最后,因时间长、次数多,水汽使笙簧潮湿而不应律,须以微火烘之使其由"寒"变暖。
⑥倚阑干:一作"寄阑干"。

[点评]

　　此词当系针对社稷之虑而发,这从陆游《南唐书·冯延巳传》中亦可以悟出李璟词寄意遥深的道理:冯延巳《谒金门》有"风乍起,吹皱一池春水"句。中主云:"吹皱一池春水干卿何事?"冯对曰:"未若陛下'小楼吹彻玉笙寒'也。"有释者认为,此系冯延巳奉承李璟。其实不然,"干卿何事"的诘问,说明李璟主张作词要与家国社稷休戚攸关、要有寓托。正因为当时的南唐已"衰败不支,国几亡,稽首称臣于敌,奉其正朔以苟岁月,而君臣相语乃如此"。陆游的这一见解,可作为解读此词的一把钥匙。持类似见解的,还可以上溯下推到王安石、李清照、陈廷焯和王国维。

　　词的前半阕,字面上是说一个思妇看到荷衣零落,想到时光流逝,红颜将老,实际寓有作者对国势日颓而又无力挽回的焦虑,这就是王国维所说的迟暮之感。李清照说:"小楼"句是"亡国之音",并不是说已经亡国,而是指词中有一种哀艳凄恻的情调,亦即陈廷焯所云:"沉之至,郁之至,凄然欲绝。"这种沉郁、凄然的心情,不仅仅是在怜悯一个思妇,更不必拘泥于针对某一句,而主要是对国祚的忧虑所致。

　　总之,此词寄意遥深,旨在伤时悼乱,不是一般的叹别念远之作,更不是像马令《南唐书·谈谐传》所云此词是赠金陵妓王感化的,而是李清照《词论》所说的"亡国之音",或者说是托之艳语的社稷之虑和忧患之思。

伤心不独为悲秋

悼人伤事

题长安壁主人

张　谓

世人结交须黄金，黄金不多交不深。

纵令然诺暂相许，终是悠悠行路心。

[点评]

　　此诗是对中晚唐社会人心不古、世风日下现状的讽刺和针砭。但读之深感"殷鉴"不可废，至今仍有"量己知弊"（庚亮语）、"扪心自问"的深刻现实意义。

　　不是吗？本来应该是治病救人的"白衣天使"，有些却不是"对症"而是针对"红包"而"下药"；本来应该是公事公办的交道，却往往要在豪奢的宴席上，大唱什么"交情浅舔一舔，交情深一口闷"的所谓"祝酒歌"……眼下在难以数计的"民歌""民谣"中，恐怕有相当一部分是值得那种"天天醉"的"公仆"们深长思之的。而将此类弊端归咎于"悠悠行路心"，乃至"人心不如水"当不谓无识。

上汝州郡楼^①

李　益

黄昏鼓角似边州^②，三十年前上此楼。

今日山川对垂泪，伤心不独为悲秋^③。

［注释］

①汝州：今河南省直管市之一，辖境相当于今河南北汝河及沙河流域。

②鼓角：古代军中用以报时或发号施令的鼓声和号角（详见《文献通考·乐考十一》）。

③悲秋：语出宋玉《九辩》："悲哉秋之为气也，萧瑟兮草木摇落而变衰。"

［点评］

　　此诗约作于唐德宗贞元二十年（804），那是李益平生第二次登上汝州郡楼之际。令他感到奇怪的是："汝州"地处中原腹地，黄昏登楼，为什么会听到他一向熟悉的边塞军旅中的鼓角之声呢？这是"三十年前"他第一次登临此楼时不曾有过的呀！答案尽在不言中。原来，在德宗建中四年（783）就已发生的淮西兵乱，至今二十多年了竟没有平息，如此长期战乱所造成的破坏是不言而喻的。

　　所以第三句的"今日山川对垂泪"，是一种超越了个人愁绪的江山社稷之悲。尽管时值"草木摇落"的秋季，诗人的感伤却不单是因为"萧瑟"的"秋气"所造成的。"伤心不独为悲秋"，实际上是因为"风景不殊，举目有江山之异"的缘故！

南园十三首

（其六）

李 贺

寻章摘句老雕虫^①，晓月当帘挂玉弓^②。

不见年年辽海上^③，文章何处哭秋风^④。

[注释]

①寻章摘句：语出《三国志》裴松之注引《吴书》，谓吴王博览书传，不效书生寻章摘句而已。雕虫：语出扬雄《法言·吾子》："或问：'吾子少而好赋？'曰：'然。童子雕虫篆刻。'俄而曰：'壮夫不为也。'"这里所谓的"寻章摘句"和"雕虫"，均指文学辞章之事。

②玉弓：指弯曲如弓的月亮。

③辽海：泛指辽河流域以东直到海边的地方。唐朝大将薛仁贵曾威震辽海。

④哭秋风：指对秋景而伤感的悲秋之作。宋玉的悲秋名篇《九辩》中有"悲哉秋之为气也"的名句。

[点评]

　　李贺是著名的呕心沥血般地进行诗歌创作的人，甚至可以说他短暂的一生悉数贡献于文学创作事业。这里把辞章之事说成雕虫小技，似乎含有这样两重意蕴：一是辞章之学尚有别于国典朝章之事；二是有一定的牢骚意味，因为此诗的前两句是说——"我"的精力全都用于文辞之事，经常通宵开夜车，直到弯弯的晓月映照窗帘之时。如果李贺果真以为辞章之学是雕虫小技，他又何苦如此耗费自己的心血呢？

　　"不见年年辽海上，文章何处哭秋风。"此二句意谓：有目共睹，在"辽海"等处的征战之地,只有武士才能大显身手,那些如同当年的宋玉所撰写和吟咏的诗词文章,又有什么用处呢?

对于此诗的用意,历来比较一致的看法是:其中既有书生投笔之想,又有文士被弃之冤。

蔡中郎坟①

温庭筠

古坟零落野花春,闻说中郎有后身②。

今日爱才非昔日,莫抛心力作词人。

[注释]

①蔡中郎:即蔡邕,字伯喈,东汉陈留圉(今河南杞县)人。汉灵帝时为议郎,董卓当权,任侍御史,官至左中郎将,人称蔡中郎。他的坟墓在毗陵(今江苏常州)。

②后身:佛教有"三世"之说,"后身"是指转世之身,是对前世之身而言。相传蔡邕与张衡的才貌极相似,张衡死的那天,蔡邕的母亲怀孕,所以说蔡邕是张衡的转世之身。

[点评]

从题目看这是一首吊古诗。但是在首句接住题面略道"中郎"坟的荒凉之后,旋即转入抒发其伤今之慨,所以这实际上是一首寄意遥深的借古讽今之作。第二句"闻说中郎有后身"的表层语义是:我听说作为张衡转世之身的蔡中郎,他自己也同样有"后身",而其深层语义则说,就我温某人的才华而论,也堪称是蔡邕的"后身"。

第三句意谓:同样富有才华,我今天还不如当初的蔡中郎所受到爱惜和重视。想必温庭筠不会不知道,蔡邕的身世是很可悲的。他先是因为上书指陈贵臣宦官的徇私枉法,一度下洛阳狱被定为死罪。后被人搭救减死一等,但却连同家属被流放朔方。被赦后,担心再次受到宦官迫害而亡命江湖。董卓专权,强迫蔡邕任侍御史。董卓被诛后,他受到连累,又一次被下狱,后病死在狱中。蔡邕的命运悲惨到如此地步,而诗人说自己还不如蔡邕——现实之黑暗岂不可想而知!所以他才不想耗费心血去做那在现今不受重视的文人!

感弄猴人赐朱绂①

罗　隐

十二三年就试期,五湖烟月奈相违。

何如学取孙供奉②,一笑君王便着绯③。

[注释]

①朱绂(fú 符):这里指高官的红色朝服。
②供(gòng 共)奉:官名,即对皇帝左右供职者的称呼。唐代有侍御史内供奉、翰林供奉等。这里是对耍猴人的讥称。
③着绯(fēi 飞):指穿上大红色的高级官服。

[点评]

　　在唐僖宗继位前后,农民起义接连不断。王仙芝被招安后,黄巢一支声势更为浩大,直到攻占长安建立大齐国。这是唐末政治腐败的必然结果。以此诗所揭露和讥讽的事情看,统治者真是腐败透顶:为躲避黄巢义军,唐僖宗由长安逃往四川时,仍旧不忘寻欢作乐。一个姓孙的供奉人驯养的猢狲很乖巧,能像大臣一样上朝站班,从而博得唐僖宗的欢心,便赐之以朱绂。于是,这位耍猴者竟然变成了穿着红色朝服的大官!

相形之下,此诗作者罗隐"十二三年"来屡次参加科举考试却未能及第。十多年的寒窗苦读,辜负了"五湖烟月"等美好景致,到头来竟然不及一个杂耍艺人风光,何等荒唐! 荒唐之余,岂不令人哀痛心伤?

江陵愁望寄子安①

鱼玄机

枫叶千枝复万枝②,江桥掩映暮帆迟。

忆君心似西江水,日夜东流无歇时。

[注释]

①诗题一作《江陵愁望有寄》。子安:即李亿。
②枫叶句:当系化用《楚辞·招魂》的"湛湛江水兮上有枫,目极千里兮伤春心",以枫生江上兴起愁情。

[点评]

鱼玄机只有十五岁时,就被补阙李亿纳为小妾。二人颇相得,但是不为李亿妻所容,鱼玄机遂被迫出家于长安咸宜观做了女道士。此诗约作于咸通元年(860)前后,这时鱼玄机正沿长江中游一带漫游。诗题中之"江陵"当指长江南岸的潜江。作者江行至此,面对滔滔江水,触景生情,抒发其忆念李亿之感。现存鱼玄机诗中,寄怀李亿之作有七八首,且诗题多作《情书寄李子安》《春情寄子安》云云,真所谓"触处抹杀不得多情二字"(《名媛诗归》)。

落日怅望

马 戴

孤云与归鸟，千里片时间。

念我何留滞^①，辞家久未还。

微阳下乔木^②，远烧入秋山^③。

临水不敢照，恐惊平昔颜。

[注释]

①留滞：停留。语出《史记·太史公自序》。这里似含有度日如年之感。

②微阳：这里指夕阳。

③远烧：指远在天边的火红的斜照或落霞。

[点评]

在走近马戴之前，笔者根本未曾料到，他在人们的心目中竟有这么重的分量。他的五律被认为超迈时人、深得此体之三昧，且"优游不迫，沉着痛快，两不相伤"（《唐才子传》卷七），甚至认为其诗歌成就在晚唐诸人之上，云："晚唐之马戴，盛唐之摩诘（王维）也。"具体到这首《落日怅望》，沈德潜评为："此诗意格俱好，在晚唐中可云轩鹤立鸡群矣。"（《唐诗别裁》卷一二）

虽说沈氏对马诗称许有加，但毕竟语焉不详。如何解读这首诗，尚须别有才情和学养，请看——

这里所说的"意"，是指诗的思想感情。全诗以乡愁为主题，曲折地表现了诗人的坎坷不遇而不显得衰飒;所谓"格",主要是指谋篇布局方面的艺术技巧。这首诗在艺术上最突出的特色,可以说就是"情景分写"。情与景,是抒情诗的主要内涵;情景交融,是许多优秀诗作的重要艺术手段。然而此诗用情景分写之法,却又是另外一番景象。

……

全篇是写"落日怅望"之情,二句景二句情相间写来,诗情就被分成两步递进:先是落日前云去鸟飞的景象勾起乡"念",继而是夕阳下山回光返照的情景唤起迟暮之"惊",显示出情绪的发展、深化……

李重华《贞一斋诗说》指出:"诗有情有景,且以律诗浅言之,四句两联,必须情景互换,方不复沓。"他所说的"情景互换",就是"情景分写"。当然,这种分写绝不是分割,而是彼此独立而又互相映衬,共同构成诗的永不凋散的美。马戴这一首望乡之曲就是这样,它的乐音越过一千多年的历史长河遥遥传来,至今仍然能挑响我们心中的弦索。

——李元洛(见《唐诗鉴赏辞典》第 1254—1255 页)

长沙过贾谊宅①

刘长卿

三年谪宦此栖迟②,万古惟留楚客悲。

秋草独寻人去后,寒林空见日斜时③。

汉文有道恩犹薄,湘水无情吊岂知?

寂寂江山摇落处④,怜君何事到天涯?

[注释]

①贾谊:西汉洛阳人。汉初杰出的政治家和文学家。主要文学成就是政论散文,

代表作有《过秦论》等。原有赋七篇,今存四篇,其中以《鹏鸟赋》和《吊屈原赋》较著名。文帝时被召为博士、太中大夫,后被谪为长沙王太傅。贾谊宅:虽然《大清一统志》记其在长沙县西北,因时代过于久远恐不足为凭。又因刘长卿何时"过长沙",不得而知,故此诗作年亦未知。

②栖迟:语出《诗·陈风·衡门》,原意当是嬉戏游息的意思,主人公的心情轻松愉快。这里当作谪居栖身解。

③"秋草"二句:系隐括贾谊《鹏鸟赋》"四凡孟夏,庚子日斜,野鸟入室,主人将去"。"日斜、人去,即用贾谊语,略无痕迹"(《唐音癸签》卷二三)。

④摇落:凋零、衰落的意思。

[点评]

　　刘长卿是七律高手,证之此诗亦然。其颈联不仅像古人所称道的系"工致"(见《岘佣说诗》)语,上句意谓施行"与民休息""轻徭薄赋",开创了"文景之治"的"有道"的汉文帝尚且对杰出人物贾谊加以贬谪,无道之君又当如何!这比形式上的"工致"更可贵的是对最高统治者的尖锐讥讽。

　　颈联之下句意谓:今日我之痛吊贾谊,就像当年贾太傅凭吊屈原一样于事无补。这是一种多么深沉的感慨啊,若无一再遭贬的痛苦经历,如何写出这等诗句!

吊白居易

李　忱

缀玉联珠六十年,谁教冥路作诗仙①。

浮云不系名居易,造化无为字乐天。

童子解吟长恨曲，胡儿能唱琵琶篇。

文章已满行人耳，一度思卿一怆然②。

[注释]

①冥路：犹泉路，即通向黄泉之路，指阴间。诗仙：白居易晚年，他的朋友曾函告他说：一位客商渡海遇风漂流到海山深处，在那里看到一处"乐天院"。一时盛传，在白居易生前，仙境中已为他准备了归宿。或许李忱也听到了这传言，故称白居易到阴间做了诗仙。

②怆（chuàng 创）然：悲伤的样子。

[点评]

此诗作者李忱，即唐宣宗。白居易去世的次年李忱登极。在三周年时，白居易之妻杨氏亲求李商隐撰写了《唐刑部尚书致仕赠尚书右仆射太原白公墓碑铭并序》的碑文；白居易的从父弟白敏中上疏宣宗，为白居易求得谥号曰"文"，这首诗亦当作于此时。

皇帝亲自写诗哀悼一位诗人，这本身就是一件不平常的事，加之此诗又写得情真意切，对白居易一生作了全面而中肯的评价，所以在诸多吊白之作中，这一首最有名。特别是颈联"童子解吟长恨曲，胡儿能唱琵琶篇"，堪称绝唱，冥冥中的白居易也当为之感激涕零！

哭李商隐二首

（其二）

崔　珏

虚负凌云万丈才，一生襟抱未曾开。

鸟啼花落人何在，竹死桐枯凤不来。

良马足因无主踠①，旧交心为绝弦哀。

九泉莫叹三光隔②，又送文星入夜台③。

[注释]

①踠(wǎn 宛)：屈。

②三光：指日、月、星（详见《白虎通·封公侯》）。

③文星：即文昌星、文曲星，神话中主宰功名、禄位的神。多为读书人所崇祀。夜台：坟墓。

[点评]

　　李商隐，字义山。他不仅是晚唐的大诗人，骈文也写得很出色。与温庭筠并称"温李"，与杜牧并称"小李杜"。由于朝政黑暗，党争剧烈，李商隐一生受尽猜疑。实际上他与"牛党"多属私交；后虽入王茂元幕并娶其女，但不能被视为背叛"牛党"，投靠"李党"。他是清白的，但却受到奸佞之辈的中伤和打击，满腹才华无处施展，只有四十多岁便与世长辞，这怎么能不叫他的好友崔珏悲痛万分！

　　首联出句以"虚负凌云万丈才"概括李商隐的一生，再恰当不过，而对句"一生襟抱未曾开"，则道出了以李商隐为代表的历代怀才不遇者的共同心声，因而亟为文士所共鸣，遂使此诗成为有篇又有句的名作。

第三句是借李商隐的诗意来伤悼其流落不遇的一生。义山有一首题作《流莺》的诗,此诗是抒发漂泊无依和不被理解的苦衷。崔珏此句就是对义山此诗的精心隐括,因而十分感人。

第四句"竹死桐枯凤不来"的所本大致是这样的:李商隐《安定城楼》诗中有"不知腐鼠成滋味,猜意鹓雏意未休"二句,这是借《庄子·秋水》的寓言故事,表明自己不贪图区区禄位的高远志向。在崔珏看来,李商隐就是那种非梧桐不栖、非竹实不食的高贵的凤凰。如今"竹死桐枯",凤凰一去不回,如何不使人悲从中来!

颈联出句以良马不遇其主,比喻李商隐一生的不幸遭遇,极为贴切;对句以"高山流水"的故事,说明对李商隐的死,自己就像当年俞伯牙失去知音钟子期那样,悲痛欲绝,不再鼓琴。

尾联以文昌星宿的陨落,比喻李商隐的亡故,回肠荡气,令人悲不自胜。

途中见杏花

吴　融

一枝红艳出墙头,墙外行人正独愁。

长得看来犹有恨,可堪逢处更难留。

林空色暝莺先到,春浅香寒蝶未游。

更忆帝乡千万树,澹烟笼日暗神州。

[点评]

"红杏枝头春意闹","闹"是秾艳、旺盛的意思,也就是说杏花的开放象征着春天的到来和希望的降临,离"开到酴醾花事了"的伤春时节还很遥远,那么诗人为何见杏花而独自发愁呢?

　　看来这种"愁"还不打一处来:一则当因杏花的花期短暂,早开易谢,加之他行色匆匆,即诗中所谓"可堪逢处更难留",这一切都意味着好景不长;二则是由"途中"的"一枝"杏花,想到了京都长安的"千万树",从而勾起了诗人的旅怀羁愁以及宦海浮沉之感。总之,这春日里所产生的种种愁绪,不正好说明"伤心不独为悲秋"吗?

春　夕^①

崔　涂

水流花谢两无情,送尽东风过楚城^②。

蝴蝶梦中家万里^③,子规枝上月三更。

故园书动经年绝,华发春惟满镜生。

自是不归归便得,五湖烟景有谁争^④?

[注释]

①此诗诗题一作《春夕旅怀》。
②楚城:即楚王城,战国时楚襄王曾都于此,故址在今河南信阳西北。
③蝴蝶梦:意即"庄周梦蝶"。庄周在梦中变为蝴蝶,甚感得意,不知自己是谁。俄然梦醒,仍旧还是他庄周。此典比喻人生变幻无常(详见《庄子·齐物论》)。
④五湖烟景:指此诗作者崔涂家乡江南太湖流域的美好景致。

[点评]

　　诗人在春夜中看到"水流花谢"的一派残春景象,已感春去无情,为之伤怀;

再一想,自己不仅是在离家很远的"楚城",而且还要到更远的地方去。在这种情况下送走春天,人何以堪!

领联"蝴蝶梦中家万里,子规枝上月三更",借庄周梦为蝴蝶的故事,抒发游子怀乡之情。诚如《唐才子传》所云:"写景状怀""意味俱远"。在律诗写作技巧方面,此联亦很见功力。其音韵和谐,对仗精工,是历来为人传诵的名篇。

作为长年在外的游子,诗人最盼望得到的莫过于一封家书,但他竟长年得不到来自"故园"的音信。不言而喻的是,他因为思念家乡、忧愁国事,对镜一照,满头华发,而这一头白发又正是他愁苦心情的外化。

尾联意谓:我自己是为了追求功名而流落在外的,我如果愿意回去的话,家乡的大好景致是无人与我争夺的。在这里,诗的主题得以深化——游子思乡的苦恼,说穿了就是出仕和归隐的矛盾造成的。

人日寄杜二拾遗①

高 适

人日题诗寄草堂,遥怜故人思故乡。柳条弄色不忍见,梅花满枝空断肠。身在南蕃无所预,心怀百忧复千虑。今年人日空相忆,明年人日知何处? 一卧东山三十春②,岂知书剑老风尘。龙钟还忝二千石③,愧尔东西南北人④。

[注释]

①人日:指阴历正月初七。杜二拾遗:指杜甫。

②一卧东山:即高卧东山或作东山高卧。东山:指东晋时谢安辞官隐居的会稽东山。这里指隐居山林不肯出仕(详见《晋书·谢安传》和《世说新语·排调》)。

③龙钟：此词至少有三种意思，即行动不灵活、潦倒或流泪。这里当是指潦倒不得志的意思。忝：常用作谦辞，有愧于的意思。

④东西南北人：四处流浪之人。这里指杜甫，人称其为"乱世流萍"。

[点评]

此诗本来就是流美上口之篇，一经注释，已无任何文字障碍，不必多作赘言，但有几点似应提请读者留意：

一、写这首诗的前一年，高适改任蜀州（治所在今四川崇庆）刺史，杜甫从成都赶去看望他。翌年，即肃宗上元二年（761）正月初七日，高适便写了这首诗。

二、高、杜二人，早在玄宗开元年间即相识于汶上，交谊日深。穷困潦倒中的杜甫，不时得到高适的周济。

三、全诗可分三段，每段四句，首尾两段押平声韵，中间换作仄声。有专家指出，仄声韵脚便于表达忧郁不平之情，诚是。

四、十年后，即代宗大历五年（770），杜甫写了《追酬故高蜀州人日见寄并序》（见《杜诗详注》卷二三），"迸泪幽吟"，追怀亡友，感人至深，可与此诗对读。

将进酒①

李 贺

琉璃钟，琥珀浓，小槽酒滴真珠红②。烹龙炮凤玉脂泣③，罗帏绣幕围香风④。吹龙笛，击鼍鼓⑤，皓齿歌，细腰舞。况是青春日将暮，桃花乱落如红雨。劝君终日酩酊醉⑥，酒不到刘伶坟上土⑦。

[注释]

①将进酒：汉乐府铙歌名，内容多写宴饮游乐（详见《乐府诗集》卷十六《汉铙歌》

《将进酒》解题)。

②琥珀、真珠红:形容酒的颜色。小槽:指酿制美酒的精致酒槽。

③玉脂泣:指烹炒"龙""凤"时的爆锅声。

④"罗帏"句:指酒席间的陈设和氛围。

⑤鼍(tuó 驼):我国太湖流域等沼泽地中特产的一种肉食动物,也叫扬子鳄。鼍鼓:用鼍皮蒙的鼓。

⑥酩酊(mǐng dǐng):大醉。

⑦刘伶:西晋沛国(今安徽宿县)人,字伯伦,"竹林七贤"之一。他是有名的纵酒者,作有《酒德颂》。主张无为而治,官至建威参军,后因对司马氏的统治极度不满被罢免。

[点评]

后人沿用乐府古题所作的《将进酒》诗,除了李白的那首"黄河之水天上来"最为有名以外,李贺的这一首,虽然也是沿古题写饮酒放歌,但却很有特点,"不屑作经人道过语"(王琦语),所以也很有名。

前四句写酒席之盛和肴馔之珍。中间四个三字句专写鼓笛之响和歌舞之美;后一部分则写青春短暂,及时行乐。诗的字面,虽然全是吃喝玩乐,但它给人的总体感觉却是——生则无聊,死亦可悲——这正是李贺对生命的独特体验。

此诗最为发人深思的是"况是青春日将暮,桃花乱落如红雨"二句,尤其值得一提的是"红雨"这个意象。用过"红雨"字眼的中唐诗人,按其齿位,依次是孟郊:"红雨花上滴,绿烟柳际垂"(《同年春宴》);刘禹锡:"花枝满空迷处所,摇动繁英坠红雨"(《百舌吟》);殷尧藩:"鸥散白云沉远浦,花飞红雨送残春"(《襄口阻风》)。在这里,李贺可能是第四位,但他的"桃花乱落如红雨"之句,显胜一筹,影响最为深远。

哭殷遥^①

王　维

人生能几何，毕竟归无形。念君等为死^②，万事伤人情。慈母未及葬，一女才十龄。泱漭寒郊外，萧条闻哭声。浮云为苍茫，飞鸟不能鸣。行人何寂寞，白日自凄清。忆昔君在时，问我学无生^③。劝君苦不早，令君无所成。故人各有赠，又不及生平。负尔非一途，痛哭返柴荆。

［注释］

①殷遥：今江苏句容（一说丹阳）人。
②等为死：与"等死"均为同样的意思。《史记·陈涉世家》"等死，死国可乎？"
③无生：佛教用语，谓万物之实体无生无灭。

［点评］

　　作为唐朝三大诗人之一，王维之与诗仙李白、诗圣杜甫并称诗佛，则因其奉佛，由此诗亦可见王维受禅宗思想熏陶之深；此诗的另一更为突出的特点是自然情深，感人肺腑，读之催人泪下。

一片冰心在玉壶

友谊天长

芙蓉楼送辛渐二首①

（其一）

王昌龄

寒雨连江夜入吴②，平明送客楚山孤③。

洛阳亲友如相问，一片冰心在玉壶。

[注释]

①芙蓉楼：故址在润州丹阳（今江苏镇江）。辛渐：王昌龄的好友。

②江：一作"天"；吴：一作"湖"。吴指作者此时所在的江宁，江宁属吴地。

③平明：指早晨天已放亮的时候。楚山：这里当是泛指南方的山。

[点评]

王昌龄大约于开元末年受任江宁丞，《唐才子传》称其为"诗家夫子王江宁"。江宁属今南京市，东临镇江。此诗即王昌龄由江宁陪辛渐至镇江西北隅之芙蓉楼，主客在此分手，主人写了两首送别诗，这是第一首。

前两句写临别之际被笼罩在一片凄苦的氛围之中，而后两句"洛阳亲友如相问，一片冰心在玉壶"，则为千古传诵之句，被称为"借送友以自写胸臆"的"潇洒可爱"（俞陛云语）之词。那么此时诗人"胸臆"中有什么块垒吗？

是的，这时的王昌龄正如殷璠所说因其"不矜细行，谤议沸腾"，也就是不拘小节，为众人所毁谤，并且还准备将他再次贬到荒远之地。在这种背景下，远方朋友最关心、最想知道的是事实真相。王昌龄将其胸臆中的千言万语，借古今高洁之士曾用以"自明高志"的"冰心""玉壶"以自比，托辛渐带口信给洛阳的亲友们——我王昌龄的品格仍然是冰清玉洁！这种恰如其分的自誉，既是对亲友的告慰，也是对谤议者的一种蔑视。

送元二使安西①

王　维

渭城朝雨浥轻尘②,客舍青青柳色新。

劝君更尽一杯酒,西出阳关无故人③。

[注释]

①此诗之题一作《渭城曲》,曾被广为传唱;其末句反复迭唱,故又称《阳关三叠》。元二:指友人的排行,其名不详。安西:唐代安西都护府所在地,治所在今新疆库车一带。

②渭城:原是秦都咸阳,汉代改称渭城。在今西安西北,渭水北岸。浥(yì意):润湿。

③阳关:故址在今甘肃敦煌西南,因其地在玉门以南,故称阳关。

[点评]

　　这几乎是一首最著名的送别诗。一、二句写送别的时间、地点和环境气氛:朝雨一阵,仿佛是天从人愿,把往日尘土飞扬的大道润洒得干干净净,旅舍也掩映在一派清新翠绿的柳色之中。柳者,"留"也,今天它以如此亮丽的姿色呈现在离人面前,既寓别情,又是一种希望的象征、壮别的氛围。

　　这种氛围更体现于三、四两句,主人说了一句饱含深情的劝酒辞——我的好朋友啊,你再干了这杯吧;你所去的阳关以西是绝域荒远之地,再也不会遇到你我之间这样的知心朋友了。正如有学者所指出的:"这首诗所描写的是一种最有普遍性的离别。它没有特殊的背景,而自有深挚的惜别之情,这就使它适合于绝大多数离筵别席演唱。后来编入乐府,成为最流行、传唱最久的歌曲。"

别董大二首^①

（其一）

高　适

十里黄云白日曛^②,北风吹雁雪纷纷。

莫愁前路无知己,天下谁人不识君?

[注释]

①诗题一作《别董令望》。董令望,事迹未详,或许"董大"是其排行,但亦有认为
"董大"即唐玄宗时著名音乐家董兰庭者。
②十里:一作"千里"。曛(xūn 勋):日没时的余光。

[点评]

关于此诗的写作年代,学者多以为是天宝六载(747),兹从之。清人徐增
谓:"此诗妙在粗豪。"或许正是根据这一说法,"莫愁前路无知己,天下谁人不识
君"二句,多被引为壮别语。

移家别湖上亭

好是春风湖上亭,柳条藤蔓系离情。

黄莺久住浑相识,欲别频啼四五声。

[点评]

　　过去有人把这首诗作为本事诗。说是韩幌镇浙西时,戎昱为部内刺史。郡有色媚歌妙之妓,戎昱对她"情属甚厚"。浙西乐将将此妓色艺俱佳之事,禀告了韩幌,韩将其收为己有。戎昱不敢留她,在湖上设宴钱别时,作了一首歌词赠给她,并说:"至彼令歌,必首唱是词。"届时妓照唱戎词。曲终,韩幌问道:戎使君对你很有情意吗? 乍一听,她很害怕,赶紧站起来说,是的,且"言随泪下"。韩遂命其更衣待命,人们都为她捏着一把汗。韩幌召来乐将责问道:像戎使君这样的名士,其钟爱郡妓之事,为什么不知道? 竟将她召到这里,造成我夺人之美的过失! 乐将受到了鞭笞。韩幌命人将一百匹上好的双丝细绢赠予郡妓,并立即送她回去。郡妓所唱的歌词正是戎昱的这首诗(孟棨《本事诗》所载略有异文)。

　　如果以为上述本事可信的话,那么"黄莺"指的就是作者所钟爱的"郡妓",诗所表现的就是戎昱与这位色艺双佳的女子难以割舍的恋情。但是这样理解又怕有求之过深或牵强附会之嫌;将此诗理解为作者搬家时,对故居翎毛花木的一腔深情,似乎亦有情理可言。

　　再一想,假如说后来的周邦彦《六丑·蔷薇谢后作》一词中所写的"长条牵衣",是对储光羲《蔷薇歌》的"低边绿刺已牵衣"的引申和发挥的话,那么王实甫《西厢记》的那些以柳丝喻离情的唱词,则显然对这首小诗的"柳条藤蔓系离情"

之句有所借取。与其说周邦彦和王实甫等是受了戎昱这首小诗的影响,不如说主要是受了那段"本事"的影响。所以此诗虽短,却颇费猜想。

明月夜留别①

李 冶

离人无语月无声,明月有光人有情。

别后相思人似月,云间水上到层城②。

[注释]

①此诗录自《全唐诗》卷八〇五。
②层城:古代神话谓昆仑山之最高处(详见《水经注·河水》)。

[点评]

这是一首别具情致的留别诗。它出自妙龄女子之手,更令人产生别有一番的联想:这或许是在她远嫁他乡前夕,留赠其难以割舍的友人的。题旨无非是"万水千山心相连",而句句以月作比,处处委婉动人。月有阴晴圆缺,而人之情却永远像"明月"之光那样明媚温馨。

送友人

薛　涛

水国蒹葭夜有霜[①]，月寒山色共苍苍。

谁言千里自今夕？离梦杳如关塞长[②]。

[注释]

①水国句：化用《诗·秦风·蒹葭》"蒹葭苍苍，白露为霜。所谓伊人，在水一方"的诗意，以表离情。

②"离梦"句：有论者说此句是反用沈约《别范安成》诗的"梦中不识路，何以慰相思"之意，又从张仲素《秋闺思》的"梦里分明见关塞，不知何路向金微"（金微，山名，即今之阿尔泰山）二句翻出。兹引作参考。

[点评]

　　《四库全书总目》（卷一八六）谓此诗"为向来传诵"。此外，这首之所以被异口同声地誉之为：自然蕴藉，短幅中有无数曲折等，主要当是因为它不但或化用、或正反借取了他人的一些有关诗句，并且寓有作者的特别用意。比如上引《蒹葭》篇，本指在水边而悬念故人，这里却借以表达离别之情；又如读到第三句时很容易联想到李益《写情》诗："水纹珍簟思悠悠，千里佳期一夕休。从此无心爱良夜，任他明月下西楼。"但是薛涛不是认同李益的观点，而是向他诘问，其境界显然高出一筹。

　　这里还应注意到，人们对薛涛此诗的另一些看法，比如什么"无雌声""妓中翘楚也"等，则是带有某种性别偏见的似是而非之说，不可苟同。

井栏砂宿遇夜客①

李　涉

暮雨潇潇江上村,绿林豪客夜知闻②。

他时不用逃名姓③,世上如今半是君④。

[注释]

①夜客:盗贼的代称。
②绿林豪客:绿林和豪客二者均指强盗。
③逃名姓:逃名,即逃避声名。
④君:这里字面上指绿林豪客,其深层语义或另有所指。

[点评]

　　这是一首本事诗,事情的经过详见《唐诗纪事》卷四六。其大意是:李涉曾过九江,至皖口(即今安徽安庆以西的皖河入长江之口)遇盗。盗首知是太常博士李涉,遂说久闻诗名,愿题一篇足矣。李涉便以此诗赠之,盗首厚馈而去。

　　对此诗不妨从题目说起:在李涉投宿一个叫作井栏砂的江边小村时,遇到了盗贼。当时潇潇暮雨笼罩着寂静的江村,绿林豪客竟知道我李涉是何许人!这样,日后我也用不着再逃避名声了,因为如今社会上有一半是像你们这样的人!

　　诗的格调是风趣幽默的,但其背后却给人以多种联想:首先,这伙强盗很尊重文人墨客,莫非他们是被腐朽的科举制度所逼才铤而走险的,从而对文人有一种恻隐之心;其次,对李涉的生卒年虽不得而知,但他主要活动于元和至宝历(806—827)前后这段时间。这时的唐朝社会,尚未到大规模的官逼民反的地步,所以第四句的"君"字或许另有所讽;第三,强盗成了诗人的"知己",诗人不但不引以为耻,反而颇为自得,这或许是对当时社会贤愚不分、是非不明的一种揭露和嘲讽。

莫非这种江湖上的"知己"更为难得?

杨柳枝

刘禹锡

清江一曲柳千条,二十年前旧板桥。

曾与美人桥上别,恨无消息到今朝。

[点评]

白居易曾于长庆二年(822)写了一首题作《板桥路》的七言诗。杨慎《升庵诗话》卷七认为:刘禹锡的这首诗系隐括白诗而成,那么此诗当作于稍后的长庆三、四年间。

此诗写旧地重游,感念故人,实较白诗为胜。相传晚唐著名歌女周德华曾歌此诗。胡应麟称其为"真是神品";施闰章说它"自然入妙"等,均非过誉。

蓝桥驿见元九诗^①

白居易

蓝桥春雪君归日^②,秦岭秋风我去时^③。

每到驿亭先下马,循墙绕柱觅君诗。

［注释］

①蓝桥:在今陕西蓝田东南蓝溪之上,为古代往返长安必经之路。其地设有供来
往官员等途中歇宿、换马的驿站,名曰蓝桥驿。元九:白居易的好友元稹,排行
九。这里所谓"元九诗",是指元稹于元和十年,自唐州奉召还京,途经蓝桥驿在
驿站壁上留下一首题作《留呈梦得子厚致用》的七律,诗云:"泉溜才通疑夜磬,
烧烟余暖有春泥。千层玉帐铺松盖,五出银区印虎蹄。暗落金乌山渐黑,深埋粉
堞路浑迷。心知魏阙无多地,十二琼楼百里西。"此诗诗题一作《留呈梦得子厚
致用题蓝桥驿》)。
②君:指元稹。
③秦岭:横贯我国中部、东西走向的一条古老山脉,我国地理上的南北分界线。
西起今甘肃、青海两省边境,东至今河南省中部。这里指今陕西省境内的一段。

［点评］

　　诗的前两句是针对元、白的各自一段经历而发的。元和十年(815)初春元
稹奉召归京之时,蓝桥驿一片银白的世界,他心中也充满了希望;八个月后,白居
易被贬为江州司马途经此地时,却秋风萧索,其内心之悲凉不言而喻。自己的这
种遭遇固然可悲,但是看了元稹的这首诗,知道好友为他自己的前程空欢喜了一
场,数月前已被贬到遥远的通州,这使得诗人对好友的命运更加同情,一种十分

强烈的共鸣之感便油然而生。

后两句所描绘的情景大致是这样的:数月前元稹的西归和眼下白居易的东去,所经过的道路有相当一段是相同的。所以每到一个驿亭,他便不顾旅途疲劳急忙下马,到处寻找元稹的题诗。这里有两点值得读者特别关注:一是上述"留呈"之诗并不是写给白居易的,而是分别给刘禹锡、柳宗元、李景俭(一字致用)的,如果不是"知己",白居易怎么会这样珍重元稹的这首诗呢? 二是元、白间不只是诗友的关系,白居易在驿亭寻觅的是好友的一颗心。所以诗中虽无任何谈及友情之语,但却给人留下了"海内存知己"的强烈印象。

赠项斯①

杨敬之

几度见诗诗总好,及观标格过于诗②。

平生不解藏人善,到处逢人说项斯。

[注释]

①项斯:中晚唐诗人,字子迁,台州临海(今属浙江)人。初未闻达,在以其诗卷谒见此诗作者并获赏识、延誉后,遂进士及第。
②标格:指风范、风度。

[点评]

几乎谁都知道替人说好话或者讲情,叫作"说项",而这首诗就是这个典故的出处所在,也是杨敬之的重要贡献。无原则地抬举某个人,不能叫"说项";而"说项"的真正价值当在于发现人才,奖掖后生。

谢亭送别^①

许　浑

劳歌一曲解行舟^②,红叶青山水急流。

日暮酒醒人已远,满天风雨下西楼。

[注释]

①谢亭:又名谢公亭,故址在今安徽宣城以北,南齐诗人谢朓任宣城太守时所建,并曾在此处送别友人,后来这里就成了著名的送别之地。

②劳歌:这里指送别之歌,其语始见于骆宾王《送吴七游蜀》诗:"劳歌徒欲奏,赠别竟无言。"

[点评]

　　作者于文宗开成三至五年(838—840)任当涂、太平县令(今均属安徽),此诗当作于这段时间。刘永济在《唐人绝句精华》中评及此诗云:"通首不叙别情,而末句七字中的别后之情,殊觉难堪,此以景结情之说也。"是的,当朋友在暮色中走远之后,不必从字面上去说他如何伤感,只看到他独自默默地从风雨笼罩的"西楼"上走了下来,其心境便可想而知。

闺意献张水部①

朱庆馀

洞房昨夜停红烛②,待晓堂前拜舅姑③。

妆罢低声问夫婿,画眉深浅入时无④?

[注释]

①诗题一作《近试上张水部》。张水部:张籍,当时任水部郎中。

②停:将点燃的红烛放置于洞房,通宵不灭。

③舅姑:指新娘的公婆。

④入时无:是否合时宜。无是发问词,义同么。

[点评]

　　此诗作于唐敬宗宝历二年(826),作者应进士第之前。诗全用比体:诗人自比新娘,将张水部比作新郎,舅姑比作主考官。"入时无"的意思是:请问自己的文章是否能合乎主考官的心意?

　　《云溪友议》卷下记载了关于此诗写作的很有趣的过程:朱庆馀有幸遇到既擅长文学、又乐于提携后进的水部郎中张籍,平时行卷时已深得张的赏识。临近考试,朱庆馀又作了这首诗献给张籍,张遂作了一首题为《酬朱庆馀》的答诗:"越女新妆出镜心,自知明艳更沉吟。齐纨未足人间贵,一曲菱歌敌万金。"

　　张籍答诗的意思是说:作为越州(今浙江绍兴)人的朱庆馀以自己的才智出现在考场上,就好比越州的一位盛妆而美丽的采菱姑娘。她一旦出现在镜湖中央,自信其亮丽的容貌必定为人所赏识。因为其他一些身穿贵重丝绸衣服的女子,未必为人所看重。而这位打扮"入时"的"新妆""越女"所唱出的一曲嘹亮的菱歌,却能抵得上一万金哩!这两首诗可谓珠联璧合,这个故事也就成了诗坛的一段佳话。

赠薛涛^①

胡 曾

万里桥边女校书^②,枇杷花下闭门居^③。

扫眉才子知多少^④,管领春风总不如^⑤。

[注释]

①薛涛:参见本书附录之薛涛条。此诗作者一说王建,诗题一作《寄蜀中薛涛校书》。

②万里桥:在今四川成都以南的锦江上。三国时诸葛亮曾为出使吴国的费祎在此送行,有"万里之行始于此"之说,并因以命桥。杜甫有"万里桥西一草堂"的诗句,薛涛晚年居于此桥近旁。校(jiào 较)书:本为古代掌管校理书籍的官员。据载,武元衡为相时,尝奏授薛涛为校书郎,未成。后以女校书为对妓女的雅称,这里指薛涛。

③"枇杷"句:这里指薛涛居处,后世因称妓女所居为"枇杷门巷"。

④扫眉才子:这里是赞许薛涛文才出众,后世指有文才的女子。

⑤管领:近于准是之意。

[点评]

此诗写的是薛涛晚年的状况,从"闭门居"三字可见其多么寂寞和失意,但是她的才华仍然是女子中无与伦比的。

关于这首诗的作者,以往多作王建,这里作"胡曾",是据江苏古籍出版社

1990 年 11 月版《唐诗大辞典》。

此诗虽然只有短短的四句,但是从以上的[注释]中可以看出,它至少有三处被后世提炼为故实,其广泛影响即来源于此。

古离别①

韦 庄

晴烟漠漠柳毵毵②,不那离情酒半酣③。

更把玉鞭云外指,断肠春色在江南。

[注释]

①古离别:乐府旧题之一,属杂曲歌辞。

②毵毵(sān 三):这里是形容柳条细长的样子。

③不那:唐人口语,即无奈。

[点评]

杨慎曾以此诗为例称赞说:"韦端己(韦庄字)送别诗多佳。"(《升庵诗话》卷八)的确,诗人曾长期流落江南,在现存的三百余首诗中,内容主要是写其漂泊流离的经历和思绪。从其《浣花集》的编次看,此诗虽是早年所写,却不失为短章中的名篇。

首二句写在晴烟细柳的春日美景中,设宴为朋友饯别。如果喝得酩酊大醉,迷迷糊糊地昏睡过去,那倒也免去了离情的折磨。而偏偏是"酒半酣",在这种酒入愁肠的时候,最易伤感,令人无可奈何。

次二句"更把玉鞭云外指,断肠春色在江南",感情真挚,声韵流丽,绘景如画,读后令人顿生咫尺千里之思,愈增游子流离之苦,是为人传诵的名句。

送日本国僧敬龙归

韦　庄

扶桑已在渺茫中，家在扶桑东更东。

此去与师谁共到，一船明月一帆风。

[点评]

　　诗人韦庄晚年崇佛，其与日本国出家修行僧人的交往亦当在晚年，所以这首诗亦当是晚年所作。

　　从宏观的眼光看，中日间是一衣带水的近邻。但在当时漂洋过海尚有很大风险的情况下，东渡日本洵为一般人难以想象的远行，况且敬龙又很可能是有去无回者。为这样的友人送行，心里肯定不是滋味。

　　此诗好就好在写得非常得体："扶桑"和友人的家虽然很远很远，但那是神木和日神所在的地方（详见《山海经·海外东经》），况且陪伴你这位良师益友的，将是清风朗月，一帆风顺！这是对航行者再好不过的祝福。所以此诗所表现的别情，迥异于凄凄伤感之篇。

淮上与友人别①

郑 谷

扬子江头杨柳春②,杨花愁杀渡江人。

数声风笛离亭晚,君向潇湘我向秦③。

[注释]

①淮上:扬州通过运河与古四渎之一的淮水相接。这里的"淮上"实指扬州。

②扬子江:长江在今江苏仪征、扬州一带古称扬子江,因扬子津和扬子县而得名,与近代通称长江为扬子江有所不同。

③潇湘:指今湖南一带。秦:这里指长安。

[点评]

　　对这首诗的发端和结尾,曾有两种不同的看法。谢榛认为:"凡起句当如爆竹,骤响易彻;结句当如撞钟,清音有余。郑谷《淮上与友人别》诗:'君向潇湘我向秦。'此结如爆竹而无余音。予易为起句,足成一首,曰:'君向潇湘我向秦,杨花愁杀渡江人。数声长笛离亭外,落日空江不见春。'"(《四溟诗话》卷一)这种改易曾受到后人的讥笑。有论者认为,郑诗的结句"悠然情深,觉尚有数十句在后未竟者"(贺贻孙《诗筏》)。

　　笔者赞成贺贻孙的看法,可惜其语焉不详。请看下列这段既有代表性又有说服力的中肯之见——

　　　这首诗的成功,和有这样一个别开生面的、富于情韵的结尾有密切关系。表面上看,末句只是交代各自行程的叙述语,既乏寓情于景的描写,也无一唱三叹的抒情。实际上,诗的深长韵味恰恰就蕴含在这貌似朴直的不结之结当中。由于前面已通过江头春色、杨花柳丝、离亭宴饯、风笛暮霭等一系列物象情景对离情进行反复渲染,结句的戛然而止,便恰如抔土之障黄流,在反激与对照中愈益显出其内涵的丰富。临歧握别的黯然伤魂,各向天涯的无限愁绪,南北异途的深长思念,乃至漫长旅程中的无边寂寞,都在这不言中得到充分的表达。"君""我"对举,"向"字重叠,更使得这句诗增添了咏叹的情味。

——刘学锴(见《唐诗鉴赏辞典》第 1350 页)

送杜少府之任蜀川①

王　勃

城阙辅三秦②,风烟望五津③。

与君离别意,同是宦游人。

海内存知己,天涯若比邻④。

无为在歧路,儿女共沾巾。

[注释]

①少府:县尉的别称。在唐代县令称明府,县尉为县令之佐,因称县尉为少府。这里指王勃的一位任县尉的姓杜的朋友,其名、字今均不详。蜀川:一作"蜀州",疑非是。

②城阙:原指城门两边的望楼,这里代指京城长安。三秦:指今陕西关中一带。秦国灭亡后,项羽三分秦故地关中,封秦降将章邯等三人为雍王、塞王、翟王,并各领其地,合称三秦。

③五津:指蜀中长江上的五个渡口。

④海内以下四句:曹植《赠白马王彪》诗有句云:"丈夫志四海,万里犹比邻。恩爱苟不亏,在远分日亲。何必同衾帱,然后展殷勤。忧思成疾疢,无乃儿女仁。"当为此二联所取意。

[点评]

这是一首深情感人的送别诗,原因是所送的友人官职低微,他又要离开壮阔雄伟的都城,独自到风烟迷茫、地处偏远的蜀川去上任。这样的友人最需要慰藉;而这样的送行者的心意犹如"汪伦"之情,最可珍惜,这当是此诗难得的情感基础。

比送行本身更令"杜少府"难忘的是,王勃一面相送,一面对他说的宽慰话——你我都是出门在外求取一官半职的人,你这一走,我心里同样也不好受——既然是安慰朋友,自己的情绪就不能太低沉。所以接下去说的话,也就是颈、尾两联,不论谁听了都会感到无比亲切和温暖,从而精神为之一振。"海内存知己,天涯若比邻"遂成为千古名句!想必诗人自己也不会否认,这首诗的立意,特别是后两联,显然于《赠白马王彪》诗有所借取。但它完全是青出于蓝而胜于蓝,境界比原诗高出了一大截。

望月怀远①

张九龄

海上生明月,天涯共此时②。

情人怨遥夜③,竟夕起相思。

灭烛怜光满,披衣觉露滋。

不堪盈手赠^④,还寝梦佳期。

[注释]

①怀远:意谓作者怀念远方的人。
②海上二句:似对谢庄《月赋》的"美人远兮音尘绝,隔千里兮共明月"二句有所取意和铺衍。
③情人:指有"怀远"之情的人,即诗人自指。
④不堪句:似化用陆机《拟明月何皎皎》的"照之有余辉,揽之不盈手"之句意。

[点评]

　　此诗即使不作什么注释,也没有多少文字障碍,但人们对它的理解却众说纷纭:比如说它怀念亲友、异性相思、美人香草等。究竟应该是哪种说法,恐怕要看作者是何许人。如果它的作者是曹子建或者是贾宝玉什么的,那他所怀念的八成是"嫂嫂"或是哪个"姐姐妹妹",问题是此诗的作者是著名贤相张九龄!"宰相肚里能撑船",一个无足轻重的人物不会使得他通宵相思。又因在张九龄的生平中并无妻离子散之事,何况此诗不但不是贤相口吻,其主人公也不像是一个男子汉,而像是一个弱不禁风、多愁善感的女子。这样一来,在惯于托兴、寄意的张九龄笔下,多半又是用的"美人香草"之喻。

　　这样,诗中的多情之人,"怨遥夜"也好,"梦佳期"也好,恐怕分别是表现臣之失君的懊丧和对君臣际遇的希望。但这仅仅是一种猜测,在诗中却了无痕迹,所以那种把诗的主题看成是诗人一己之情与普天之下共通的怀远之情的融合之说,在很大程度上是得人心的。因此不论你是谁、也不论你在思念谁,只要是天各一方,都可以引用"海上生明月,天涯共此时",来表达自己的"怀远"情愫。

喜外弟卢纶见宿

司空曙

静夜四无邻,荒居旧业贫。

雨中黄叶树,灯下白头人。

以我独沉久,愧君相见频。

平生自有分①,况是蔡家亲②。

[注释]

①分(fèn 奋):情分。
②蔡家亲:羊祜为蔡邕外孙,因称表亲为蔡家亲。

[点评]

　　此诗章法诚如俞陛云所说:"前半首写独处之悲,后言相逢之喜。反正相生,为律诗之一格。"(《诗境浅说》甲编)

　　司空曙是"大历十才子"之一。此诗颔联"雨中黄叶树,灯下白头人",则是大历五律中最佳名句之一,且系同类句中的佼佼者:

　　　韦苏州曰:"窗里人将老,门前树已秋。"白乐天曰:"树初黄叶日,人欲白头时。"司空曙曰:"雨中黄叶树,灯下白头人。"三诗同一机杼,司空为优。善状目前之景,无限凄感,见乎言表。(谢榛《四溟诗话》卷一)

　　谢榛所言极是,相比之下,司空曙的"雨中"二句形象更为丰富鲜明,以落叶比喻人之衰老自然贴切，所以"为优"。

王维《秋夜独坐》有句云："雨中山果落，灯下草虫鸣。"高步瀛《唐宋诗举要》认为司空曙的"雨中"二句与此相犯，而意境各自不同。其实王维此二句用的是白描手法，而司空曙用的是比喻象征手法，二者谈不上"相犯"，也不仅是意境不同，主要是艺术手法有别。

赋得古原草送别①

白居易

离离原上草②，一岁一枯荣。

野火烧不尽，春风吹又生。

远芳侵古道③，晴翠接荒城。

又送王孙去，萋萋满别情④。

[注释]

①赋得：在古代，凡按规定的题目作诗，照例在题目上加"赋得"二字。
②离离：茂盛的样子。
③侵：渐近的意思。
④又送二句：是隐括《楚辞·招隐士》的"王孙游兮不归，春草生兮萋萋"之句意。
王孙：古代贵族子弟的通称，这里指作者的朋友。

[点评]

关于这首诗有一个很有趣的故事：说是在作者十六岁时，曾携此诗赴长安谒见著名诗人顾况。顾况看到"白居易"三个字，便端详着他说："长安百物贵，居大不易。"等到顾况看了白居易所写的这首诗,便改口说:"有句如此,居亦何难。"并因此对白居易大加称美,使其名声大振。

虽然在《唐摭言》(卷七)、《幽闲鼓吹》甚至《旧唐书·白居易传》和有的白居易年谱中,都大同小异地记载了上述故事,但这显然是一种附会。因为据唐诗专家考证,白居易十五六岁时还在江南。他到长安已近而立之年,此时顾况已被贬出京城,二人无缘相见。这个故事只是说明人们对此诗的激赏。

诗中用比兴之法,将咏物和言志结合得天衣无缝。尤其是"野火烧不尽,春风吹又生"二句,写春草的芬芳青翠和顽强的生命力,具有生动而深刻的哲理性,为千古传诵的超级名句。

从全篇看,其构思之精巧,结构之严谨,属对之工致天然,以及善用隐括之法等,均可引以为楷模。

忆江上吴处士①

贾 岛

闽国扬帆去②,蟾蜍亏复圆。

秋风生渭水③,落叶满长安。

此地聚会夕,当时雷雨寒。

兰桡殊未返④,消息云海端。

[注释]

①处士:古时称有才德而隐居不仕的人。

②闽国:今之福建。

③秋风生渭水:此句一作"秋风吹渭水"。

④兰桡(ráo 饶)：木质坚硬有香味的木兰树，是制作舟船桡棹的上好材料，诗家遂以"木兰"或"兰"字美称舟桡。这里是以木兰做的船桨指代木兰舟。

[点评]

　　此诗作者贾岛本来是一位"出家人"，元和年间在洛阳以诗文投谒韩愈，并被韩说服还俗，且随之入长安。此诗就是写他在长安时与"吴处士"的一段交情。

　　诗并非从初交写起，而是从他与友人的分别入手。从长安乘船到福建，自然是由渭水登舟，先经黄河，再由汴水入长江。路途遥远，要在长江漂泊很长时间，故诗题云《忆江上吴处士》。

　　首联说，从扬帆而去，月亮亏了又复圆，整整过去了一个月；颔联以"秋风""落叶"承之；颈联合之以写与友人的往日聚会。看来贾、吴之间堪称"知己"，否则他们不会在夜里长时间谈心，以至当时的情景、雷雨中的寒意尚记忆犹新；尾联说一个月后，友人所乘的船还没有返回，无从得知他的消息，遥望"云海"，天各一方，好不想念！

　　关于"秋风生渭水，落叶满长安"一联曾有这样的传说：一次，贾岛骑驴过天街，见秋风正紧，黄叶可扫，遂得下句，亟思上句而不可得云云。此事的真伪尚作别论，但它至少说明此联来之不易，其意境之雄浑尤可叹赏。更值得一提的是此联对后世的影响。首先，周邦彦《齐天乐》词的"渭水西风，长安乱叶，空忆诗情宛转"，即隐括此联而得；继之，白仁甫杂剧《梧桐雨》的"伤心故国，西风渭水，落日长安"，也是从此联化出；至于近世毛泽东《满江红》一词的"正西风、落叶下长安"之句，纵有其新颖独到之处，亦可见其与此联的渊源。

送人东归①

温庭筠

荒戍落黄叶②,浩然离故关③。

高风汉阳渡④,初日郢门山⑤。

江上几人在,天涯孤棹还。

何当重相见,樽酒慰离颜。

[注释]

①诗题一作《送人东游》。

②荒戍:荒凉的营垒。

③浩然:语出《孟子·公孙丑下》,意谓心怀远志。

④汉阳:今属湖北武汉。

⑤郢门山:又名荆门山,在今湖北。

[点评]

从诗中所涉及的地点和温庭筠的有关经历看,此诗约作于宣宗大中末年(860)至懿宗咸通三年(862),作者被贬隋县尉之后和离开江陵东下之前这段时间。至于如何看待此诗,敬请细读下引鉴赏之文——

这首诗逢秋而不悲秋,送别而不伤别。如此离别,在友人,在诗人,都不曾引起更深的愁苦。诗人只在首句稍事点染深秋的苍凉气氛,便大笔挥洒,造成一个山高水长、扬帆万里的辽阔深远的意境,于依依惜别的深情之中,回应上文"浩然",前后紧密配合,情调一致。结尾处又突然闪出日后重逢的遐想。论时间,一笔宕去,遥遥无期;论空间,则一勒而收,从千里之外的"江上"回到眼前,构思布局的纵擒开合,是很见经营的。

——赵庆培(见《唐诗鉴赏辞典》第 1123 页)

送魏万之京①

李 颀

朝闻游子唱离歌,昨夜微霜初渡河②。

鸿雁不堪愁里听,云山况是客中过。

关城树色催寒近,御苑砧声向晚多③。

莫见长安行乐处,空令岁月易蹉跎④。

[注释]

①魏万:又名炎,后改名颢,聊城(今属山东)人。曾隐于王屋山,求仙学道。因慕李白名,南下吴越等地寻访,于天宝十三载相会于广陵。他为李白所赏识,二人终为忘年交。
②"昨夜"句:言魏万由洛阳赴京应试。
③"御苑"句:化用李白"长安一片月,万户捣衣声"之诗意。
④蹉跎(cuō tuó 搓驼):时间白白过去。

[点评]

在胡应麟看来,此诗为"盛唐脍炙佳作"。从分期上看,李颀应属"盛唐"诗人,所以胡氏此说是有根据的。而方东树则似以"初唐"视之,他认为:《送魏万之京》

"言昨夜微霜,游子今朝渡河耳,却炼句入妙。中间四句情景交写,而语有次第。三四送别之情,五六渐次至京。收句勉其立身立名。初唐人只以意兴温婉轻轻赴题,不著豪情重语。杜公出,乃开雄奇快健,穷极笔势耳"(《昭昧詹言》卷一六)。

　　折中看来,上引胡、方二说无甚分歧,只是前者偏重作者,后者偏重作品。而笔者认为,尤可珍重的是最后两句。诗人像是一位忠厚长者,他谆谆劝勉魏万这位年轻的朋友说:你千万不要贪图京华的享乐生活,不要虚度光阴。

别严士元①

刘长卿

春风倚棹阖闾城②,水国春寒阴复晴。

细雨湿衣看不见,闲花落地听无声。

日斜江上孤帆影,草绿湖南万里情③。

君去若逢相识问④,青袍今已误儒生⑤。

[注释]

①诗题又作《送严士元》《赠别严士元》《送严员外》《送郎士元》。后二题疑误;又作李嘉祐诗,亦误。
②阖闾城:即今苏州城。春秋时吴王阖闾所居,故名。
③湖南:这里指太湖以南。
④君去:一作"东道",指严士元。
⑤青袍:犹青衿,也称青领,古代学子所穿的衣服,也用以代指读书人。一说指服青衣的八、九品的低级官吏。

严士元曾一度作为永王璘的幕僚,而以其智勇免祸。肃宗继位之初,受命南国。途经吴地,与时任长洲(今属江苏苏州)尉的刘长卿短暂谋面,刘遂写了这首为其送别的诗。关于严的经历详见其墓志和《文苑英华》卷九四四等。

诗从乍阴乍晴的江南早春光景写起,堪称神来之笔。尤其是"细雨湿衣看不见,闲花落地听无声"二句,更是为人广为传诵的写景名句,亦可从中看出诗人为这种"闲花"春雨江南的美景所陶醉。及至在傍晚时分目送友人的孤帆远去,一阵怅惘失落之情油然而生。其中既有为友人的旅途孤寂而担心,也有为自己有志不得酬、身居下僚的处境而不满。所以诗中的所谓"万里情",非常耐人寻味。

酬乐天扬州初逢席上有赠①

刘禹锡

巴山楚水凄凉地,二十三年弃置身②。

怀旧空吟闻笛赋③,到乡翻似烂柯人④。

沉舟侧畔千帆过,病树前头万木春。

今日听君歌一曲⑤,暂凭杯酒长精神。

[注释]

①宝历二年(826),刘禹锡自和州返回洛阳途中,在扬州的宴席上与乐天(白居易的字)初次相逢,白居易以《醉赠刘二十八使君》为题,吟赠排行二十八、又担任过刺史("使君"系对刺史和州郡长官的尊称)的刘禹锡七律一首。诗云:"为

我引杯添酒饮,与君把箸击盘歌。诗称国手徒为尔,命压人头不奈何。举眼风光长寂寞,满朝官职独蹉跎。亦知合被才名折,二十三年折太多。"此诗就是刘禹锡对白居易这一赠诗的酬答。有赠:亦作"见赠"。

②二十三年:指"永贞革新"失败,刘禹锡于公元805年被贬出京,至宝历二年(826)返回的这段时间。

③闻笛赋:指向秀的《思旧赋》。此赋的序文说,作者经过嵇康的旧居,闻听邻人吹笛,作此赋以怀亡友嵇康。刘禹锡征引此典当是对已故同病相怜者柳宗元等人的怀念。

④烂柯:谓斧柄日久腐朽,比喻世事变迁。相传晋时王质入山伐木,见童子数人弈棋而歌,遂放下斧子聆听。童子送给他一种类似枣核的东西,含之不饥。待童子催归,王质起身看到自己的斧柄已烂尽。回到家里,已历时数十年,亲故殆尽(详见《述异记》)。

⑤君:指白居易。歌一曲:指上引白居易有赠刘禹锡的诗。

[点评]

　　白居易赠诗的最后两句含有"文章憎命"之意,这对才华出众、仕途坎坷的刘禹锡来说很有慰藉之效,刘诗的首联就是对此而发。他说自己数次被迁,不论是朗州司马抑或夔州刺史等职,都是在古属巴、蜀之郡的"凄凉"去处,而且先后达二十三年之久。一唱一答,话题十分契合,所以齿位相同的刘禹锡和白居易之间,一直是非常要好的朋友。

　　经过"注释",此诗的其他语句触目可解。尚可一提的是:"沉舟侧畔千帆过,病树前头万木春。"此二句以其意象深新、富有代谢之理趣,早已流传人口。但是它更适合心情豁达、以之自况的老年人歌唱,而被视为老年之歌的"莫道桑榆晚,为霞尚满天",似乎更适合由少壮者对老年人的引吭高歌!如是,方有"老吾老,幼吾幼"的真正的"好日子"出现。

登柳州城楼寄漳汀封连四州^①

柳宗元

城上高楼接大荒,海天愁思正茫茫。

惊风乱飐芙蓉水^②,密雨斜侵薜荔墙。

岭树重遮千里目,江流曲似九回肠^③。

共来百越文身地^④,犹自音书滞一乡。

[注释]

①诗题中所指登柳州(今属广西)城楼的时间是元和十年(815),即诗人初任柳州刺史之际。漳:漳州(今属福建)。汀:汀州(今属福建)。封:封州(今属广东)。连:连州(今属广东)。此处指与柳宗元同时远迁的这四个州的刺史。

②飐(zhǎn 展):风吹物使颤动。

③回肠:形容内心焦虑不安,仿佛肠子在旋转一样。九回肠:极言焦虑之甚。

④百越:也称百粤,我国古代南方的少数民族名。文身:许多民族早期存在的一种风习,即用针在人的全身或局部刺出自然物或几何图形,有的还染有色彩。这里是指我国古代南方少数民族的文身风俗,如《庄子·逍遥游》有"越人断发文身"之说。

[点评]

十年前,"永贞革新"失败,柳宗元等八人分别被贬为边州司马,史称"八司马"。柳宗元被贬为永州司马十年后,与刘禹锡等五人被召回京,旋即又分别被命为柳、漳、汀、封、连五州刺史,名为升职,实则远迁。柳宗元带着被迫害、被愚弄的愁愤交加的心情,到达柳州任所之初便写了这首诗。

此诗系唐人七律名篇,对其称誉、诠释者不乏其人。比如纪昀说:"一起意境阔远,倒摄四州,有神无迹。通篇情景俱包得起。三四赋中之比,不露痕迹。"(《瀛奎律髓刊误》卷四)方东树说:"六句登楼,二句寄人,一气挥斥,细大情景分明。"(《昭昧詹言》卷一八)何焯说:"'惊风''密雨'喻小人,'芙蓉''薜荔'喻君子,'乱飐''斜侵'则倾倒中伤之状;'岭树'句喻君门之远,'江流'句喻臣心之苦。皆逐臣忧思烦乱之词。"(《义门读书记》卷三七)以上诸公所云,无不言简意深,故不必另作赘语。

凉州馆中与诸判官夜集①

岑 参

弯弯月出挂城头,城头月出照凉州。凉州七里十万家,胡人半解弹琵琶。琵琶一曲肠堪断,风萧萧兮夜漫漫。河西幕中多故人②,故人别来三五春。花门楼前见秋草③,岂能贪贱相看老。一生大笑能几回,斗酒相逢须醉倒。

[注释]

①凉州:作为地名历代的辖境有所不同,唐代仅辖今甘肃永昌以东、天祝以西一带,治所在武威。判官:唐代始设的官名。这里指节度使的僚属。
②河西:唐代方镇名,这里指河西节度府所在地,治所在凉州。
③花门楼:指宴饮客馆的楼房名称。

[点评]

这首诗通俗易懂,但至少有三点值得特别关注:

一是它的写作时间和风格特点。根据岑参的行踪,天宝十三载(754),岑参又一次出塞西行赴北庭都护府(地属今新疆),途经凉州,与诸故友宴饮而作此诗。这段时间正是诗人富有奇情壮采之时,诗作亦充分体现出高亢豪迈的"盛唐气象"。

二是此诗不仅属音节、格律比较自由,形式富于变化的歌行体,其前一部分还运用顶针句法(即首句之尾与二句之首均作"城头"、二句之尾与三句之首均作"凉州"等),且句句用韵,两句一换,接近民歌,便于咏唱。

三是"一生大笑能几回,斗酒相逢须醉倒",洵属豪迈健康的唐诗名句。

调张籍①

韩 愈

李杜文章在,光焰万丈长。不知群儿愚,那用故谤伤。蚍蜉撼大树②,可笑不自量! 伊我生其后③,举颈遥相望。夜梦多见之,昼思反微茫。徒观斧凿痕,不睹治水航。想当施手时,巨刃磨天扬。垠崖划崩豁④,乾坤摆雷硠⑤。惟此两夫子,家居率荒凉。帝欲长吟哦,故遣起且僵。剪翎送笼中,使看百鸟翔。平生千万篇,金薤垂琳琅⑥。仙官敕六丁⑦,雷电下取将。流落人间者,太山一毫芒。我愿生两翅,捕逐出八荒⑧。精神忽交通,百怪入我肠。刺手拔鲸牙⑨,举瓢酌天浆。腾身跨汗漫⑩,不著织女襄⑪。顾语地上友⑫:经营无太忙⑬! 乞君飞霞佩,与我高颉颃⑭。

[注释]

①调(tiáo 条):调侃、戏谑。张籍:中唐著名诗人、韩(愈)门弟子,文艺观点与白

居易相近。乐府诗与王建齐名，称"张王乐府"。白居易称赞张籍乐府诗为"举代少其伦"。

②蚍蜉：大蚁。

③伊：发语词。

④垠（yín 银）崖：并列耸立的山崖。

⑤雷硠（láng 郎）：崩裂声。

⑥金薤（xiè 谢）：书体名。金，指金错书；薤，倒薤书。后人因称书体优美为金薤。琳琅（lín láng）：美玉，这里以之比喻李、杜文章的珍贵。

⑦敕（chì 赤）：帝王的诏书、命令。六丁：道教所尊之神（详见《后汉书·梁节王畅传》）。

⑧八荒：八方荒远之地。《说苑·辨物》："八荒之内有四海，四海之内有九州。"

⑨剌（là 辣）手：反手。

⑩汗漫：广泛，漫无边际。

⑪不著：即不着、不用。裹：以往的注释或作"驾车"或作"织物"。笔者以为这里应为佐助之义。

⑫地上友：指张籍。

⑬经营：这里指创作活动。

⑭颉颃（xié háng 斜杭）：语出《诗·邶风·燕燕》"燕燕于飞，颉之颃之"，引申为不相上下或相抗衡的意思。

[点评]

　　元和八年（813），元稹作杜甫墓铭并序，序中有扬杜抑李之说；元和十年（815），白居易在《与元九书》中又有李、杜并讥之论。韩愈则一向推尊李杜，且于二人之间无所轩轾，其对上述关于李、杜的论说有所不满是理所当然的。鉴于张籍与元、白之间的特定关系，韩愈借其门人张籍说事儿，从而约于元和十一年，即公元816年前后作了这首诗。

　　这是一首别具胆识的论诗诗。首二句"李杜文章在，光焰万丈长"，在当时的文坛背景下，洵为惊世骇俗之论。由于此论的精警，遂成为关于李杜的千古定谳；而"蚍蜉撼大树，可笑不自量"二句，不仅可为妄言李杜优劣者戒，并且已成为家喻户晓的成语。至于诗中所表现出的作者对李杜的追慕之情和韩愈特有的奇想伟词,更是既感人又诱人。

生查子

牛希济

春山烟欲收^①,天淡星稀小^②。残月脸边明,别泪临清晓。
语已多^③,情未了。回首犹重道:记得绿罗裙,处处怜芳草^④。

[注释]

①烟欲收:指雾气渐渐消散。

②天淡:一作"天澹"。

③语已多:一本无"已"字。

④"记得"二句:其语似本南朝梁江总妻《赋庭草》:"雨过草芊芊,连云锁南陌。门前君试看,是妾罗裙色"等句,但此词语意更胜。

[点评]

此词写情侣临晓道别,极为自然蕴藉。尤其是下片的临别絮语,道出了人人共历之境,又触物生情,移情及物,构思巧妙。最后以爱屋及乌之意叮嘱情人,委婉得体。

等闲平地起波澜

人心难测

放　鱼

李群玉

早觅为龙去^①，江湖莫漫游。

须知香饵下^②，触口是铦钩^③。

[注释]

①"早觅"句：当是化用鲤鱼跳龙门的故事（详见《水经注·河水》篇）。
②香饵：渔猎所用之诱饵，也可引申为诱人上钩的圈套。这里当是对下述说法的隐括："香饵之下，必有悬鱼；重赏之下，必有死夫""故香饵非不美也，龟龙闻而深藏、鸾凤见而高逝者，知其害身也。"（分别见旧题黄石公《三略·上略》和桓宽《盐铁论·褒贤》）
③触口：这里当是指口唇之所及的意思。铦(xiān 先)钩：指锋利的鱼钩。

[点评]

　　这是一首富有哲理的咏物诗。作者仿佛是一位深谙世故的好心人，他在放鱼归江湖时，谆谆提醒它说：能够"上度龙门"，在一个美好的世界里得度为龙，固然再好不过。但要千万谨记，不要在江湖中漫游，尤其不要去吞食美味四溢的"香饵"，因为在"香饵"的下面所藏着的便是锋利的钓鱼钩。只要"你"一张口，便会大祸临头！诚然，这的确是一首有灵魂、有寄托的咏物诗，请看这样一段精辟的析文：

　　　　这首《放鱼》寄意深远。其特色一是小中见大地展开，二是由此及彼的暗示。写的虽是具体的尺寸之鱼，作者却由鱼而社会而人生，抒发了封建社会中善良的人们对于险恶的社会生活的一种普遍感受。所咏叹的是"放鱼"这一寻常事物,但诗人却手挥五弦、目送飞鸿,因而音流弦外,余响无穷,使人不禁联想到诗人自己和许多正直人们的遭际而深感同情。正如陶明濬《说诗札记》所指出的:"咏物之作,非专求用典也,必求其婉言而讽,小中见大,因此及彼,生人妙悟,及为上乘也。"此诗可谓得其旨。

——李元洛(见《唐诗鉴赏辞典》第 1236—1237 页)

竹枝词九首
（其七）

刘禹锡

瞿塘嘈嘈十二滩①,人言道路古来难②。

长恨人心不如水,等闲平地起波澜。

[注释]

①瞿塘:指瞿塘峡,又称夔峡,长江三峡之一,西起重庆奉节白帝城,东至巫山县大宁河口。两岸山势险峻,水流湍急,号称天堑,古有"瞿塘天下险"之称。嘈(cáo 曹)嘈:这里形容水声嘈杂。十二滩:极言险滩之多,借以强化语势。
②人言:一作"此中"。

[点评]

《竹枝词》,又称巴渝词,原为四川东部一带的民歌,刘禹锡据之创作了两组以《竹枝》命名的新词。先作的一组为九首,后作的一组为二首。《竹枝词九首》之前有一小序,说明因为受到屈原《九歌》的启发,在学习民歌的基础上,诗人于长庆二年(822)任夔州刺史时,创作了这组词。这是其中的第七首。

诗人从声音嘈杂、处处险滩的瞿塘峡说起,因为人人都知道这是一条十分危险的水路。但此诗的关键所在是比险滩更可怕的世路。水路虽然有礁石险滩，但这是人所共知的，是可以提防的。而在这条布满暗箭的世路上，诗人苦楚凄凉地整整走了"二十三"年，吃尽了人心难测的苦头，往往在平白无故中遭到谗害——"长恨人心不如水，等闲平地起波澜。"没有他因参与"永贞革新"失败被贬的切身体验和特定心态，是难以写出这种带有哲理性的意味深长的诗句的。

此诗所蕴含的道理，本来是艰深和令人寒心的。它之所以能够流传人口，主要得益于对民歌的汲取和改造。

寄　诗^①

崔莺莺

自从销瘦减容光^②，万转千回懒下床。

不为傍人羞不起，为郎憔悴却羞郎。

[注释]

①此诗诗题一作《绝微之》，原出元稹传奇《莺莺传》，亦见于《全唐诗》卷八〇〇。
②容光：仪容风采。

[点评]

据《莺莺传》（又名《会真记》）所载，张生和莺莺于西厢同居一月。后张生西去求取功名，最终抛弃莺莺，乃各自嫁娶。而后张生过其地，莺莺不出见，赋诗谢绝。有关此事及此诗，赵德麟《侯鲭录》（卷五）曾为之"辨正"云：张生即是元稹之托名，崔莺莺亦当是假托……

《历朝名媛诗词》评之曰："莺诗所传止二三首。其绝诗有不胜怨恨之意，措辞不烦，言外无尽。若莺莺者，亦可惜也。此种诗令人不堪多读。"《名媛诗归》评此诗则云："不差不为情事，不讳众见，为郎羞郎，只欲使其自愧耳！绝之之意已坚。"诗中"不为傍人羞不起，为郎憔悴却羞郎"这一名联，语、意大胆醒豁，敢爱敢恨。可见此诗非一般绝交言辞，简直是对始乱终弃者的道义指控。

宫　词①

朱庆馀

寂寂花时闭院门，美人相并立琼轩②。

含情欲说宫中事，鹦鹉前头不敢言。

[注释]

①诗题一作《宫中词》。
②美人：这里既指容貌美好的宫女，也指自西汉设置、唐朝仍在沿称的妃嫔。

[点评]

　　从一般宫女熬成美人，仍然没有出路。两位美人见面，惺惺相惜，满腹幽怨，多么想彼此倾吐一番，然而不敢。因为在她们面前不仅有着像鹦鹉那样的巧言令色者，甚至还有告密者。她们不仅心理上受到摧残，人身也毫无安全可言，宫闱之可怕由此可见一斑。

鹦　鹉

罗　隐

莫恨雕笼翠羽残,江南地暖陇西寒^①。

劝君不用分明语^②,语得分明出转难。

[注释]

①陇西:即陇右,古代以西为右,泛指陇山以西地区,约相当于今甘肃六盘山以西、黄河以东一带。唐代以前,西北的气候比宋以后温暖,故陇西一带可能有鹦鹉栖息。鹦鹉本产于热带和亚热带。

②君:指被关在"雕笼"里的鹦鹉。分明:这里是明确、划分清楚的意思。分明语:这里指鹦鹉模仿人说话十分相像。

[点评]

　　此诗写的是作者视异类为同调,因而与它悄悄地说了一段心里话。前两句字面上是安慰鹦鹉说:"你"不要怨恨自己被剪掉了漂亮的羽毛关进了笼子里,因为江南的地气比陇西温暖,在这里"你"会感到比老家更舒适,所以应当知足。

　　后两句意谓如果"你"想飞出雕笼的话,那么就得多个心眼儿,不要那么逼真地去模仿人说话。因为模仿得愈逼真、愈得主人宠爱,"你"就愈无出笼之日!

　　这哪里是对异类说的话,分明是罗隐自身处境的写照和内心矛盾的吐露——既是借此抒发自己寄人篱下和忧谗畏讥的心情,也为天下有才华受拘束、遭打击者打抱不平。

翠碧鸟

韩　偓

天长水远网罗稀，保得重重翠碧衣。

挟弹小儿多害物，劝君莫近市朝飞。

[点评]

　　韩偓诗被称为唐末实录，诗史殿军。其诗"含意悱恻，词旨幽眇，有美人香草之遗"（吴闿生《韩翰林集跋》），也就是说韩偓诗大多有政治寓意，所写翎毛花木亦不例外。这首诗的后二句"挟弹小儿"云云，就讥刺以武力劫持皇帝和杀害朝臣的强藩。

孤　雁

（其二）

崔　涂

几行归塞尽，念尔独何之。

暮雨相呼失，寒塘欲下迟。

渚云低暗度，关月冷相随。

未必逢矰缴①，孤飞自可疑。

［注释］

①矰缴(zēng zhuó 增浊)：猎取飞鸟的射具。缴是系在箭上的丝绳。

［点评］

宋元间词人张炎，因其《解连环·孤雁》一词而获"张孤雁"之称。但是张炎的这首词，显然是对崔涂此诗的隐括和敷衍。

"暮雨相呼失,寒塘欲下迟"二句,因写尽孤雁之情态,一向被视为此诗之警策。但纪昀则认为出句有语病而云"相呼则不孤矣"。看来,这是犯了减字解诗的毛病,明明是"相呼失"嘛!

以往多以为此诗是写羁愁离思,这当然不能说错,但是更应看到诗人以孤雁自况的惧害忧祸的心理。因为第七句的"矰缴",是全诗中一个很关键的词,因为它可以引申为迫害人的手段。看来崔涂当时的心情,就像孤雁惧怕射杀它的弓箭一样,时时处处担心歹人对自己的暗算。

酌酒与裴迪①

王 维

酌酒与君君自宽②,人情翻覆似波澜③。

白首相知犹按剑④,朱门先达笑弹冠⑤。

草色全经细雨湿,花枝欲动春风寒。

世事浮云何足问,不如高卧且加餐。

［注释］

①裴迪:今陕西吴中一带人,排行十,曾与王维一同隐居辋川,以诗酒唱和。

②"酌酒"句:当是化用鲍照《拟行路难》"酌酒以自宽,举杯断绝歌路难"之句意,用以安慰好友裴迪。

③"人情"句:当是化用陆机《君子行》"休咎相乘蹑,翻覆若波澜"句意,以之说明人情反复无常。

④"白首"句:此句中的"按剑"含有壮怀激昂之意。

⑤朱门:古代王公贵族的宅院大门漆成红色以示尊崇,故以"朱门"为贵家宅邸的代称。先达:在古代称有地位有声望的先辈为先达。弹(tán 谈)冠:这里是比喻准备出仕,亦即弹冠相庆的意思。此句或许暗用《汉书·王吉传》之说:"吉与贡禹为友,世称王阳在位。贡公弹冠,言其取舍同也。"王吉,字子阳,因称其为王阳。上述引文的意思是说,王吉、贡禹二人友善,王吉做官,贡禹也准备出仕。

[点评]

　　从"朱门"句所用典事看,或许裴迪曾求托王维为其出仕援手,于是王维便引经据典地劝其好友说:世道险要,人情反复无常,与其出仕,莫如隐居辋川,以诗酒相娱;再说我王维已身不由己地做了官,你若再出仕,咱俩是好友,岂不像当年的王吉和贡禹一样,贻笑于"朱门先达"之家!

　　此诗写作上的最大特点是:八句悉为拗体,对此前人曾说:"摩诘七言律,自《应制》《早朝》诸篇外,往往不拘常调。至'酌酒与君'一篇,四联皆用仄法,此初盛唐所无……"(王世贞《艺苑卮言》卷四)。

　　对颈联"草色"二句,赵殿成解释为"乃是即景托喻,以众卉而邀时雨之滋,从奇英而受春寒之痼。即植物一类,且有不得其平者,况世事浮云变幻,又安足问耶?拟之六艺,可比可兴"(《王右丞集笺注》卷一〇),所言诚是。

放言五首①

（其三）

白居易

赠君一法决狐疑②,不用钻龟与祝蓍③。

试玉要烧三日满④,辨材须待七年期⑤。

周公恐惧流言日⑥,王莽谦恭未篡时。

向使当初身便死⑦,一生真伪复谁知。

[注释]

①这是一组政治抒情诗。诗前小序云:"元九(元稹)在江陵时,有放言长句诗五首,韵高而体律,意古而词新。予每咏之,甚觉有味,虽前辈深于诗者,未有此作……予出佐浔阳,未届所任,舟中多暇,江上独吟,因缀五篇,以续其意耳。"由此可知,这是在唐宪宗元和十年(815),白居易被贬往江州途中所作。

②狐疑:遇事犹豫不决。据载,狐之为兽,其性多疑,每渡冰河,且听且渡。故言疑者,而称狐疑。

③钻龟:犹钻灼,古代的一种占卜方法(详见《史记·龟策列传》)。祝蓍(shī失):古代以蓍草占卜的一种方法。

④此句下原注:"真玉烧三日不热。"

⑤此句下原注:"豫章木生七年而后知。"

⑥日:一作"后"。

⑦初:一作"时"。

[点评]

五年前,白居易的好友元稹因开罪权贵被贬。为表达愤懑,曾以《放言》为题,写诗五首奉赠白居易。五年后的元和十年(815)六月,白居易因上疏急请缉拿刺杀宰相武元衡的凶手,被定为越职言事之罪,贬任江州司马。此时此刻,他与当年元稹的心情完全一样,便以《放言》为题写了五首和诗,这是第三首。

"放言"的意思是不受拘束,任性而言。所以元、白说的都是自己的心里话。白居易的五首更胜一筹。特别是"其三",堪称极富政治理趣的好诗。它说明"周公"和元、白都是或忠心耿耿、或直言敢谏的"真玉"良才,却受到了猜忌和贬谪;而篡汉之前表面"谦恭"的王莽竟被称誉有加,朝政和世道之昏庸黑暗于此可见一斑。然而时间是最可靠、最公正的,真伪优劣终会一清二白。"周公恐惧流言日,王莽谦恭未篡时",是白诗中传诵人口的名句。

黄　河

罗　隐

莫把阿胶向此倾①,此中天意固难明。

解通银汉应须曲②,才出昆仑便不清③。

高祖誓功衣带小④,仙人占斗客槎轻⑤。

三千年后知谁在? 何必劳君报太平。⑥

[注释]

①阿胶:据说阿胶有使浊水变清的作用。

②"解通"句:是对李白"黄河之水天上来"和刘禹锡"九曲黄河万里沙"二句之意的隐括,是说黄河之所以能成为通天之水,是因其河道弯曲。

③"才出"句:罗隐也误认为黄河发源于昆仑山。

④"高祖"句:据载,汉高祖刘邦在分封功臣时,曾信誓旦旦地对受封者说,只有

黄河变得像衣带那么窄小,泰山像磨刀石那么平坦,你们的爵位才会失掉。实际上这是不可能的。

⑤"仙人"句:这个故事说,乘着往来于海上和天河间的木筏,有人看到过星月日辰。仙人还占卜出他所看到的织妇和丈夫,也就是牵牛和织女星宿(详见《博物志》卷三)。

⑥"三千"二句:据王嘉《拾遗记》卷一云:"黄河千年一清,至圣之君,以为大瑞。"但"三千年"(应为一千年)后,有谁能等得到呢?何必劳驾您报告这样的好消息。

[点评]

对于此诗的主旨,前人以为"喻人心不可测者"(《瀛奎律髓》卷三);今人以为诗人以其十次参加科举考试失败的痛苦经历,讥讽和抨击唐代的科举制度。二说均有道理,后说是前说的具体化。正因为世道人心的险恶,在科举考试中才出现了犹如污浊的黄河水般的种种弊端。而诗人对这些弊端的抨击,矛头直指喻比最高统治者的"天意"和以汉喻唐的"高祖"。

五、六两句所用典事旨在说明:那些永远占据高位者除了皇亲国戚,就是得到所谓"仙人"指点的"曲径通幽"者。因而七、八句所谓的清平和"大瑞"之日,那是谁也等不到的骗人的说法。此诗具有何等犀利的思想锋芒!

百舌吟①

刘禹锡

晓星寥落春云低,初闻百舌间关啼②。花枝满空迷处所,摇动繁英坠红雨。笙簧百啭音韵多,黄鹂吞声燕无语。东方朝日迟迟升,迎风弄景如自矜③。数声不尽又飞去,何许相逢绿杨路④。绵蛮宛转似娱人⑤,一心百舌何纷纭。酡颜侠少停歌听⑥,堕珥妖姬和睡闻⑦。可怜光景何时尽,谁能低回避鹰隼⑧。廷尉张罗自不关⑨,潘郎挟弹无情损⑩。天生羽族尔何微⑪,舌端万变乘春晖。南方朱鸟一朝见⑫,索漠无言蒿下飞。

[注释]

①百舌:即乌鸫鸟,全身黑色,唯嘴黄。善鸣,其声多变化,故又称百舌。
②间关:象声词,多状车的摩擦声。这里与"间关莺语花底滑"的取义相同,状鸟鸣声。
③自矜(jīn 今):自夸。
④何许:何处。
⑤绵蛮:鸟声。语出《诗·小雅·绵蛮》。
⑥酡(tuó 驼):饮酒脸红。
⑦妖姬:艳丽的女子。
⑧隼(sǔn 损):一种凶猛的鸟,又叫鹘(hú 胡)。驯熟后可以帮助打猎。
⑨廷尉:掌管刑狱的官。张罗:张网捕鸟。廷尉张罗:典出《史记·汲郑列传》:"始翟公为廷尉,宾客填门。及废,门外可设雀罗。"
⑩潘郎:指潘岳,姿仪俊美,有掷果盈车的故事,后世常借称妇女所爱慕的男子。《世说新语·容止》谓:"潘岳妙有姿容,好神情。少时挟弹出洛阳道,妇人遇者,莫不连手共萦之。"
⑪羽族:鸟类的总称。
⑫朱鸟:也称朱雀,与南方井宿(xiù 袖)、鬼宿、柳宿等七宿组成鸟象,总称"朱鸟",为四象之一。此象如在傍晚出现于天空,即表明夏天的到来。

[点评]

　　这里娓娓讲述的,是一种名曰"百舌"的鸟的故事。一大早就听到了"百舌"的叫声,在花枝茂密间,只见被它摇动的花瓣像红雨般地纷纷落下,却不见其踪影。"百舌"的叫声像用笙吹奏的各种动听的曲调,它一鸣唱,黄鹂和燕子再也不敢出声。在朝阳里,"百舌"迎风自夸般地舞弄着身影;在林荫道上,它叫几声换一个地方,不知它究竟在何处。"百舌"婉转地鸣唱仿佛有意讨人喜欢,其叫声可谓千变万化。酒后脸色红润的侠义少年停止了歌唱而聆听"百舌"之鸣;耳环落在枕席间的艳丽女子带着睡意也在欣赏"百舌"的鸣啭。美好的光景何时尽,又有谁能避开凶恶的鹰隼!失势的廷尉即使在门前张网捕雀,趋炎附势的"百舌"也不会投其罗网,而美少年潘岳所挟带的弹弓却会无情地将它打伤。你"百舌"只不过是只能在春天里摇唇鼓舌的小小候鸟,等到天上的鸟象一出现,夏天来临,"你"只能默然无生气地在蒿草下低飞。

听完了这个故事,人们不难想到:"百舌"本来是一种很可爱的益鸟,它的鸣啭又非常动听悦耳。刘禹锡为什么对它如此反感、甚至以为它不会有好下场呢?原来诗人是在"指桑骂槐",他所讥讽的是那种巧言令色的投机者!诚然,这种人往往没有什么好下场。

菩萨蛮

敦煌曲子词

枕前发尽千般愿,要休且待青山烂。水面上秤锤浮,直待黄河彻底枯。　　白日参辰现①,北斗回南面②。休即未能休,且待三更见日头。

[注释]

①参(shēn 身)辰:二星名。参星居西方,辰星(一名商星)居东方,二星此出彼没,更不可能在白天同时出现。

②北斗:在北天排列成斗或勺形的七颗亮星,也叫北斗七星。它指向北极星而不

可能转向南面。

[点评]

　　这大约是写于唐玄宗开元年间的,几乎是最早的词作。它不像是对坚贞爱情的赞美,倒像是对曾经信誓旦旦的食言者的鞭笞。

相见欢

李　煜

　　林花谢了春红①,太匆匆。无奈朝来寒雨晚来风②。　　　胭脂泪③,留人醉,几时重。自是人生长恨水长东。

[注释]

①"林花"句:意谓春花褪色败落。
②无奈:一作"常恨"。
③胭脂泪:红泪,谓红花零落,犹如擦着胭脂的美女在流泪。

[点评]

　　王国维《人间词话》在推尊李煜词的时候,曾将此首结拍的"自是人生常恨水长东"句,与"流水落花春去也,天上人间"相并列,还以之为例反问道:温庭筠和韦庄词"能有此气象也"? 答案自然是否定的,因为在温、韦集中确实找不出这种饱含着深刻人生体验的词句。

　　另外,此词借惜春、伤春之字面,咏叹韶光易逝,芳华难留,充满了哲理意味;朝雨晚风,寄意遥深,宜仔细品味。笔者之所以将此词归于"等闲平地起波澜"这一类,是基于这样的认识:一切美好事物的匆匆消逝,与风雨对春花的摧残相类似,往往是恶势力阴谋施暴的结果。所以此词的意义,今天看来主要不在于作者李煜抒发的个人不幸所产生的感人效果,而在于它能提示天真善良的读者,对于人心反复和平地波澜,要警觉! 再警觉!!

优俪情深

曾经沧海难为水

青青水中蒲三首①

（其二）

韩 愈

青青水中蒲，长在水中居。

寄语浮萍草②，相随我不如。

[注释]

①根据韩愈的行迹可知，这三首诗是他在唐德宗李适贞元九年（793）前后游凤翔时，寄赠其年轻妻子卢氏的。蒲：又名香蒲，水生植物，嫩时可食用，至老可制席等用具。此诗或许是作者由食嫩蒲或读《诗·大雅·韩奕》所引起的联想。
②浮萍：水面浮生植物，叶下虽有根，但仍随水流漂浮不定。

[点评]

如果不是知人论世，这首诗很容易被看作一般的寓言小诗，实际上它寄托着韩愈对妻子的很深的情爱。只不过是他假托妻子的口吻，而妻子又幻化成"香蒲"而已。

这里拟对此诗试作意译：生长在水中一隅的香蒲，在其顾影自怜之时，恰巧有一丛浮萍漂到它的身边。它便可怜兮兮地对浮萍说："我真羡慕你们——这样终生相随相伴四处逍遥！"

这组小诗曾引起人们的很大关注和兴趣。除了胡应麟在《诗薮》内编卷六和何焯在《韩昌黎诗系年集释》中有所论及外，陈沆也曾指出：这组诗首章中的"君"，谓鱼（即书信）也；二章的"我"，谓蒲自谓也，"相随我不如"，言蒲不如浮萍之相随也。此公寄内而代为内人怀己之词。前二首写儿女离别之情，第三首兼写丈夫四方之志（详见《诗比兴笺》）。

离思五首^①

（其四）

元　稹

曾经沧海难为水^②，除却巫山不是云^③。

取次花丛懒回顾^④，半缘修道半缘君。

[注释]

①关于此诗的题旨素有二说：一是为悼念亡妻韦丛而作，一说怀念与莺莺的一段风情。

②难为水：语出《孟子·尽心上》的"故观于海者难为水"之句。

③"除却"句：是对宋玉《高唐赋序》的隐括。

④取次：这里是草草的意思。花丛：代指女色。

[点评]

从此诗的写作时空看，将其理解为悼念韦丛而作，似乎更近腠理。因为韦丛卒于元和四年，此诗则作于次年作者贬官于江陵府士曹参军任上，当系痛定思痛之作。

首、二两句分别与《孟子·尽心上》和《高唐赋序》的关系，仅仅限于字面上的某种借取。元稹的意思是说，他与亡妻的关系，犹如沧海之水和巫山之云，其深情和动人是世间其他事物所无法比拟的；三、四句进一步说明，自己之所以对不管多么俊美的女子也懒得看她一眼，那是因修炼教义和对亡妻的思念所致。

"曾经沧海难为水，除却巫山不是云。"既是此诗的名句，也是悼亡和爱情诗中几难逾越的名言。但是后世对此二句的含义有所引申，并用以表现眼界至高和阅历至广等意蕴。

六年春遣怀八首①

（其五）

元　稹

伴客销愁长日饮，偶然乘兴便醺醺②。

怪来醒后旁人泣，醉里时时错问君③。

[注释]

①六年：指唐宪宗李纯元和六年(811)。

②醺(xūn 熏)醺：形容醉酒的样子。

③君：指诗人的亡妻韦丛。

[点评]

“遣怀”，顾名思义是排遣心中的意绪，对此时的元稹来讲主要是悼亡。

诗人为什么要标出“六年”这个时日呢？这主要当是在元稹的生活中，除了他仍然被贬失意之外，这一年还有两件悲喜交并之事——悲的是与爱妻韦丛的泉路相隔；另一件堪称喜事的是元稹收娶安氏为妾。

又是思念已故原配又在纳妾，读者不禁要问：元稹怎么啦？回答则应该是——这一切都是人之常情。

这又要回到“六年”这个日子口上。此时已是韦丛谢世的第三个年头，自春至秋，再过几个月就是她的“三周年”了。为父母丁忧尚且只有三年，元稹此时纳妾，对已故原配来说不算薄情。何况从这首诗来看，他是真心实意地在痛悼亡人：

首句的字面上，虽说是为给别人消愁而整日饮酒，实际上是他自己想借酒浇愁，其言外之意就是愁更愁；第二句说，他偶然也有喝醉的时候。而诗的最动人之处是三、四两句——在酒醒之后看到别人在痛哭,他感到很奇怪。经询问才知道,原来在他醉醺醺的时候,竟把"旁人"看成是亡妻,像在她生前一样,向"她"问这问那。"旁人"既然为这些问话感动得泣不成声,读者又何尝能无动于衷呢?

元稹之所以成为写作悼亡诗的高手,主要是因为他对亡妻有一份像沧海一样深的真情实感。

燕子楼三首①

白居易

满床明月满帘霜,被冷灯残拂卧床。

燕子楼中霜月夜,秋来只为一人长。

钿晕罗衫色似烟②,几回欲著即潸然。

自从不舞霓裳曲③,叠在空箱十一年④。

今春有客洛阳回⑤,曾到尚书墓上来⑥。

见说白杨堪作柱,争教红粉不成灰⑦?

[注释]

①这是一组和诗,原诗是白居易的友人张仲素所作,也是一组三首。关于这组唱和诗的来龙去脉,白居易在其诗序中作了既明确又详尽的交代:"徐州故张尚书有爱妓曰盼盼,善歌舞,雅多风态。余为校书郎时,游徐、泗间。张

尚书宴余，酒酣，出盼盼以佐欢，欢甚。余因赠诗云：'醉娇胜不得，风袅牡丹花。'一欢而去，尔后绝不相闻，迨兹仅一纪矣。昨日，司勋员外郎张仲素绘之访余，因吟新诗，有《燕子楼》三首，词甚婉丽。诘其由，为盼盼作也。绘之从事武宁军（治所在今徐州）累年，颇知盼盼始末。云：'尚书既没，归葬东洛，而彭城（即徐州）有张氏旧第，第中有小楼名燕子。盼盼念旧爱而不嫁，居是楼十余年，幽独块然，于今尚在。'余爱绘之新咏，感彭城旧游，因同其题，作三绝句。"

②钿（tián 田，又读 diàn 店）：用金翠珠宝等制成花朵形的首饰。晕（yùn 运）：光影色泽模糊的部分。

③霓裳曲：《霓裳羽衣曲》的简称，亦即《霓裳羽衣舞》。唐代宫廷乐舞，著名法曲（唐玄宗所酷爱的、其声清而静雅的道观所奏之曲）。相传为唐开元中西凉节度使杨敬述所献，初名《婆罗门曲》，后经玄宗润色并制歌词，改用此名。其舞、乐和服饰都用以描绘虚无缥缈的仙境和仙女形象。

④十一年：当系"一十年"的误写或误传。

⑤今春：指元和十年的春天。有客：指白居易的友人张仲素（字绘之）。

⑥尚书：指武宁军节度使张愔（yīn 音）。但是历来有多种记载将张愔误作其父张建封。

⑦争教：怎教。红粉：原是女子的化妆品胭脂和铅粉，常被作为女子的代称。这里指张愔的爱妾、此诗的女主人公关盼盼。盼盼：一作"眄（miàn 面）眄"。

[点评]

关于这组诗的"本事"，从上引白居易的诗序可以尽知。兹将张仲素的三首原作移录于下，以便与白诗对读："楼上残灯伴晓霜，独眠人起合欢床。相思一夜情多少，地角天涯未是长。""北邙松柏锁愁烟，燕子楼中思悄然。自埋剑履歌尘散，红袖香销已十年。""适看鸿雁洛阳回，又睹玄禽逼社来。瑶瑟玉箫无意绪，任从蛛网任从灰。"

张仲素在诗史上的地位，虽然远不能与白居易相比，但由于他的官职很高，其诗亦为人所爱重和称道："多警句，尤精乐府，往往和在宫商，古人有未能虑者。"（《唐才子传》卷五）白居易的这组诗则被称为"一唱三叹，余音绕梁。似此风调，虽起王昌龄、李白为之，何以复加？"（《唐宋诗醇》卷三二）关于这一唱一和

六首诗的真正价值所在,学者早有精到之论:

> 　这两组诗,遵循了最严格的唱和方式。诗的题材、主题相同,诗体相同,
> 和诗用韵与唱诗又为同一韵部,连押韵各字的先后次序也相同,既是和韵又
> 是次韵。唱和之作,最主要的是在内容上要彼此相应。张仲素的原唱,是代
> 盼盼抒发她"念旧爱而不嫁"的生活和感情,白居易的继和则是抒发了他对
> 于盼盼这种生活和感情的同情和爱重以及对于今昔盛衰的感叹。一唱一
> 和,处理得非常恰当。当然,内容彼此相应,并不是说要亦步亦趋,使和诗成
> 为唱诗的复制品和摹拟物,而要能同中见异,若即若离。从这一角度讲,白
> 居易的和诗艺术上的难度就更高一些。总的说来,这两组诗如两军对垒,功
> 力悉敌,表现了两位诗人精湛的艺术技巧,是唱和诗中的佳作。
> 　　　　　　——沈祖棻　程千帆(见《唐诗鉴赏辞典》第 893 页)

题都城南庄

崔　护

去年今日此门中,人面桃花相映红。

人面不知何处去,桃花依旧笑春风。

[点评]

　　孟棨《本事诗·情感》中,记载了此诗的一段颇具传奇色彩的故事:唐人崔
护举进士不第,清明日独游长安城南,见一花木绕宅之家。崔护叩门求饮,一女
子以杯水相予,二人一见倾心。第二年,崔护再到此地,门墙如故,却已上锁,未
见人之踪影,崔护于左扉题写此诗云云。

　　论者多以为上述"本事"不尽可信,但因诗中具有慨叹美好事物得而复失的

深邃理趣,其中"人面桃花"作为成语已广为人知。

赠　婢

崔　郊

公子王孙逐后尘,绿珠垂泪滴罗巾①。

侯门一入深如海,从此萧郎是路人②。

[注释]

①绿珠:西晋石崇的歌妓,善吹笛,为石崇所宠。当时赵王司马伦专擅朝政,其宠
臣孙秀仗势向石崇索取绿珠,石崇不依。孙秀力劝赵王杀石崇,结果石崇及妻
子、亲戚十五人被杀。甲士逮捕石崇时,绿珠坠楼自尽(详见《晋书·石崇传》
《世说新语·仇隙》等)。

②萧郎:本来是称呼萧姓男子或专称萧衍(详见《梁书·武帝纪上》)。这里指女
子所爱恋的男子,也是此诗作者崔郊自指。

[点评]

　　这是一首本事诗,其"本事"大致是这样的:唐宪宗李纯元和年间(806—
820)的秀才崔郊,其姑母有一婢,相貌端丽,与崔郊彼此爱恋。后被卖给襄州
(今湖北襄阳)刺史于頔,崔郊思慕不已。一年寒食节,二人相遇不得交谈,婢女
为之悲泣,崔郊便写了这首诗赠给她。后来于頔见到此诗为之所感,遂命婢女与
崔郊同归(详见《云溪友议》卷上)。

　　与专写刻骨铭心之爱的角度有所不同,此诗是写所爱者被夺之悲哀,对夺人
之爱的权贵骨子里痛加讥讽和针砭。但在写作上,诗人颇谙皮里春秋之法,即表
面上不作任何评论而心里却有所褒贬,堪称怨而不怒,含而不露,意在言外,耐人

寻味。

　　只要看到有姿色的女子,公子王孙便垂涎三尺,竞相追逐。诗人所爱恋的婢女也是身不由己。可以想见,她被卖掉时,也会像当年绿珠那样泪湿罗巾。美貌的女子一旦被权贵所得,庭院深深,难以再见天日,她心爱的人也难免像路人一样,彼此难以相认。

　　值得再加一提的是"侯门"句,此句由于道出了人间某些悲剧的根源而被提炼为"侯门如(亦作'似')海"的成语,用以比喻情人或好友因地位悬殊而疏远隔绝。

遣悲怀三首①

（其二）

元 稹

昔日戏言身后意②,今朝都到眼前来。

衣裳已施行看尽③,针线犹存未忍开。

尚想旧情怜婢仆,也曾因梦送钱财。

诚知此恨人人有,贫贱夫妻百事哀。

[注释]

①诗题一作《三遣悲怀》。
②"昔日"句:意谓往日开玩笑所说的对于死的各种设想。
③施:施舍的意思。行看尽:眼看就要(施舍)完了。

[点评]

　　这是继潘岳《悼亡》诗之后的最著名的悼亡组诗,被悼念的是元稹的原配妻子韦丛。她是太子少保韦夏卿最小的女儿,二十岁时嫁给元稹,夫妇感情甚笃。谁料恩爱夫妻未到头,元和四年(809)七月,只有二十七岁的韦丛便与世长辞。这组诗就是此后不久所作,是时元稹以监察御史分司东都洛阳。

这组诗以其真挚感人,平易自然,又属对工稳,多为人所激赏。其中《唐诗三百首》的编者孙洙的一席话很有代表性:"古今悼亡诗充栋,终无能出此三首范围者。"这里尚须略加补充的是,元稹的悼亡诗远不止这三首,且无不感人至深,只是这一组的写作时间可能是最早的。

在第一首中,作者自比战国贫士黔娄,将韦丛比作相门之女谢道韫,不言而喻地含有对她屈身下嫁、安于贫贱、勤俭治家、无比贤惠等优秀品格的褒揄;第三首自伤身世,丧妻无后,不堪悲凉。其中的"惟将终夜长开眼,报答平生未展眉"二句,由于贴切地表达了对亡妻的真切怀念,遂成为表示爱情忠贞不渝的名句。

这第二首从回忆夫妻间的戏言写起,以几件感人的事情说明自己对妻子的真切怀念:为了避免睹物思人,把她的衣服几乎都施舍给了别人,把她生前的针线活封存起来;又写因为想念妻子就连她当年的使婢也格外怜爱。妻子生前靠野菜充饥、以枯叶为薪,拔下金钗换酒给自己喝……如今他得到了优厚的俸禄,有了钱财,就在梦中送与妻子。最后以"诚知此恨人人有,贫贱夫妻百事哀"这种伤感至极的情语作结,遂成为后人用以表示贫贱夫妻悲哀之情的名句。

杨柳枝①

柳　氏

杨柳枝,芳菲节②,可恨年年赠离别。一叶随风忽报秋,纵使君来岂堪折③?

①此首作为诗,其题又作《答韩翃》和《答韩员外》。韩员外即韩翃,详见本书附录的韩翃条。

②芳菲:原指花草美盛芬芳。这里字面上指杨柳,实则柳氏自指。

③君:指韩翃。

[点评]

据唐许尧佐《柳氏传》载,韩翃外出期间,居城为叛军所占,与柳氏隔绝数年。韩翃使人探寻柳氏,并寄赠《章台柳》一词。词云:"章台柳,章台柳,颜色青青今在否? 纵使长条似旧垂,也应攀折他人手。"以为人攀折之柳条为喻,表达对乱离中柳氏遭遇之担忧。柳氏得韩翃词后甚为伤感,遂以此词作答,抒发离别之恨,并寓对时局之忧虑与年华将衰之感慨。

此词除见于《全唐诗》所附词外,《本事诗·情感》《诗话总龟》前集卷二三亦有所载录。前人评之曰:"语不多,而胸情缭绕,前后都到。句法亦紧峭,与韩翃诗(词)同一工妙。"(《历朝名媛诗词》)"激直痛楚,绝不宛曲,可想其胸怀郁愤。"(《名媛诗归》)

更漏子①

温庭筠

玉炉香,红蜡泪,偏照画堂秋思②。眉翠薄,鬓云残,夜长衾枕寒。　　梧桐树,三更雨,不道离情正苦。一叶叶,一声声,空阶滴到明。

[注释]

①温庭筠共写过六首内容相仿的《更漏子》，这是第六首，也是最好的一首。《更漏子》是词牌名，它类似渊源于欧洲中世纪骑士文学的《小夜曲》，歌唱的是午夜情事。

②画堂：这里指华丽的堂舍。

[点评]

此词与其说是扣住词牌本意抒写爱情，倒不如说它是倾诉离愁。而离愁渲染得愈浓重，爱情自然也就愈深沉，同时也就有意无意地改变了民间曲子词那种浅显直露的特色，拓展了人物的内心世界。这正是此词作者在词史上的一种创举。

具体到这首词，它之所以能够引起人们的广泛兴趣，看来主要有这么两点：一点是情真意切；一点是顺口美听。

所谓情真意切，这一方面是指作品本身感情饱满深沉，能够打动人心；另一方面是作者写实感，不矫情。你看，在华丽的居室里，香烟袅袅，蜡泪涟涟。这些无情之物，不管女主人公多么愁思绵绵，却偏偏照得她愁上加愁。第三句的"秋思"，既点出时间，又说明了人物情态，无疑这里描写的是秋夜的一位思妇。心字上面一个秋，原来她是"愁"的化身。"眉翠"以下三句是写她辗转反侧，以致用翠黛精心画饰的翠眉颜色被蹭薄，好看的鬓发也已经凌乱不堪。夜深难眠，只觉得被子和枕头寒气逼人。

词的上片所渲染的孤单清冷的室内氛围已令人难以禁受，待到逗出下片更令人断肠：窗外秋桐夜雨，叶叶声声，凄凄厉厉，哪管思妇情苦，滴滴答答一直到天明。结拍的"空阶"二字耐人寻味——天亮之后，雨倒是停了，但台阶还是空空如也，无人走过，可见室外比室内更加孤寂凄凉，使人更增三分愁肠。

所谓此词的另一特点顺口美听，也就是易唱好听。词之为体，委曲倚声。词又叫作"曲子词"，最初是在宴会上唱给人听的，那时它的功能仅仅是"娱宾遣兴"，所以没有歌声也就没有了词。词中的双声叠韵字如"一叶叶，一声声""鬓云""衾枕"等，这样一些字唱念都很顺口，真可以叫作音美声颤，字如贯珠。温庭筠的这种格律精细，音韵优美，唱起来上口、听起来顺耳的歌词，在晚唐的各种宴会上已被广泛传唱。

此词的第三个特点是,在短短的篇幅中塑造出了一个令人极为同情的思妇形象——她尽管是一个华丽家族的女子,但是她下榻的"画堂"内所陈设的"玉炉""红蜡""衾枕"都是寻常之物,主人公的装束也不以华贵艳丽取胜,而是眉翠淡薄,鬓发零乱,满脸愁容。除了这种外表的刻画,作者还通过着笔角度的变化自然而准确地刻画出"这一个"思妇的特有心态。

此外,还值得一提的是它虚实结合的抒情特点。"不道离情正苦",是全词唯一的一句纯抒情的语言。但它不是空泛地表达离情,而是有感于秋雨梧桐之景,从思妇内心深处发出的对无情秋雨的一种埋怨。这样一来,不仅巧妙地衬托出思妇的一往情深,从词的结构上说,至此已完成了眼见之"实",到耳听之"虚"的转化,虚实的结合已臻完美,换句话说就是情景交融、上下片浑然一体。我国诗论中有"不着一字,尽得风流"的比喻,温庭筠用"空阶滴到明"这样绝妙的景语诉说的"离情",却收到了比单纯抒发离情更鲜明、更深刻的艺术效果,从而给读者留下了无比丰富的想象余地,也是这首词的魅力所在。

相见欢①

李　煜

无言独上西楼,月如钩②。寂寞梧桐深院锁清秋。　　剪不断,理还乱,是离愁。别是一般滋味在心头。

[注释]

①《相见欢》:作为词调,又称《乌夜啼》等。
②月如钩:指与团圆的望月相对的缺月,也称新月。

[点评]

　　李煜的词,由于在其被俘前所写多是宫廷享乐生活,被俘后则主要写故国之思,所以前后期还是容易区分的,一般不至于相混淆,但是这首《相见欢》却很例外。历代不乏词学名家,在肯定其写离愁的同时,断然定为后期所作,这是一种莫大的误解。

　　问题当出在对黄升一句话的错解上。黄曰:"此词最凄惋,所谓'亡国之音哀以思'。"(《唐宋诸贤绝妙词选》卷一)这里所谓的"亡国之音",并不是指已经灭亡了的国家的音乐,而是特指"将欲灭亡之国"(见《史记·乐书·张守节正义》)的哀乐。一个极具说服力的例子是,李璟的《摊破浣溪沙》和冯延巳的《谒金门》,也被称为"亡国之音哀以思"(李清照《词论》),无疑此二词绝不是亡国之后所作。同样,李煜的这首《相见欢》并不是作于亡国之后,这也是把它归于"曾经沧海难为水"这类爱情题材的原因之一。

　　之二,此词调曰《相见欢》,除又名《乌夜啼》外,还有一调名曰《忆真妃》,所以这当是一首本意词,其中寄托着作者对其妻、子的悼念之情。李煜十八岁时纳周宪(后谓大周后),二十三岁被封为吴王,周宪被聘为吴王妃。她多才多艺,尤擅琵琶,曾将《霓裳羽衣曲》的残谱填补成完整的乐曲,自己用琵琶演奏。她与后主共同生活了十年,于乾德二年(964)十一月二日病卒。在此之前一个月,后主幼子仲宣四岁夭折。仲宣是周宪所生的最小的儿子,他聪明早慧,深受父母钟爱。在短短的一个月之内,接连丧妻夭子,这对多情善感的李煜来说,实在是一种难以承受的打击。他痛不欲生,甚至想投井自尽。此词当是在这种心情下写成的,词中所表现的极度孤寂和悲哀,不是破国之恨,而是亡家之痛。

　　妻死子殇本身固然很不幸,对李煜来说更难以承受的是巨大的感情悬差。因为失去的不是他无动于衷的人,而是他极为宠幸的娇妻爱子。周宪病中,相传李煜与周宪之妹(后谓小周后)有过某种荒唐的举动,但总的说他不同于那些把女人完全当玩物的帝王,他是一个颇富人情味的丈夫和父亲,妻子死后他曾自称鳏夫。这一切正是首句"无言独上西楼"的心理背景。"月如钩",正合周宪病卒于十一月之初弯曲的缺月之形,正是一种具有象征意味的悼亡语。上片结句的"寂寞梧桐深院",则可能与周宪生前的住处有关。《全唐诗》卷八收有李煜为周宪母子写的悼诗数首,其中《感怀》一首有"又见桐花发旧枝"云云,诗中的月楼、桐枝等均系似曾相识之物。不同的是,悼亡诗可能写于周宪谢世的第二年春天,而此词则可能写于她逝世一周年的"清秋"时节。痛定思痛,虽然已看不到作者在悼诗中的"潸然泪眼",但浓缩之后的情思,却更为深沉感人。

此词备受称道的是下片,尤其对煞拍的"别是一般滋味在心头"一句,不知多少人为之拍案叫绝。它好就好在用"滋味"喻愁,既独出心裁,又道出了人们的一种共同生活体验,容易激起共鸣,令人回味无穷。至于"剪不断,理还乱,是离愁","剪不断"的不是丝,而是以水作比的愁,也就是"抽刀断水水更流"的意思。"理还乱"不必理解成物质的丝,而是取其谐音"思"。也就是说作者的思绪纷乱,梳理不清,所以心头上才有一种特别的滋味,即一种莫可名状的惆怅迷惘之感。这种"滋味"不是一般的"离愁"所致,而是一种生离死别、青冥契阔之愁。这是此词格外感人的原因所在。如果将词旨释作抒写亡国之痛,反而显得不着边际、一般化了。

长恨歌

白居易

汉皇重色思倾国①,御宇多年求不得②。杨家有女初长成③,养在深闺人未识。天生丽质难自弃,一朝选在君王侧。回眸一笑百媚生,六宫粉黛无颜色。春寒赐浴华清池,温泉水滑洗凝脂④。侍儿扶起娇无力,始是新承恩泽时。云鬓花颜金步摇⑤,芙蓉帐暖度春宵。春宵苦短日高起,从此君王不早朝。承欢侍宴无闲暇,春从春游夜专夜⑥。后宫佳丽三千人,三千宠爱在一身。金屋妆成娇侍夜,玉楼宴罢醉和春。姊妹弟兄皆列土⑦,可怜光彩生门户。遂令天下父母心，不重生男重生女⑧。骊宫高处入青云，仙乐风飘处处闻。缓歌缦舞凝丝竹，尽日君王看不足。渔阳鼙鼓动地来，惊破霓裳羽衣曲。九重城阙烟尘生，千乘万骑西南行。翠华摇摇行复止，西出都门百余里。六军不发无奈何，宛转蛾眉马前死。花钿委地无人收，翠翘金雀玉搔头⑨。君王掩面救不得，回看血泪相和流。黄埃散漫风萧索，云栈萦纡登剑阁。峨眉山下少人行，旌旗无光日色薄。蜀江水碧蜀山青，圣主朝朝暮暮情。行宫见月伤心色，夜雨闻铃肠断声。天旋日转回龙驭⑩，到此踌躇不能去。马嵬坡下泥土中，不见玉颜空死处。君臣相顾尽沾衣，东望都门信马归。归来池苑皆依旧，太液芙蓉未央柳。芙蓉如面柳如眉，对此如何不泪垂。春风桃李花开日，秋雨梧桐叶落时。西宫南内多秋草，落叶满阶红不扫。梨园弟子白发新，椒房阿监青娥老⑪。夕殿萤飞思悄然，孤灯挑尽未成眠。迟迟钟鼓初长夜，耿耿星河欲曙天。鸳鸯瓦冷霜华重，翡翠衾寒谁与共？悠悠生死别经年，魂魄不曾来入梦。临邛道士鸿都客⑫，能以精诚致魂魄。为感君王展转思，遂教方士殷勤觅。排空驭气奔如电，升天入地求之遍。上穷碧落下黄泉，两处茫茫皆不见。忽闻海上有仙山，山在虚无缥缈间。楼阁玲珑五云起，其中绰约多仙子。中有一人字太真，雪肤花貌参差是。金阙西厢叩玉扃⑬，转教小玉报双成⑭。闻道汉家天子使，九华帐里梦魂惊。揽衣推枕起徘徊，珠箔银屏逦迤开。云鬓半偏新睡觉，花冠不整下堂来。风吹仙袂飘飖举，犹似霓裳羽衣舞。玉容寂寞泪阑干，梨花一枝春带雨。含情凝睇谢君王，一别音容两渺茫。昭阳殿里恩爱绝⑮，蓬莱宫中日月长。回头下望人寰处,不见长安见尘雾。惟将旧物表深情,钿合金钗寄将去。钗留一股合一扇,钗擘黄金合分钿。但令心似金钿坚,天上人间会相见。临别殷勤重寄词,词中有誓两心知。七月七日长生殿,夜半无人私语时:"在天愿作比翼鸟,在地愿为连理枝。"天长地久有时尽,此恨绵绵无尽期。

[注释]

①汉皇:原指汉武帝,这里借指唐玄宗。倾国:指美女。

②御宇:指帝王统治国土。

③杨家有女:指杨玉环。她自幼养于叔父家,开元二十三年被册为寿王李瑁(玄宗子)妃。后被玄宗看中,先度为女道士,号太真。天宝四载被册封为玄宗贵妃。

④凝脂:这里以柔滑洁白凝冻的油脂,比喻人皮肤的细白润滑。

⑤金步摇:首饰名。

⑥夜专夜:夜夜专宠。

⑦列土:原指分封土地,这里兼指封官晋爵。

⑧"不重"句:陈鸿《长恨歌传》引当时民谣:"生女勿悲酸,生男勿喜欢""男不封侯女作妃,看女却为门上楣。"白居易隐括民谣之意,以讽玄宗重色倾国之误。

⑨"翠翘"句:三种钗、簪一类的首饰名。

⑩"天旋"句:意谓大局转危为安,玄宗还京。

⑪椒房:指后妃所居宫室,用花椒和泥涂壁,取其暖、香、多子之义,故名。阿监:指近侍女官。青娥:原指少女,这里指青春美好的容颜。

⑫"临邛"句:指在长安作客的临邛道士。鸿都:本是东汉洛阳宫门名,这里指长安。

⑬玉扃:指玉饰的宫门。

⑭小玉:传说为吴王夫差小女。双成:即神话传说中西王母的侍女董双成。这里的小玉、双成均借指为杨玉环在仙境中的侍女。

⑮昭阳殿:原为汉成帝皇后赵飞燕所居的宫殿名,这里指杨玉环生前的寝宫。

[点评]

　　唐宪宗元和元年四月,白居易被任命为盩厔(即今陕西周至)尉,在这里结识了长于史学的文学家陈鸿和家于是邑的琅玡王质夫,彼此唱和。同年十二月三人同游仙游寺,谈起唐明皇和杨贵妃事感慨系之。恐这一"希代之事,非遇出世之才润色之,则与时消没,不闻于世"(陈鸿《长恨歌传》),遂推"深于诗,多于情"(同上)的白居易为之作歌,于是白、陈相继写了《长恨歌》和《长恨歌传》。《长恨歌》的作者"多于情",遂使其诗成为妇孺皆知、雅俗共赏、传之千古的名篇佳作;而看重"惩尤物,窒乱阶,垂于将来"的陈鸿所作之传,其魅力则难以与白诗同日而语。

　　又因为白居易曾把自己的诗分为讽喻、感伤、闲适、杂律四类,《秦中吟》和《长恨歌》被分别列在讽喻和感伤类,作者曾颇为自得地说:"一篇长恨有风情,十首秦吟近正声。"这就是说在白居易看来,《长恨歌》与讽喻诗《秦中吟》不同,它是"风情"之歌。所以尽管笔者并不否认《长恨歌》的讽喻乃至鞭笞功能,但也不赞成那种把此诗的题旨仅仅归结为"讥明皇迷于色而不悟"的讽喻说。因为诸如"蜀江水碧蜀山青,圣主朝朝暮暮情。行宫见月伤心色,夜雨闻铃肠断声"等怀思旧情的感人诗句,所表达的不是一般的忆旧,而是倾注着堪称圣洁和真挚的爱。所以笔者认为《长恨歌》首先是一首爱情之歌,但不是像张邦基《墨庄漫录》所说的那种"不过述明皇追忆贵妃始末,无他激扬"的专写"风情"之章,而是作者对其笔下的人物既有赞叹、又有惋惜的亦爱亦讽的双重立意。只不过对当时的白居易来说,对这种双重立意的处理,不是不偏不倚,而是基于其对爱情的深切体验,诗中对"风情"的描写比"讽喻"部分更加感人,故或谓"风情"是此诗的正题,"讽喻"是副题。

　　但是,《长恨歌》写的又不是一般人的爱情,它是封建帝王和获取专宠地位的贵妃之间的"爱"。这种"爱"在宫廷内部即表现为"重色"和邀宠。首句"汉皇重色思倾国",以汉喻唐,一语双关。"思倾国",果倾国。作为五十年太平天子的唐明皇,因为对杨妃的"倾国"之貌和娇媚之态的宠爱,尽日享乐,贻误了国事。这不仅与导致安史之乱有很大关系,也铸成了自身无可挽回的爱情悲剧。长诗从开头到"惊破霓裳羽衣曲"约四分之一的篇幅,写的主要是这方面的内容。这一部分的"讽喻"意味是很明显的,甚至可以说是很辛辣的。"讽喻"论者的依据主要是来自这一部分，或谓《长恨歌》的前一部分是"讽喻"多于"风情"。

中间从"九重城阙烟尘生"以下的四十多句，可谓"讽喻"与"风情"交融。这是因为《长恨歌》是以唐玄宗和杨贵妃两个重要的历史人物为主角，这就不能不涉及与其生死攸关的一些重大的历史事件。其中除了"渔阳鼙鼓动地来"的安史之乱，还有"千乘万骑西南行"的玄宗"幸蜀"和"六军不发"的马嵬兵变，这些事如果一一铺开来写，每一件事都可以构成一大篇政治讽喻诗，然而这不是当时白居易的所长，亦与其彼时的胸中块垒不甚相干。于是作者巧妙地进行了剪裁，把那种可能形成"劝君歌"的政治素材尽量压缩为副题或一笔带过，而以重笔泼墨突出其作为爱和恨的正题。比如安史之乱的直接政治后果是严重破坏生产力，使唐王朝由盛而衰，造成藩镇割据。而此诗写到"渔阳鼙鼓"，只说它"惊破霓裳羽衣曲"，结束了李、杨那种"缓歌缦舞凝丝竹，尽日君王看不足"的纵情享乐生活。再如据史书记载，马嵬兵变是指唐宿卫宫禁的将领陈玄礼，在安史之乱中随玄宗入蜀，在马嵬坡与士兵杀杨国忠，逼玄宗缢死杨贵妃事。此诗第二部分在写到此事时隐约其词，用"六军不发无奈何，宛转蛾眉马前死"带过。这样写来，作为这一爱情悲剧的男主人公的艺术形象才是统一完整的，整个第二部分写他对杨贵妃的那种刻骨思念才有说服力，也为下一步完全过渡到"风情"之歌留有余地。

从"临邛道士鸿都客"以下，直到全诗终了的四十六句，被赵翼《瓯北诗话》称为："有声有情，可歌可泣。"这一部分采取浪漫主义手法，即使"上穷碧落下黄泉"，也要找回男主人公"朝朝暮暮"所思念的杨贵妃，并且把她形容为"梨花一枝春带雨"这般美好的形象。最后以"在天愿作比翼鸟，在地愿为连理枝。天长地久有时尽，此恨绵绵无尽期"这样刻骨铭心的动人诗句作结，难道还不能说明这主要是一首爱情之歌吗？

何处相思明月楼

班婕妤三首

（其二）①

王　维

宫殿生秋草,君王恩幸疏。

那堪闻凤吹②,门外度金舆③。

[注释]

①此诗《河岳英灵集》选录,题作《婕妤怨》。

②凤吹:这里泛称箫、笙等宫廷细乐。

③金舆:贵者所乘饰金之车。这里指御辇。

[点评]

　　婕妤,一作倢伃。汉武帝时开始设置的妃嫔称号。班婕妤,西汉女文学家,名不详,今山西宁武一带人,东汉著名史学家班固祖姑。自少年才学出众,成帝即位之初被选入宫,俄而大幸,立为倢伃。后赵飞燕以微贱歌女入宫,因其体轻故名飞燕,善舞,甚得宠。班婕妤和许皇后失幸,许后被废。班氏恐久见危,求侍奉太后于长信宫。

　　这组诗当系作者失宠后,不得晋见君王所作。三首中,以此首略胜一筹。宫殿草长,御辇过门而不入。恩幸之疏薄,可想而知。

春 怨

金昌绪

打起黄莺儿，莫教枝上啼。

啼时惊妾梦，不得到辽西^①。

[注释]

①辽西：指辽河以西，即今辽宁西部。辽西在唐属边塞之地，这里借指征夫戍地。

[点评]

这是一首怀念征人的闺怨诗。字面上看思妇怨恨的是"黄莺儿"，语义深层则是对当时兵役制度的不满。以倒叙之笔，写得极为含蓄。

此诗的另一特点，已曾被古人先后道出，诸如"一篇一意，摘一句不成诗矣"（谢榛《四溟诗话》卷一）、"不惟语意之高妙而已，其篇法圆紧，中间增一字不得，着一意不得。起结极斩绝，然中自舒缓，无余法而有余味"（王世贞《艺苑卮言》卷四）、"语音一何脆！一气蝉联而下者，以此为法"（沈德潜《唐诗别裁》卷十九）。一首小诗，为诸多诗评家所关注和赞赏，很不一般。

江南曲①

李 益

嫁得瞿塘贾②,朝朝误妾期。

早知潮有信,嫁与弄潮儿③。

[注释]

①江南曲:乐府旧题,属《相和歌辞·相和曲》。

②瞿塘:指长江三峡之一的瞿塘峡,在今重庆奉节境内。贾(gǔ 古):商人。

③弄潮儿:指在沿海的江河涨潮时,在潮头作泅水、竞渡等活动的青春少年,也指驾驶木船的人。

[点评]

  这首闺怨诗之所以为后世诸多诗评家所称赞,主要因为后二句"无理而妙"(贺裳语),"荒唐之想,写怨情却真切"(钟惺语)。

行 宫①

元 稹

寥落古行宫②,宫花寂寞红。

白头宫女在③,闲坐说玄宗。

[注释]

①此首或作王建诗,题为《古行宫》,学者多以为当以元稹诗为是。行宫:皇帝外出所住之处。

②寥落:寂寞、冷落的意思。古行宫:这里是指洛阳的行宫"上阳宫"。

③白头宫女:即"上阳白发人"。

[点评]

　　这首诗是元稹在东都洛阳监察御史任上所作,时在唐宪宗元和四年(809)。诗中所写的"古行宫"是唐高宗时所建,玄宗天宝末年曾有一批宫女被秘密迁谪于此,距离元稹写此诗时已经四十多年,幸存者已满头白发。由于一直被禁闭在深宫之中,外界的事无从知晓,她们在百般寂寞中彼此闲聊,也只能谈说唐明皇李隆基(庙号玄宗)时代的陈年旧事。此诗之旨,一则对白发宫女抱有深切同情;一则寓有今昔盛衰之感,读来备觉含蓄蕴藉。所以宋洪迈谓其"语少意足,有无穷之味"(《容斋随笔》卷二),清潘德舆称其"足赅《连昌宫词》六百余字,尤为妙境"(《养一斋诗话》卷三)。后者的意思是说,元稹的这首二十字的小诗,兼具他本人六百余言的长诗《连昌宫词》的全部内容。

　　关于此诗的艺术表现手法,有论者曾指出:一是以少总多,一是以乐景写哀。所见诚是。

啰唝曲六首^①

（其一、其三、其四）

刘采春

不喜秦淮水，生憎江上船。

载儿夫婿去，经岁又经年。

莫作商人妇，金钗当卜钱^②。

朝朝江口望，错认几人船？

那年离别日，只道住桐庐^③。

桐庐人不见，今得广州书。

[注释]

①啰唝（hǒng 哄）曲：因《词律》《词谱》均收此调，以往被视为词牌名，实际应是唐声诗名。后人解"啰唝"为"来罗"，即盼望远行人回来的意思。
②"金钗"句：古人用火灼龟甲，以为看了那灼开的裂纹就可以推测出做事的吉凶。也有用掷钱的方法占卜的，所用钱币叫卜钱。这里说用金钗占卜。
③桐庐：今属浙江。

[点评]

据历代诸多专家考证，刘采春不是这组诗的作者，她只是演唱者。不过她和她的演唱被元稹赞赏为"言辞雅措风流足，举止低回秀媚多。更有恼人肠断处，选词能唱望夫歌。即啰唝之曲也"（《赠刘采春》）。有的记载还说，刘采春一唱此曲，闺妇游子，莫不泣泪涟涟。

对一首歌曲来说，演唱者的水平固然很重要，而歌词本身能否打动人也同样重要。此诗被誉为"天下之奇作"（潘德舆语）、"虽使王维、李白为之，未能远过"（管世铭语）等。这些赞语一点也不过分，这的确是一组别具一格、雅俗共赏且又便于传唱的闺情诗。

宫词二首①
（其一）

张 祜

故国三千里②，深宫二十年。
一声何满子③，双泪落君前。

[注释]

①宫词：诗题名。或以帝王宫中日常琐事为题材，或写宫女的抑郁愁怨，是唐诗中常见的一类作品，仅王建一人就写有《宫词》五首。
②故国：这里指故家。
③何满子：《乐府诗集》卷八〇引白居易曰："何满子，开元中沧州歌者，临刑进此曲以赎死，竟不得免。"元稹《何满子歌》亦云："何满能歌声宛转，天宝年中世称罕。"后沿为词牌，正名作《何满子》（详见崔令钦《教坊记》）。

[点评]

这是一首高格调的宫怨诗，主人公显然是一位色艺超群者。她有机会在"君前"表演歌舞，这在后宫佳丽三千人之众的嫔妃中，洵为万幸者。然而她却不满于这种长达二十年的牢笼般的生活，无时不在思念远在三千里之外的故乡亲人;她不是以"回眸一笑百媚生"来取悦"龙颜",而是以放声歌唱曲调悲凉的《何满子》来哭给皇帝看。她无意争宠,所向往的是人身自由和属于一个女人的真正幸福。也只有这种高格调、高境界的作品,对腐朽透顶的宫闱制度的发难才更有力。

本来《宫词》这类作品多为七言句,此诗则是概括力极强的五言,全诗显得特别凝练、有力。这当是谢榛所说的"意简而句健"(《四溟诗话》)的意思,也是此诗的主要特点之一;它的另一主要特点是全用数字作对,比如"三千里"和"二十年""一声"和"双泪"。这样不但更能加深读者对作品的印象,且使内容的表达更清晰、更准确。

闺　怨①

王昌龄

闺中少妇不曾愁②,春日凝妆上翠楼③。

忽见陌头杨柳色④,悔教夫婿觅封侯⑤。

[注释]

①闺怨:指少妇的哀怨之情,用这种题材写的诗叫"闺怨诗"。

②不曾:一作"不知"。

③"春日"句:当是对初唐谢偃《乐府新歌应教》诗"青楼绮阁已含春,凝妆艳粉复如神"等句的化用或隐括。凝妆:盛妆。

④陌(mò 墨)头:路边。

⑤觅封侯:觅是自求的意思。觅封侯当是泛指外出求取功名,可以是从军,也可以指寻求其他功名。

[点评]

在王昌龄传世的一百八十多首诗中,其绝句约占一半,人称可与李白"争胜毫厘,俱是神品"(《艺苑卮言》)。如果说这一首堪称"神品"的话,那么其"神"主要表现在一个新字上。看吧,一个无忧无虑的少妇,盛妆春游;当她登上华美的楼阁时,忽然发现路旁柳色青青,于是她便后悔不该叫夫婿外出求取功名。诗至此戛然而止,那么新意何在呢?

首先是独出心裁。诗的前二句与"闺怨"的题意相反,着重写"少妇"的真稚心态和爱美的天性。"不曾愁"与第三句的"忽见"相照应,为下文的突兀转折做铺垫,构思新巧,对比强烈,有相辅相成之效。

其次是审美内容上的出新。在《诗经》中,每每以昆虫和植物来触发离人的悲心,一般没有更深的含义。而这里的"少妇"看到"陌头"杨柳返青,不仅勾起她对丈夫的思念,更后悔叫他去"觅封侯"。不言而喻,在这个"少妇"看来,"杨柳色"比"觅封侯"更值得留恋,更有追求的价值。这里不仅包含着作者对功名富贵的轻视,以及对美好时光和青春年华的珍惜,其审美内容也是新颖的,甚至可以说是进步的。

长信秋词五首

(其一、其三)

王昌龄

金井梧桐秋叶黄①,珠帘不卷夜来霜②。

熏笼玉枕无颜色,卧听南宫清漏长③。

奉帚平明金殿开④,且将团扇共徘徊⑤。

玉颜不及寒鸦色,犹带昭阳日影来⑥。

[注释]

①金井:指饰有雕栏之井,在古典诗词中多以此美称宫廷或御园中之井。

②珠帘:指用珍珠缀成的或饰有珍珠的帘子。

③南宫:代指南内,也就是唐玄宗和贵妃所居的蓬莱宫以南的兴庆宫。

④奉帚:持帚洒扫。语出吴均《行路难五首其五》的"班姬失宠颜不开,奉帚供养长信台"。平明:指天大亮的时候。

⑤团扇:也叫宫扇,本指宫中常用的圆形有柄的绢扇。这里指相传班婕妤《怨歌行》所写的被人弃置不用的秋扇。

⑥昭阳:汉武帝时后宫八区之一有昭阳殿。成帝时,专宠者赵飞燕姊妹曾居于此,后世泛指皇后所居之宫。这里以汉宫代指唐代宫殿。日影:这里以太阳的光影比喻皇帝的恩泽。

[点评]

　　这组诗的标题"长信"二字很有来历,王昌龄就是借这种来历寄托他的讽喻之意。《三辅黄图》(三)云:"长信宫,汉太后常居之……后宫在西,秋之象也。秋主信,故宫殿皆以长信、长秋为名。"由汉代宫殿之名,引申出了与此有关的汉代班婕妤的故事。她原是班况的女儿,班彪的姑母,成帝时被选入宫为婕仔,史称班婕仔。婕仔,又作婕妤,是汉武帝所设置的位同上卿、身比列侯的地位很高的女官。班婕妤曾为成帝宠妃,后为赵飞燕所谮(zèn,说坏话诬陷人)失宠。班婕妤畏谗,主动请求到长信宫侍奉太后。

　　在这里,王昌龄字面上写的仿佛是班婕妤的故事,说她失宠后,一大早就手持扫帚打扫宫殿,白天只有与被弃的秋扇为伴,晚上独自躺在那里倾听计时宫漏的滴水声。她深深地慨叹自己如花似玉的容颜,倒不如一群从皇帝身边飞来的黑乌鸦!

　　王昌龄是开元、天宝间的著名诗人。恰恰就在这时(开元二十八年),李隆基将其子李瑁(寿王)之妃杨玉环先度为道士,至天宝四载,就把自己的这位儿媳册封为贵妃。从此杨妃专宠,明皇失政,奸佞当道,国将不国!王昌龄的这组诗虽然"优柔婉丽,含蕴无穷"(沈德潜语),但却不难看出,它完全是借汉喻唐,矛头直指玄宗本人。不久王昌龄遭第二次贬谪,恐非事出无因。

谢赐珍珠

江　妃

桂叶双眉久不描,残妆和泪污红绡①。

长门尽日无梳洗②,何必珍珠慰寂寥③。

[注释]

①红绡:这里指用红色薄丝绸做成的衣服。

②长门:原为汉宫名。汉武帝时陈皇后(阿娇)擅宠骄纵,惑于巫祝(古代从事通鬼神的迷信职业者),被废谪后,退居长门宫。后因此用为失宠的后妃居住之地。这里以汉代的长门宫喻指唐代的上阳宫。

③寂寥:原本形容无声无形之状(详见《老子》)。这里指孤单寂寞。

[点评]

这首诗假如确系江妃所作,那就应当作于作者被杨贵妃夺宠之后至安史之乱前夕。《梅妃传》云:"梅妃为太真逼迁上阳,明皇于花萼楼念之,会夷使贡珠,命封一斛赐妃,妃谢以诗。"《历朝名媛诗词》评此诗曰:"少婉曲,一气而出,可以想其怨愤不觉触发之意。"又《名媛诗归》评首二字云:"桂叶二字便新,若入柳叶等语却陋极矣。"诗之前三句系常见闺宫怨诗,结句则复别于一般宫怨诗,对唐玄宗腐朽之宫室生活予以大胆嘲讽。由此可见,诗题中之"谢"字,应训为"辞绝"。

此诗所标作者"江妃",系唐玄宗李隆基之妃,名采蘋。但此诗是否是她所作尚有不同看法,一说它是后人托名而作。

竹枝词九首

（其二）

刘禹锡

山桃红花满上头①，蜀江春水拍山流②。

花红易衰似郎意，水流无限似侬愁③。

[注释]

①满上头：指山桃花满山遍野。

②蜀江：这里指四川境内的长江。

③侬（nóng 农）：我。

[点评]

　　唐穆宗长庆二年（822）刘禹锡任夔州刺史，这里流行以《竹枝》命名的民歌。此诗就是作者学习民歌所创作的优秀代表作之一。

　　诗运用比兴结合的手法，写一个女子在爱情受挫后的怨愁情绪。一、二句以江水拍打着开满红花的山峦而长流不息起兴；三、四句写郎君的情意却像红花那样容易凋谢，而"侬"的忧愁就像滔滔不绝的江水那样无穷无尽。好一个"痴心女子负心汉"的形象写照！

　　刘禹锡的这首小诗之所以被广为传唱和仿作，当与其含思宛转、对比兴手法的成功运用，意境鲜明、音节和谐又富于情韵密切相关。同时笔者也注意到，有论者将第一句的"满上头"，解释为情郎曾为女子插戴了满头的山桃花，这里则理解为红花满山头，未知读者将作何选择。

秋夜曲①

王 涯

桂魄初生秋露微②，轻罗已薄未更衣。

银筝夜久殷勤弄③，心怯空房不忍归。

[注释]

①此诗曾被收入多种王维诗集，但经学者考证，应是王涯诗。兹从之。

②桂魄：相传月中有桂树，故以"桂魄"作为月的别称。

③银筝：以银装饰的古筝，抑或对古筝的美称。

[点评]

　　这是一首闺怨诗，主人公当是一位或富有或高雅门第的少妇，这从她身着罗衣、手弄"银筝"即可看出。越是这种不用为衣食发愁、也无须操持家务的女子，越容易产生有端无端的相思之情。假如她的丈夫又是一个纨绔子弟或章台冶游者，那她的内心将比劳动妇女更复杂、更痛苦。王涯作为一个官至宰相的人，他所熟悉的就是这种上层女子，因而对她们的心理把握很准确。以此诗的主人公为例，她所以深更半夜还在一个劲儿地抚弄古筝，并不是基于对音乐的酷爱，主要是害怕走进卧室独守空房。她是用抚筝来消磨时间，等待良人的归来。

　　诗中除了以这种心理描写见长外，一、二句对初秋夜月之气氛的渲染亦颇具匠心，值得注意。

赠内人①

张 祜

禁门宫树月痕过,媚眼惟看宿燕窠②。

斜拔玉钗灯影畔,剔开红焰救飞蛾。

[注释]

①内人:唐代长安教坊歌舞妓进入宫中承应的称"内人"(详见崔令钦《教坊记》)。

②宿燕:一作"宿鹭"。

[点评]

这是一首寓意深曲的宫怨诗。"内人"是在皇帝跟前侍奉的人。她们一入宫禁深苑,就失去了自由,完全与外界隔绝。这位深夜不眠内人的俊美眼睛所看到的,只有宫苑中的燕巢。她心地善良,救出了扑向灯火的飞蛾。但与飞蛾处境类似的她,又有谁来搭救呢?

长门怨三首

（其二）

刘　皂

宫殿沉沉月欲分,昭阳更漏不堪闻①。

珊瑚枕上千行泪,不是思君是恨君②。

[注释]

①昭阳:这里以汉宫代指唐代宫殿。

②"不是"句:此句中的两个"君"字或指唐德宗,因为作者刘皂是活动于贞元(785—805)期间的诗人。

[点评]

《长门怨》系乐府旧题,属《相和歌·楚调曲》。据载,汉武帝陈皇后名阿娇,被废居长门宫后以重金买司马相如作《长门赋》,抒写其愁思以感武帝,后人因之作《长门怨》曲。

这首诗别具一格,它虽然也以"千行泪"表明宫怨之深,但最后以"恨君"作结,大胆直率,不同凡响。

有的版本第四句附注云:"一作'半是思君半恨君'",这样写,看来虽然不够痛快,但仿佛更合乎情理——思"君"不得方恨"君",这样的宫女,比"不是思君"的宫女,更加具有代表性。

长门怨^①

刘 媛

雨滴长门秋夜长^②,愁心和雨到昭阳^③。

泪痕不学君恩断^④,拭却千行更万行。

学画蛾眉独出群^⑤,当时人道便承恩。

经年不见君王面,花落黄昏空掩门。

[注释]

①在这一诗题下的两首诗,均录自《全唐诗》卷八〇一。前一首原出韦庄《又玄集》卷下,后与刘皂之作相混淆。
②长门:一作"梧桐"。
③昭阳:这里以汉宫代指唐代宫殿。
④学:一作"共"。
⑤蛾眉:这里指女子长而美的眉毛。

[点评]

　　刘媛本人是不是宫女虽不得而知,但这两首宫怨诗却写得很感人,对宫女精神痛苦的诉说,千载之后仍令人鼻酸。"雨滴长门"一首,旨在怨君之薄幸,伤己之痴情;"学画蛾眉"一首,以花落喻己之盛年将逝,"承恩"无望。《历朝名媛诗词》谓第一首的"泪痕二句太浅直",而以第二首之结句的"花落黄昏得之矣"。似亦不必拘执,此二首旨趣与王昌龄《长信秋词》有异曲同工之妙。

杂诗三首

（其三）

沈佺期

闻道黄龙戍^①,频年不解兵。

可怜闺里月,长在汉家营^②。

少妇今春意,良人昨夜情^③。

谁能将旗鼓^④,一为取龙城^⑤。

[注释]

①黄龙:又名龙城,故址在今辽宁朝阳。

②汉家营:实际还是以汉代唐。

③良人:这里指丈夫,语出《孟子·离娄下》。

④旗鼓:旗和鼓本用于军队发号令,这里代指军队。

⑤龙城:又称龙庭,匈奴祭天、大会诸侯处。

[点评]

　　此诗题面虽云"杂",但题内用意深,是一首具有浓重反战情绪的传世名作。

　　主人公是一位与丈夫分别多年的戍边军人的妻子,她一开口就埋怨边塞驻军多年不撤。接下去她虽然没有直接说是远戍和战乱破坏了其原本是花好月圆的幸福生活,但是"可怜闺里月"以下四句,字字句句都是在数落战争的无情——不是吗?同一轮明月,丈夫出征前她的感受当是月悄悄、人依依,日子过得十分甜蜜!如今这轮温馨而多情的明月仿佛离她而去,远在边塞军营的上空,留给她和丈夫的只是年年岁岁、朝朝暮暮、无穷无尽的伤春怀远的无奈之情。

写真寄外①

薛　媛

欲下丹青笔②,先拈宝镜寒③。

已经颜索寞④,渐觉鬓凋残。

泪眼描将易,愁肠写出难。

恐君浑忘却⑤,时展画图看。

[注释]

①诗题一作《写真寄夫》。写真:写是描摹,真指自身。写真这里指薛媛自画像。

②丹青:这里指绘画。

③拈(niān 蔫):这里指用手指拿东西。

④索寞:枯寂无生气的样子。

⑤君:这里指作者的丈夫。浑:全。

[点评]

　　这是一首本事诗。晚唐濠梁(今属安徽)人薛媛(一作"瑗",误)的丈夫南楚材离家出游,其风采为颖(今属河南)地长官所欣赏,遂想将女儿许配给他。南楚材很想答应这门亲事,就叫仆人回濠梁取琴书,并说自己要远行不再回来。薛媛觉察到丈夫有外心,擅长书画和诗文的她就对着镜子画了一张像,连同这首诗一起交给她的丈夫。南楚材受了感动,很是内疚,终与薛媛团聚并白头到老。里人知道了这件事,就编了一首歌谣唱道:"当时妇弃夫,今日夫弃妇。若不逞丹青,空房应独守。"(详见《云溪友议》卷上)

此诗最出名的是"泪眼描将易,愁肠写出难"二句。后世的文学人物杜丽娘在自画肖像时,口称"三分春色描将易,一段伤心写出难",完全是由薛媛此联脱胎而出,可见此诗对大戏剧家汤显祖的深刻影响。

赠邻女①

鱼玄机

羞日遮罗袖②,愁春懒起妆。

易求无价宝,难得有心郎。

枕上潜垂泪,花间暗断肠。

自能窥宋玉③,何必恨王昌④。

[注释]

①诗题一作《寄李亿员外》。

②遮罗袖:一作"障罗袖"。

③"自能"句:意谓她心目中有值得爱慕的男子。这里所用"窥宋"之典,详见宋玉《登徒子好色赋序》。

④"何必"句:此句紧接上句,意谓自己既然已有像宋玉那样的意中人,又何必怨恨像王昌那样的人负心呢? 王昌:李商隐《代应》《楚宫》二诗中的人物,当指像宋玉那样是年轻女子所倾心的男子。这里取意有所变化,当喻指李亿。

[点评]

当鱼玄机还是一个只有十五岁的童女时,补阙(武则天时就设置的侍从讽谏方面的官职)李亿因羡其才貌出众,遂纳为妾。因为鱼玄机不为李亿妻所容,便于咸通(860—874)中期出家做了女道士。后因其戕杀侍婢绿翘,被京兆尹温璋于咸通九年处死,是年只有二十四岁。

《唐诗纪事》卷七八、《北梦琐言》卷九等均记载,此诗系鱼玄机在狱中所作怨李亿诗,此说可信。鱼玄机之入狱乃杀婢所致,然实因不合理之婚姻制度及封建礼教所致。此诗第二联"易求无价宝,难得有心郎"向称名句,既为作者深切之人生体验,亦道出古代妇女遇人不淑或彩凤随鸦等不幸命运。

这本来是一首有篇又有句的佳作,竟招来一些或隔靴搔痒、或极尽挖苦攻讦之论:"娇在无端生想便有,痴在全由慧性使成。非有才有色人,不能容易到也"(钟惺《名媛诗归》);"鱼老师可谓教猱升木、诱人犯法矣,罪过,罪过"(黄周星《唐诗快》);"有心诚难,有心则必一心矣"(戴南村《唐风采》)。

宫　词①

薛　逢

十二楼中尽晓妆,望仙楼上望君王②。

锁衔金兽连环冷③,水滴铜龙昼漏长④。

云髻罢梳还对镜⑤,罗衣欲换更添香。

遥窥正殿帘开处,袍袴宫人扫御床⑥。

[注释]

①宫词:描写宫廷生活的诗题名(详见张祜《宫词二首》(其一)"注释"①)。
②望仙楼:元稹《连昌宫词》有"上皇正在望仙楼"之句,可见唐内苑实有此楼。在这首诗中,"十二楼"与"望仙楼"均可理解为泛指宫女所居之处。
③金兽:指兽形门环。

④铜龙：指铸有龙纹的铜质漏壶。

⑤云髻：指女子的美发如云。

⑥袍袴：特指絮旧丝绵的长袍和无裆无绵的套裤。袍袴宫人：指下等宫女。

[点评]

　　同样是宫女，在张祜的笔下，她无心争宠望幸，而是向往"故国"旧家的自由生活；在刘皂的笔下，她竟有"恨君"之想；而薛逢的这首《宫词》，其旨则为望幸不遂而绝望。

　　人道是"女为悦己者容"。可倒好，住在"十二楼"和"望仙楼"上的这群宫女，她们终日被锁在冷寂的深宫中，耳听没完没了的水滴昼漏之声，从未见到过"君王"之面，却从清晨起就梳洗打扮以待"君王"。诚然，"云髻"和"罗衣"二句刻画宫女在失望中的期待心理，很是细腻逼真，但今天看来，令人备感心酸的是，不仅为她们的不幸命运，更为她们这种被扭曲了的可怜性格。

　　诗的最后两句是说，在这些宫女的心目中，她们还不如为皇帝清扫床铺的下等宫人，这就更加突出了她们心灵世界可悲的一面。尽管这样，此诗所刻画的宫女心理，在数千年的封建社会中，比之"恨君"的心理更为普遍，因而也更有代表性。所以《唐诗三百首》选录此诗，不为无识。

长相思^①

白居易

　　汴水流^②。泗水流^③。流到瓜洲古渡头^④。吴山点点愁^⑤。思悠悠。恨悠悠。恨到归时方始休。月明人倚楼。

[注释]

①此调又名《吴山青》《相思令》《双红豆》等。《词律》《词谱》均以白居易此首为
正体。

②汴水：这里指隋炀帝时所开导的通济渠，因中间一段即古汴水，所以唐宋时便
将通济渠东段统称为汴水、汴河或汴渠。

③泗水：源出今山东泗水县东蒙山南麓，四源并发，故名。至江苏淮阴入淮河，经
大运河而入长江。

④瓜洲：古渡口名。原是长江下游的一个沙碛，泥沙逐渐淤积扩张，其状如瓜，故
名。在今江苏扬州邗江区南，位于长江北岸，与镇江隔江相望，地当大运河入长
江处，向为长江南北水运交通要冲。

⑤吴山：一说指今杭州西湖东南的风景名胜之山；一说属于吴地的江南的群山。

[点评]

　　此词是写一个女子思念她离家远行的丈夫。她想，水流由汴入泗，再由泗入
淮，后经大运河流入长江，这么遥远曲折的河水最终都流归大海。而人却离家日
久，不见回还，所以连吴山都为之发愁。此为上片。

　　下片进一步写这位思妇的愁绪和怨恨那么无穷无尽。什么时候丈夫从外地
归来了，她的忧愁和怨恨才能罢休！眼下，她只能在明亮的月光下倚楼相望。

长命女

冯延巳

　　春日宴，绿酒一杯歌一遍。再拜陈三愿：一愿郎君千岁，二愿妾
身常健。三愿如同梁上燕，岁岁长相见。

　　本来归于"何处相思明月楼"这类题材的诗,除了占比重相当大的宫怨诗和类似于《十五的月亮》那种反映古代军嫂特有情思的作品外,就是为数也不算少的同情痴心女子和指斥负心汉的诗词作品。这首词又题作《薄命女》或《薄命妾》,其实从此词的内容并不能断定这位天真善良的少女,就一定是红颜薄命者。但愿善有善报,她将遇到一位与其白头偕老的如意郎君,而不是彩凤随鸦、事与愿违的婚姻悲剧。

谒金门

冯延巳

　　风乍起,吹皱一池春水。闲引鸳鸯香径里,手挼红杏蕊。
斗鸭阑干独倚①,碧玉搔头斜坠②。终日望君君不至,举头闻鹊喜。

［注释］

①斗鸭:古时的一种游戏。
②玉搔头:古代女子常用的一种首饰,即玉簪。

［点评］

　　这是一首较典型的宫怨词,也是冯延巳的代表作。词的大意是说:春日里,在微风吹拂的池水边,一个宫女手里揉搓着一枝含苞欲放的红杏,时而引逗鸳鸯,时而倚阑斗鸭。表面看来她很娴静,但内心却很焦灼,因为从早到晚她一直在等待君王而不见踪影。正在她绝望之时,一抬头听到喜鹊的叫声,她立刻意识到这是一种喜兆。

关于这首词,马令《南唐书》(卷二一)有一段颇可玩味的记载:"元宗(南唐中主李璟,庙号元宗)乐府辞云'小楼吹彻玉笙寒',延巳有'风乍起,吹皱一池春水'之句,皆为警策。元宗尝戏延巳曰:'"吹皱一池春水",干卿何事?'延巳曰:'未若陛下"小楼吹彻玉笙寒"。'元宗悦。"有论者以为这是冯延巳奉承李璟。其实不尽然,"干卿何事"的诘问,一方面说明李璟不主张大臣写这种对其后宫有煽风点火之嫌的宫怨词;另一方面往好处说李璟是主张作词要与江山社稷休戚相关。冯延巳完全理解了李璟的意思,感到自己的词没能像李璟的词那样寓有江山之虑,所以他由衷地说"未若陛下"云云。李璟高兴的是冯延巳理解了自己的用意,而不单纯是因为听了这句奉承话,才那么喜形于色。

历代论及此词者大有人在,其中虽不乏"闻鹊报喜,须知喜中还有疑在。无非望泽希宠之心,而语自清隽"(沈际飞语)等可取之见,但没有一位像李清照那样,真正说到了点子上:"五代干戈,四海瓜分豆剖,斯文道熄。独江南李氏君臣尚文雅,故有'小楼吹彻玉笙寒''吹皱一池春水'之词,语虽奇甚,所谓亡国之音哀以思也。"(《词论》)她不仅以"亡国之音"正确地概括了李氏君臣的创作倾向,还在自己的词中不止一次地借用或化用冯词的语汇和用意。

菩萨蛮

无名氏

平林漠漠烟如织[①],寒山一带伤心碧。暝色入高楼[②],有人楼上愁。　　玉阶空伫立[③],宿鸟归飞急。何处是回程[④]?长亭更短亭[⑤]。

[注释]

①平林:远处平原上的树林。

②暝色:暮色。

③伫(zhù 住)立:久立。

④回程:他本多作"归程",兹据《尊前集》作"回程"。

⑤"长亭"句:长亭短亭均为古时设在大路边的亭舍,以供行人休息或饯别。更:《尊前集》作"接"。

[点评]

　　这几乎是一首人人叫绝的词,但对其题旨的理解却迥然不同。一说写游子思乡;一说写思妇怀远。这里将其列入"怨女痴想"一类,自然说明笔者是赞成后一种说法。

　　主人公当是一位性格内向的年轻女子,她凭楼远眺,希望能够看到亲人的踪影。然而映入眼帘的却是平林如烟,寒山似带,而挡住她视线的还有那山上的一片青翠。当暮色降临到其所居之高楼时,使她感到更加伤心忧愁。于是她又在白玉似的台阶上,站立了很久。当看到鸟儿在暮色中飞快地归巢时,便设想她的亲人何时、又将从何处归来呢?然而长亭短亭,山高水长,希望渺茫。

　　关于此词的另一大分歧,是它的作者到底是谁?这里绝不是轻易剥夺李白的著作权,而是经过对不同意见的再三斟酌。特别是近些年以来出自专家之手的关于李白作品的选本,之所以不收这首《菩萨蛮》和另一首《忆秦娥》,当是基于此二者非李白作品的缘故。本书的这种抉择,完全是由李白研究的深入所促成的。

忆秦娥

无名氏

箫声咽。秦娥梦断秦楼月①。秦楼月。年年柳色,灞陵伤别②。

乐游原上清秋节③。咸阳古道音尘绝④。音尘绝。西风残照,汉家陵阙⑤。

[注释]

①秦娥:秦地的美女。一、二句暗用萧史和秦穆公女儿弄玉随凤凰比翼飞升的典故(详见《列仙传》卷上)。

②灞陵:汉文帝刘恒的坟墓,在今陕西西安以东。这里有横跨灞水的灞桥,唐人多在此折柳赠别。

③乐游原:在今西安城南、大雁塔东北。本为秦朝时的宜春苑,西汉宣帝建乐游苑于此。唐时为士女节日游赏胜地。清秋节:九月九日重阳节。

④咸阳:秦代都城。在唐代隔渭河与长安相望,是由京城往西北的必经之地,故址在今陕西咸阳以东。

⑤汉家陵阙:指在长安附近的汉代皇帝的坟墓。阙:墓道外所立的石牌坊。

[点评]

此词上片写秦娥的离怀别苦;下片由她一人的伤感升华为对江山社稷的兴废之叹。所以"西风残照,汉家陵阙"八个字,被认为是"遂关千古登临之口"(王国维《人间词话》)的吊古伤今之作。虽然后人常借此词之下片抒发故国之思或亡国之痛,但整首词仍不属于那种"天若有情天亦老"似的对于改朝换代的慨叹,而只是一个女子在一定景物触发下怀远情思的变异和升华而已。

尽管这样,此词毕竟交织着悲凉和伤感情绪。有学者别具慧眼地据此推想:它应系时逢衰世的晚唐人所作。兹从此说,作无名氏词。

梦江南二首

温庭筠

千万恨,恨极在天涯。山月不知心里事,水风空落眼前花。摇曳碧云斜。

梳洗罢,独倚望红楼。过尽千帆皆不是,斜晖脉脉水悠悠,肠断白蘋洲[①]。

[注释]

①肠断:形容悲伤之极,语见《世说新语·黜免》和江淹《别赋》等。白蘋洲:长有白蘋(俗称田字草)的水边小洲,此指昔日分手之处。

[点评]

第一首写女子相思之苦,情景相生,颇富韵味。晏殊《蝶恋花》"明月不谙离恨苦"以下两句,即化用"山月不知心里事"以下诸句。

第二首写一个女子在江边从早到晚眼巴巴地等候情人归来却最终失望的心理过程,委婉动人。语言清新流丽,在温词中别具一格。同时此首对柳永(特别是其《八声甘州》一词)也曾产生过明显影响。

春江花月夜^①

张若虚

　　春江潮水连海平，海上明月共潮生。滟滟随波千万里^②，何处春江无月明？江流宛转绕芳甸^③，月照花林皆似霰^④。空里流霜不觉飞，汀上白沙看不见。江天一色无纤尘，皎皎空中孤月轮。江畔何人初见月？江月何年初照人？人生代代无穷已，江月年年只相似。不知江月待何人，但见长江送流水。白云一片去悠悠，清枫浦上不胜愁。谁家今夜扁舟子？何处相思明月楼？可怜楼上月徘徊，应照离人妆镜台^⑤。玉户帘中卷不去，捣衣砧上拂还来。此时相望不相闻，愿逐月华流照君。鸿雁长飞光不度，鱼龙潜跃水成文^⑥。昨夜闲潭梦落花，可怜春半不还家。江水流春去欲尽，江潭落月复西斜。斜月沉沉藏海雾，碣石潇湘无限路^⑦。不知乘月几人归，落月摇情满江树。

[注释]

①春江花月夜：乐府旧题，属《清商曲·吴声歌》，陈后主所作。原为浮艳的宫体诗，但张若虚的这一首不仅是《乐府诗集》卷四七所载七首同题乐府诗中最好的，而且堪称同类题材的古诗杰作。
②滟(yàn 艳)滟：水面波光相连的样子。
③芳甸：长满草的平野。

④霰(xiàn 线):往往于落雪前降下的白色不透明的冰粒。

⑤离人:这里指思妇。

⑥文:指水的波纹。

⑦碣石:今河北的碣石山。潇湘:指今湖南的潇水和湘江。

[点评]

　　此诗在明朝后期得到诗评家的关注后,其影响迅速深入和扩大。你一段,我一句,几乎对全诗的每一个字都作了诠释和评解。到了曹雪芹的时代,虽未见他自己说过此诗如何,却叫他钟爱的文学人物林黛玉去模仿此诗,作了一首人读人悲的《代别离·秋窗风雨夕》。而在闻一多的心目中,张若虚的《春江花月夜》是"诗中的诗,顶峰上的顶峰"。他还警告人们说:"在这种诗面前,一切的赞叹是饶舌,几乎是亵渎。"(《宫体诗的自赎》)闻先生的这段慨叹,显然是针对在他以前对此诗的各种"赞叹"而发的。诚然,这些"赞叹"多半难以差强人意。但是,在闻先生的身后,尤其是近一二十年间,在对此诗的评骘和鉴赏中,出现了不少精彩之篇。时至今日,如果笔者仍在此诗面前"饶舌"的话,那么"亵渎"的不仅是这首诗,还包括对这首诗的诸多真正的解人和知音。这是问题的一个方面。

　　另一方面,此诗虽然有乐府、古风、歌行等称谓,实际上是一回事。用今天的眼光看,它就是一首熔景物、哲理和爱情于一炉的,内容健康向上、思绪深沉、旋律优美的通俗歌曲。人见人爱的"月亮",在这首词中出现了十四次之多,真堪称"月亮代表我的心"!

　　更可告慰此诗作者及其历代铁杆"粉丝"的是,此诗已搭乘神舟飞船遨游太空,全人类都在向它仰望!

弃 妇

刘 驾

回车在门前①，欲上心更悲。路傍见花发，似妾初嫁时。养蚕已成茧，织素犹在机②。新人应笑此③，何如画蛾眉④。昨日惜红颜，今日畏老迟。良媒去不远，此恨今告谁？

[注释]

①回车：被遣归娘家的车。
②素：与五色双丝细绢缣相对的白色生绢。
③新人：新娶的妻子。
④蛾眉：女子长而美的眉毛。

[点评]

这位女子由于操劳不顾打扮自己而过早地衰老，所以被负心汉休弃。女子如此可怜，男子极端可恨！

万里归心对月明

山　中

王　勃

长江悲已滞，万里念将归。

况属高风晚，山山黄叶飞。

[点评]

　　以往人们在解读此诗时，每每与宋玉《九辩》悲秋念归的名句相联系，这是有理由的。因为王勃的这首诗，就题旨而言也不外乎游子逢秋、乡愁倍增之意。

　　虽然诗的前两句着重抒发久客思归之情，而后两句则写秋风扫落叶之景，但由于这情是诗人亲自所感，这景是诗人亲眼所见，又互为因果地交织在一起，堪称是真正意义上的情景交融。

　　假如将四句诗从中间切开，摆到天平上，前后的重量会是不同的，所以把它归到"游子思乡"一类。

寒　塘①

赵　嘏

晓发梳临水,寒塘坐见秋②。

乡心正无限,一雁度南楼。

[注释]

①此首一作司空曙诗,疑误。
②坐:由于,因为。

[点评]

　　此诗向来以"浑成"和"层深"而著称,"一雁度南楼"句尤为传诵人口。南宋人陈允平曾写过一首调寄《塞垣春》的词,其中有"渐一声雁过南楼也"之句。虽然这里的"雁过南楼",是与赵嘏诗中不同的北飞之雁,但同样可以说陈允平的这首词是受了赵嘏此诗的影响,只不过是对"一雁"句的反意隐括而已。

回乡偶书二首

贺知章

少小离家老大回①,乡音无改鬓毛衰②。

儿童相见不相识,笑问客从何处来。

离别家乡岁月多,近来人事半消磨③。

惟有门前镜湖水④,春风不改旧时波。

[注释]

①离家:一作"离乡"。
②衰(cuī 催):指鬓发日渐稀疏。
③消磨:这里指日渐消逝、变更。
④镜湖:在今浙江绍兴西南,唐玄宗以此湖赐予归隐的贺知章,以供渔樵之资。
北宋初年改镜湖为鉴湖。

[点评]

    天宝三载(744),贺知章已年届八十六岁。这年他告老还乡,回到了阔别五十多年的越州会稽老家。回乡伊始,感慨良多,先后写了这两首诗。

    关于第一首,曾有论者发表过很好的见解:"就全诗来看,一二句尚属平平,三四句却似峰回路转,别有境界。后两句的妙处在于背面敷粉,了无痕迹:虽写哀情,却借欢乐场面表现;虽为写己,却从儿童一面翻出。而所写儿童问话的场面,又极富于生活的情趣。即使我们不为诗人久客伤老之情所感染,却也不能不

被这一饶有趣味的生活场景所打动。"（《唐诗鉴赏辞典》第 52—53 页，以下引文同此）

第二首"从直抒的一二句转到写景兼议论的三四句，仿佛闲闲道来，不着边际，实则这是妙用反衬，正好从反面加强了所要抒写的感情，在湖波不改的衬映下，人事日非的感慨显得愈益深沉了。"

"陆游说过：'文章本天成，妙手偶得之。'《回乡偶书》二首之成功，归根结底在于诗作展现的是一片化境。诗的感情自然、逼真，语言声韵仿佛自肺腑自然流出，朴实无华，毫不雕琢，读者在不知不觉之中被引入了诗的意境。像这样源于生活、发于心底的好诗，是十分难得的。"

除夜作

高　适

旅馆寒灯独不眠，客心何事转凄然[①]？

故乡今夜思千里[②]，霜鬓明朝又一年。

[注释]

①客：诗人自指。
②故乡：指家乡的亲人。千里：指千里以外的诗人自己。

[点评]

有专家将此诗厘定为唐玄宗天宝九载除夕（751 年 1 月 31 日）所作。因为这年秋季高适曾因公差赴范阳（今属河北），归途中逢除夕，独宿旅馆，思念故乡亲人，感叹岁月蹉跎而作此诗。

历代评论家几乎异口同声地称道此诗"其味无穷"（谭元春语）、"愈有意味"

（沈德潜语），等等。这主要是针对明明是诗人思念故乡亲人，而写作亲人思念千里之外的自己，从而将思归之旨，别有意趣地称之为念远之情。

逢入京使

岑 参

故园东望路漫漫，双袖龙钟泪不干。

马上相逢无纸笔，凭君传语报平安。

[点评]

天宝八载（749），岑参首次赴西域，途中遇到一位返京的使者，又恰恰是自己的熟人，便托他给彼此牵挂的家人带个平安口信，遂写了这首诗。"故园"，这里是指与诗人西行出塞方向相反的都城长安。离家远行在戈壁荒漠之中，本来就容易伤感，何况意外地碰到了一位老相识。话说老乡见老乡，两眼泪汪汪，所以第二句的"泪不干"，洵为人之常情。

大凡读诗和写诗的人往往有这样的感受：愈是把人人心里所想、口里要说的家常话，借助艺术功力概括提炼为诗句，愈能使人感到亲切有味。这首诗就是这样，它丝毫不加雕饰，即是脱口而出的"人人胸臆中语"，在读者的心目中"却成绝唱"（与上引均为沈德潜语）。

夜上受降城闻笛①

李　益

回乐烽前沙似雪②,受降城下月如霜③。

不知何处吹芦管④,一夜征人尽望乡。

[注释]

①受降城:对此城的所在地说法不一。一说指临近回乐烽的西受降城(故址在今内蒙古杭锦后旗乌加河北岸);一说唐太宗于贞元二十年(803)亲临灵州(故址在今宁夏灵武县西南)接受突厥一部的投降,遂把灵州(治所在回乐县)呼作受降城。

②回乐烽:指回乐县的烽火台。烽:一作"峰",疑误。李益另有《暮过回乐烽》诗云"烽火高飞百尺台",故当作"烽"。

③城下:一作"城上",又作"城外"。这里从《全唐诗》卷二八三作"城下"。

④芦管:一种截芦为之的乐器名,这里指笛。管:一作"笛"。

[点评]

　　关于此诗的作年主要有二说:一说作于建中元年(780),诗人入朔方(治所在今宁夏灵武)节度使崔宁幕,随崔宁巡行朔野间;一说作于贞元元年至六年(785—790),诗人在杜希全幕中之时。从受降城所在地来看,笔者拟从前说。

　　这首诗在当时就被谱入管弦,天下传唱。后世或视其为中唐绝句之"冠",或誉其为"绝唱"(胡应麟和沈德潜有关语意)。李慈铭和施补华则分别推之为:"高格、高韵、高调";"意态绝健,音节高亮,情思悱恻,百读不厌也"。

　　首两句是写登城所见之夜间景象——烽火台前白沙似雪,受降城外月色如霜。在如此凄寒的边塞前线,久戍未归的"征人",听到悲凉的笛声,有谁能不为之肝肠欲断?此诗不仅首二句喻切句工,末句的"尽望乡",既把战士的乡情写得余音荡漾又有照应首句的"回乐"之意,即以回归为"乐"也!

秋 思

张 籍

洛阳城里见秋风,欲作家书意万重。

复恐匆匆说不尽,行人临发又开封。

[点评]

　　王安石有两句经常被人征引的诗句:"看似寻常最奇崛,成如容易却艰辛。"这恰恰是针对张籍诗而说的,此诗亦属既"寻常"又"奇崛"之作。遇秋思乡,从而托人捎封家信,这是再"寻常"不过的事;说它"奇崛",则是指这封家书极不寻常的写作过程,和封好又拆的极为细腻的心理活动。"行人临发又开封",这是多么传神而又感人的细节啊!

　　此诗的后两句尤为人所激赏。沈德潜说它:"亦复人人胸臆语,与'马上相逢无纸笔'一首同妙。"诚然。

与浩初上人同看山寄京华亲故^①

柳宗元

海畔尖山似剑铓^②,秋来处处割愁肠。

若为化得身千亿^③,散上峰头望故乡^④。

[注释]

①浩初上人:作者的一位佛教界的友人。上人:上德之人。佛教谓内有德智、外
有胜行、在人之上者为上人。唐人多以僧为上人。

②剑铓:剑的尖锋。

③"若为"句:若为是怎能的意思。此句用佛教的化身之意,即谓佛能随时变化
为种种形象,名为"化身",并称佛教始祖释迦牟尼为"千百亿化身"。化得:一作
"化作"。

④散上:一作"散向"。

[点评]

　　诗人于元和十年突然被召回京,原以为从此会有被起用的希望,但是遭到有
些朝官的反对,回长安仅仅一个月就被贬为柳州刺史。此事对柳宗元的打击可
想而知,这就是此诗的创作背景。

　　愁眼看山,海边上那突兀而起的山峰,仿佛像一柄柄利剑,多想用它来割除
自己的满腹愁肠。转念一想,佛教不是有"化身"之法吗？一身化作千百亿,无
不心切尽思乡。京城的亲友得知了这一切,想必会引起共鸣和同情,从而伸出援
引之手!

题金陵渡^①

张　祜

金陵津渡小山楼^②,一宿行人自可愁。

潮落夜江斜月里,两三星火是瓜洲^③。

[注释]

①金陵渡:据专家的详细考证,此诗中的"金陵"指润州(今江苏镇江)。金陵渡,
即镇江之西津渡。

②小山楼:指作者当时寄居之处。

③瓜洲:在今江苏仪征以南的长江北岸,隔江与金陵渡相望(详见白居易《长相
思》"注释"④)。

[点评]

　　此诗第二句中的"行人",指的不是一般的行走之人,而是专指奔波于他乡
的游子,在这里也当是诗人自指。诗的后两句写的就是游子动身赶路时所看到
的拂晓前的江天景色,也是极为人所称赏的名句。特别是最后的"两三星火是
瓜洲",这既是千真万确的实景,又多么空灵潇洒、点染有致、富有诗情画意啊!

旅次朔方^①

刘 皂

客舍并州已十霜^②,归心日夜忆咸阳。

无端更渡桑干水^③,却望并州似故乡。

[注释]

①诗题一作《渡桑干》,作者一作"贾岛",疑误。旅次:旅途中暂住的地方。朔方:这里指北方。

②并(bīng 兵)州:今山西太原之别称。已:一作"数"。

③更:一作"又"。桑干水:指桑干河,在今河北西北部和山西北部,为永定河上游。相传每年桑葚成熟时河水干涸,故名桑干。

[点评]

　　此诗写思乡之情,自辟蹊径,不落窠臼。短短四句刻画出四种不同心态,说明作者既有切实的生活体验,又有得心应手的文字功力。

　　客居太原已整整十年。十年来,日日夜夜盼望回到故乡咸阳!万万没有想到还要渡过桑干河,到离故乡更加遥远的地方去。此时此刻回首望并州,并州竟像故乡一样备感亲切和留恋。

和晋陵陆丞早春游望①

杜审言

独有宦游人，偏惊物候新②。

云霞出海曙，梅柳渡江春。

淑气催黄鸟③，晴光转绿蘋④。

忽闻歌古调⑤，归思欲沾襟。

[注释]

①诗题一作《和陆丞早春游望》。晋陵：今江苏常州。陆丞：作者诗友，其名未详。

②物候：景致、风物。因其随节候而变异，故称"物候"。

③淑气：春天温和的气候。此句系对陆机《悲哉行》"蕙草饶淑气，时鸟多好音"二句的隐括。

④晴光：即春光。此句系对江淹《咏美人春游诗》"江南二月春，东风转绿蘋"之下句的借取。

⑤古调：誉称友人陆丞所作原唱题为《早春游望》诗。

[点评]

此诗作者向有二说，也是《全唐诗》的重出之篇，即于杜审言和韦应物名下均收此诗，这里暂视为杜审言所作。

永昌元年(689)前后，杜审言任职于江阴，与陆丞系同郡邻县之僚友，二人唱和或在此时。陆丞原唱已佚，杜审言这首诗抒发的是宦游和思乡之情。

诗人倦于宦游而思乡心切,才对异乡物候变异格外敏感和惊诧。中间两联字面上完全是赏心悦目之景,但诗人对江南诸般美景的体察,悉因思乡之所致。这样写乡情更为入木三分。尽管颔联"云霞出海曙,梅柳渡江春"是以属对工致、意境清新而著称的千古名句,但作为此诗灵魂的还是其中所隐含的感人至深的对故乡的一片悃诚。

次北固山下①

王 湾

客路青山外②,行舟绿水前。

潮平两岸阔,风正一帆悬。

海日生残夜,江春入旧年。

乡书何处达,归雁洛阳边③。

[注释]

①此诗最早见于《国秀集》;《河岳英灵集》亦载此诗,题为《江南意》且多异文。次:指旅途中的停留。途中停留一宿为"舍",再宿为"信",停留三宿以上叫"次"。北固山:在今江苏镇江东北之江滨。山体陡峭,形势险固,北临长江,故名北固山。还因南朝梁武帝曾登至山顶,北览长江,又名北顾山。唐以前三面临水,气势极为雄伟。

②"客路"句:意谓要去的前路还在北固山等这些青山以远之处。

③"乡书"二句:意谓作者的家乡是北归的大雁所经过的洛阳,遂生"雁足传书"之想。

[点评]

历代关注和激赏此诗者多不胜数,其轰动效应历久不衰。比如颔联"潮平两岸阔,风正一帆悬",写春潮齐岸景象开阔,江宽水直一路顺风,前程远大无可限量,此情此景多么鼓舞人心!或许正因此联蕴含着一种积极向上的精神,所以被称为"以小景传大景之神"(王夫之《姜斋诗话》卷上)。

关于此诗的颈联"海日生残夜,江春入旧年",曾有一个很有趣的掌故:宰相诗人张说亲笔题写此联置于政事堂,并教善诗能文者以此为楷模(详见《河岳英灵集》)。那么此联好在哪里呢?要想找到张说激赏此联的缘由,首先应解答此联怎解:"此联两句,按字面当解为:(海)日生残夜——开今日之始的晓日,萌生于渐见残尽之昨夜;(江)春入旧年——开今年之始的立春,返入于已成旧岁之去年""古人对时令节气是看得很重的,尤其是'一年之终'的除夕和'一年之始'的立春。旧年除夕恰值翌年立春,两个佳节叠在一起,在其时当为人们所瞩目。所以,王湾这一联为'妙绝'。"(详见洛地《王湾"江春入旧年"解说》,《文史知识》2000 年第 10 期)此说可从,录供参考。你看,"残夜"和"旧年"分别代表"黑暗"和"过时",而海上的江日和江边的春色则代表美好的希望。后者取代了前者,有谁不为之欢欣鼓舞呢!

诗的尾联所表达的乡情,不是走投无路的游子思归,而是一个对前程充满希望的志士对故乡的殷切回报,这就是盛唐气象中的乡音!

商山早行^①

温庭筠

晨起动征铎^②,客行悲故乡。

鸡声茅店月,人迹板桥霜。

槲叶落山路③,枳花明驿墙④。

因思杜陵梦⑤,凫雁满回塘⑥。

[注释]

①商山:一名楚山,在今陕西商县东南。

②铎(duó 夺):大铃铛。

③槲(hú 胡):一种雌雄同株的春季发新芽、落旧叶的乔木。

④枳(zhǐ 纸):也叫枸橘或臭橘,春天开白花的落叶灌木或小乔木。

⑤杜陵:在今西安东南,这里代指长安。

⑥凫(fú 扶):野鸭。回塘:曲折的池塘。

[点评]

　　这是一首写羁旅行役游子思乡的名篇。全篇看虽然不失为好诗,但它的知名度之高主要是依靠颔联"鸡声茅店月,人迹板桥霜"所致。这一联的好处,除了李东阳所云"音韵铿锵,意象具足"(《怀麓堂诗话》)之外,就是梅尧臣和欧阳修的一段对话中所说的:"状难写之景,如在目前;含不尽之意,见于言外。"并以此联等为例,说明"道路辛苦,羁愁旅思,岂不见于言外乎?"(详见欧阳修《六一诗话》)梅、欧对话所涉及的,是有关抒情诗写作的一个很重要的理论问题。"见于言外"和胡仔所说的"意在言外"是一个意思,都是说诗的真意在语言、文辞之外,语意含蓄,言外之意由读者自己体会。

　　"鸡声茅店月,人迹板桥霜",诚如许多论者所指出的,由于文字精练,了无闲字,十个字写出了六种意象,其含义本来就十分丰富和密集,但它留给读者想象和体悟的空间仍然十分宽广。比如,板桥之霜的言外之意是春寒料峭,霜上的"人迹"又说明有早行者。至于这早行者是何许人、到哪里去,更有想象不完的空间,所以就耐人寻味,传诵不已。

晚次鄂州①

卢　纶

云开远见汉阳城②,犹是孤帆一日程③。

估客昼眠知浪静④,舟人夜语觉潮生。

三湘愁鬓逢秋色⑤,万里归心对月明。

旧业已随征战尽,更堪江上鼓鼙声⑥。

[注释]

①鄂州:治所在江夏(今湖北武汉武昌),唐辖境相当今武汉长江以南部分的黄石和咸宁一带。

②汉阳城:在鄂州以西,故址在今武汉汉阳一带。

③一日:一作"半日"。

④估客:商人。

⑤三湘:指今湖南的湘潭、湘乡、湘阴;一说指湘水的三条支流。愁鬓:一作"衰鬓"。

⑥鼓鼙(pí 皮):指大鼓和小鼓,古代军中常用的乐器。这里代指战事。

[点评]

　　此诗题下原注"至德中作"。以往多谓至德(756—758)是唐肃宗李亨的年号。后有论者以为"至德"应是唐代地名"至德县"。遂定此诗是作者"晚年避藩镇战乱逃往'三湘'作客路过鄂州时有所感,后归至德整理而成"。此说有据,兹以之。

在卢纶的七律中,这一首最为著名,也确实写得最好,被誉为"有情景,有声调,气势亦足"(《大历诗略》)的佳作。首联对行程的计算,既点出了题目,又透出了度日如年、旅途愁思无聊的情状。颔联是历来传诵的名句,作者以其乘船的切实体验,精细入微地写出了潮起潮落的生动情景。"诵此二句,宛若身在江船容与之中"(俞陛云《诗境浅说》丙编)。颈联不仅写出了远行悲戚、思乡心切的意绪,且情景交融,属对工稳。"万里归心对月明",堪与杜甫的"月是故乡明"媲美,均为表达乡情的名句。

兼示符离及下邽弟妹^①

白居易

时难年荒世业空^②,弟兄羁旅各西东。

田园寥落干戈后,骨肉流离道路中。

吊影分为千里雁^③,辞根散作九秋蓬^④。

共看明月应垂泪,一夜乡心五处同。

[注释]

①本诗原题为《自河南经乱,关内阻饥,兄弟离散,各在一处。因望月有感,聊书所怀,寄上浮梁大兄、於潜七兄、乌江十五兄,兼示符离及下邽弟妹》。诗题如同小序,交代了作诗的缘起、题旨及寄赠对象等。其中的"浮梁大兄",指作者的长兄白幼文,时任浮梁(今属江西景德镇)主簿;"於潜(今属浙江临安)七兄",指作者叔父的长子,时任於潜县尉;"乌江(今属安徽和县)十五兄",指作者的从祖兄白逸,时任乌江县主簿;"符离",即今安徽宿县以北的符离集,作者与其母曾寓居于此;"下邽(guī 圭,今属陕西渭南)"是指作者的祖籍,此时作者尚有弟妹寓

居符离和下邽。

②世业:这里指先辈遗留下来的产业。

③"吊影"句:意谓兄弟分散,有如形单影只的孤雁。吊影:对着身影自我怜惜或哀叹。千里雁:借指兄弟分散。这里是由语出《诗·郑风·大叔于田》的"雁行"引申而来,意思是说兄长弟幼,年齿有序,如雁之平行而有次序。

④"辞根"句:意谓像深秋离根的飞蓬那样四处飘零。

[点评]

　　此诗当作于贞元十五年(799)作者奉陪母亲居洛阳之时。诗题所谓"河南经乱,关内阻饥",分别指朱泚、李希烈之乱和陕西关中大饥。作者避难江南,远离下邽。兄弟离散,他在洛阳,于中宵望月,怀念下邽而作是诗。

　　全诗一气贯注,句句诉说思乡念亲之情,最后以"一夜乡心五处同"一句,将乡情和亲情水乳交融,分外感人。

鹧 鸪①

郑 谷

暖戏烟芜锦翼齐,品流应得近山鸡。

雨昏青草湖边过②,花落黄陵庙里啼③。

游子乍闻征袖湿,佳人才唱翠眉低。

相呼相应湘江阔,苦竹丛深春日西。

[注释]

①鹧鸪:形似母鸡、头如鹌鹑的一种鸟。胸前有很像珍珠的白圆点,背羽有紫赤

色波浪形的斑纹。俗像其叫声曰"行不得也哥哥"。喜温暖,常向日而飞,怕霜露(详见崔豹《古今注·鸟兽》)。

②青草湖:又名巴丘湖,在今湖南洞庭湖东南。

③黄陵庙:在今湖南湘阴以北洞庭湖畔。相传此庙为纪念溺于湘江的舜帝二妃娥皇、女英所建(详见《水经注·湘水》)。

[点评]

　　这是一首被誉为"警绝"和有"神韵"(分别见于《唐才子传》和《唐诗别裁》)的名篇,曾传诵于当时,作者郑谷则被称为"郑鹧鸪"。

　　诗以"鹧鸪"为题。首二句虽然也写到它山鸡般鲜丽的羽色和雅观的形貌,但主要还是抓住它喜暖畏寒、叫声凄切的特点,状其神韵。郑谷笔下的这只鹧鸪之所以不同凡响,是与它所处的环境紧密相关——它时而飞过暮雨中凄迷的青草湖,时而在落花满地且具有沉重历史感的黄陵庙中凄切地啼叫——而这一切又正是游子思乡之泪和思妇念远之悲的诱因。

　　与游子、思妇"相呼相应"的鹧鸪鸟,在它所畏惧的黑暗和霜露来临时,还可以在苦竹丛中找到藏身之地。然而游子的归宿和思妇的希望又在哪里呢? 这就把思乡怀远之情引向了很深的层次,诗也就具有了言外之意。

睹物思人

每逢佳节倍思亲

相　思^①

王　维

红豆生南国^②,春来发几枝。

愿君多采撷^③,此物最相思。

[注释]

①诗题一作《相思子》《江上赠李龟年》。相思:这里当指相思树所结的相思子。
②红豆:相思子的又名,其豆圆而红,一端黑色,或有黑色斑点。这里当主要用以
象征相思。
③愿:一作"劝"。多:一作"休"。采撷(xié 携):采摘。

[点评]

　　这是唐诗中最为家喻户晓的小诗之一,但又不仅是一首爱情诗,还是一首吟
唱相思子的有寄托的咏物诗。对此诗历来有这样两种不同的理解:
　　一是范摅《云溪友议》所云:安史之乱中,梨园乐师李龟年流落江南,曾于湘
中采访使席上歌此诗,满座无不为之叹息。类似的理解后世亦不乏其人。这显
然是把"相思"和"红豆"作为一种赤诚友爱,甚至是故国之思的象征。
　　二是任昉《述异记》上所云:战国时,魏国一女子因思念久戍不返的丈夫而
死。葬后坟上生木,枝叶皆向丈夫所在的方向倾斜,被称为相思木。王维托物言
情而写成这首爱情诗。
　　笔者之所以将此诗归于"睹物思人"这一类,就是认为王维此诗原是寄赠远
在南国的友人的,希望他也像多情的相思子那样想念自己,而自己对友人的相思
则尽在不言中。

如意娘①

武则天

看朱成碧思纷纷②,憔悴支离为忆君③。

不信比来长下泪④,开箱验取石榴裙⑤。

[注释]

①如意娘:乐府名。《乐府诗集》八〇《近代曲辞》引《乐苑》:"如意娘,商调曲,唐则天皇后作也。"一说此诗非武则天所作。

②看朱成碧:这是一个成语。朱是红色,碧是青绿色,意谓把红的看成绿的,用以形容心思迷乱而致眼睛昏花。思纷纷:指思绪杂乱恍惚。

③憔悴支离:形容面色瘦黄、鬓发散乱的样子。

④比来:近来。

⑤石榴裙:红裙。

[点评]

　　此诗被收入《全唐诗》卷五时,作者是皇后的身份。应该说这是一首具有创新意义的好诗。首先,《如意娘》的乐府名称是她首创的;其次,诗中一些用语譬如"比来",恐怕也是始见于此诗。但是,由于武则天的这首诗以往没有得到应有的评价,即使一些权威的工具书,也曾把"比来"这类词的创制归于比她晚一个多世纪的韩愈。诸如此类的事情已令人颇为不平。

　　但是,更加令人费解的是这种话:"看朱成碧四字本奇,然尤觉思纷纷三字纷乱颠倒得无可奈何,老狐媚甚。"(钟惺《名媛诗归》)。

　　这是什么话!但愿它是"打是亲骂是爱",即用狐狸善于迷惑人的特性,来形容这首诗的魅力。令人担心的是钟老先生的原意并非如此,他骂作者为"狐媚",有点像借题发挥进行人身攻击的样子。而可取的做法,应该是对"诗"不对人,何况作者也不是那么一无可取。

九月九日忆山东兄弟^①

王 维

独在异乡为异客,每逢佳节倍思亲。
遥知兄弟登高处,遍插茱萸少一人^②。

[注释]

①诗题下有原注云:"时年十七。"可见此系王维之少作。山东:指华山以东作者的故乡蒲州(今属山西)。
②茱萸:一种有浓烈香气、且可入药的植物。古代风俗,阴历九月九日重阳节佩戴茱萸囊登高,以为可以避灾祛邪(详见《续齐谐记》)。

[点评]

如果不知道此诗题下有"时年十七"的原注,人们很难想到它出自一位十七岁的少年之手。他从遥远的故乡来到繁华的都城,不但没有产生那种类似于此间乐、不思乡的昏愦之想,反倒有着少年老成般的乡情和亲情。成熟老练的思想使这位身为长兄的"小大人儿",以极为纯朴自然的诗句道出了人之常情——"每逢佳节倍思亲",也就成了表达游子思乡之情的警策和格言。

作为一首只有四句的小诗,前两句已成为掷地有金石之声的警句。在这样的创作背景下,后两句往往难以为继。然而,王维很会选取和运用细节,从弟弟们佩戴着茱萸登高时想念兄长的心理感受出发,又写出了别具一格的后两句,使整首诗既有高度的概括功力,又有生动传神的心理描写。

玉关寄长安李主簿[①]

岑　参

东去长安万里余,故人何惜一行书?

玉关西望堪肠断[②],况复明朝是岁除[③]。

[注释]

①玉关:即玉门关,因西域输入玉石取道于此而得名,故址在今甘肃敦煌西北一带。主簿:汉代以来的官名,一度为统兵开府大臣幕府中的重要僚属,参与机要,总领府事。唐宋以后,这一官名尚存,职位渐轻。这里指作者的一位担任主簿的李姓老友。
②肠断:形容悲伤之极(详见《世说新语·黜免》)。
③岁除:年终,意谓旧岁将尽。

[点评]

　　岑参于天宝八载(749)首次西行出塞,恰在年终到达玉门关。此地离家室、故人所在的长安竟有万里之遥,令其倍生思乡怀友之情,便写了这首诗权代书简,寄奉远在长安的老友。
　　因为是以诗代束,所以文字不假雕饰,明白如话,一气呵成,直抒胸臆,友谊乡情愈感浓重。

十五夜望月①

王　建

中庭地白树栖鸦②,冷露无声湿桂花。

今夜月明人尽望,不知秋思落谁家③。

[注释]

①诗题一作《十五夜望月寄杜郎中》。十五夜:指中秋夜。

②地白:指在月光照耀下满地银白。树栖鸦:鸦鹊已安静地栖息于树。

③秋思(sì 四):这里指中秋怀人的思绪。

[点评]

　　这是一首题咏中秋的名篇。其最受称道的主要有两点:一是用形象化的语言创造出了一种月圆之夜倍思亲的特定意境;二是第四句妙在"不说明己之感秋"(沈德潜《唐诗别裁》卷二)。这句话的意思是说,明明是诗人自己在思念友人,却以问作结,遂使短诗含蓄不尽,余音袅袅。

　　看来这也是一首以诗代柬之作,每一句都能诱发人的联想,这就为对方留下了酬答的广阔余地。

酬曹侍御过象县见寄^①

柳宗元

破额山前碧玉流^②,骚人遥驻木兰舟^③。

春风无限潇湘意,欲采蘋花不自由^④。

[注释]

①侍御:官名,即侍御史的省称。象县:今属广西。
②破额山:一说指象县沿江的山;一说在今湖北黄梅县。碧玉流:对当时流经柳
州和象州的柳江的美称。
③骚人:可泛指诗人,这里指曹侍御。木兰舟:对舟船的美称。
④欲采蘋花:是对柳恽《江南曲》诗意的隐括,意谓在春暖花开中对故人的怀念。

[点评]

　　沈德潜不仅认为这是一首具有言外之意的诗,还说这是七绝中的"压卷"
(详见《说诗晬语》)之作。今天看来,虽然对此诗的"言外之意",不必像沈德潜
那样去坐实,但话中有话也是不言而喻的。想想看,一个老朋友既然来到了离作
者所在的柳州不远的"象县",但彼此却未能谋面,只能以诗代柬。所谓"不自
由",也不仅是被贬谪的作者自指,也很可能兼指曹侍御,或因公不得脱身,或避
嫌不便前来探望自己。对柳宗元当时的处境来说,身居高官的友人没有忘记自
己,"见寄"一首诗,也令其感念不尽,所以写了这首情意"无限"的酬答诗。

闻乐天授江州司马^①

元　稹

残灯无焰影幢幢^②,此夕闻君谪九江。

垂死病中惊坐起^③,暗风吹雨入寒窗。

[注释]

①乐天:作者的挚友白居易,字乐天。江州:亦即下文的"九江"(今属江西)。司马:州、府长官的佐助,一般专管兵事,位在佐助刺史的"别驾""长史"之下。元和十年,宰相武元衡遇刺,白居易上书请求缉拿凶手,从而得罪权贵,被贬为江州司马。

②幢幢(chuáng 床):形容灯影晃动的样子。

③惊坐起:一作"仍怅望"。

[点评]

　　五年前元稹因得罪宦官曾被贬为江陵士曹参军,后来改授通州(治所在今四川达县)司马。元和十年(815),元稹在重病之中得知白居易被贬为江州司马的消息,遂写了这首诗表达他为之震惊和凄苦的心境,其对好友的关切之情不言而喻。

　　诗中所写悉为身边事、眼前景,但经作者以通俗浅显的口头语道出便十分感人。白居易读过此诗极为动情地说:"此句他人尚不可闻,况仆心哉! 至今每吟,犹恻恻(悲痛)耳。"(《与元微之书》)

江楼感旧

赵　嘏

独上江楼思渺然，月光如水水如天。

同来望月人何处？风景依稀似去年。

[点评]

　　人们每每有这样的体验：当你与亲朋一道一面游赏观景，一面谈天说地，或是互诉衷肠，那当是多么惬意、动情之时。特别是与你共同赏月之人，那是永远也不会忘怀的。看来，此诗作者就曾有过这样的生活体验。

　　仅仅一年之后，当他旧地重游时，风景与去年没有什么两样，但却人事已非。眼下只有他一人独自登楼"望月"，他怎么能不"感此怀故人"，又怎能不倍加伤心！此诗就是将这样两种完全不同的感情体验诉诸诗情画意，从而激起了读者的共鸣。

宿桐庐江寄广陵旧游^①

孟浩然

山暝听猿愁,沧江急夜流。

风鸣两岸叶,月照一孤舟。

建德非吾土^②,维扬忆旧游^③。

还将两行泪,遥寄海西头。

[注释]

①桐庐江:即桐江,在今浙江桐庐县。
②建德:指桐江上游的建德市(今属浙江)。非吾土:语出王粲《登楼赋》"虽信美而非吾土兮"之句,意谓不是我的故乡。
③维扬:扬州的别称。

[点评]

这是一首思乡怀友的名篇。诗从耳闻猿啼流急、目察木叶萧瑟、月下孤舟的旅途寂寞写起,语势由急转缓,文顺势下。下半首转入抒发思乡怀友。"风鸣两岸叶,月照一孤舟"是孟浩然的名句,人谓"天趣自得"(刘辰翁语),诚然。

过故人庄

孟浩然

故人具鸡黍^①,邀我至田家。

绿树村边合^②,青山郭外斜。

开轩面场圃^③,把酒话桑麻。

待到重阳日,还来就菊花。

[注释]

①鸡黍:语出《论语·微子》:"(丈人)止子路宿,杀鸡为黍而食之。"后来"鸡黍"就指招待客人的饭菜。

②"绿树"句:意谓村庄被绿树环抱。

③开轩:一作"开筵"。场圃:指打谷场和菜园子等农家场景。

[点评]

这首被认为是"淡到看不见诗"(闻一多语)的诗,却为诸多诗评家所赏识。比如有说它"句句自然,无刻画之迹"(方回语)的,有称它比"妙品""神品"更进一步为"逸品"(冒春荣语)的……要想知道此诗究竟好在哪里,读了下面的引文,想必会心服口服:

一个普通的农庄,一回鸡黍饭的普通款待,被表现得这样富有诗意。描写的是眼前景,使用的是口头语,描述的层次也是完全任其自然,笔笔都显得很轻松,连律诗的形式也似乎变得自由和灵便了。你只觉得这种淡淡的平易近人的风格,与他描写的对象——朴实的农家田园和谐一致,表现了形式对内容的高度适应,恬淡亲切却又不是平淡枯燥。它是在平淡中蕴藏着深厚的情味:一方面固然是每个句子都几乎不见费力锤炼的痕迹,另一方面每个句子又都不曾显得薄弱。比如诗的头两句只写友人邀请,却能显出朴实的农家气氛;三四句只写绿树青山却能见出一片天地;五六句只写把酒闲话,却能表现心情与环境的惬意的契合;七八句只说重阳再来,却自然流露对这个村庄和故人的依恋。这些句子平衡均匀,共同构成了一个完整的意境,把恬静秀美的农村风光和淳朴诚挚的情谊融成一片。这就是所谓"篇法之妙,不见句法"(沈德潜《唐诗别裁》)……这种不炫奇猎异,不卖弄技巧,也不光靠一两个精心制作的句子去支撑门面,是艺术水平高超的表现。

——余恕诚(见《唐诗鉴赏辞典》第 91—92 页)

同王征君湘中有怀

张　谓

八月洞庭秋,潇湘水北流。

还家万里梦①,为客五更愁。

不用开书帙②,偏宜上酒楼。

故人京洛满,何日复同游?

[注释]

①万里梦:作者原籍为河内,即今河南沁阳人。身居"湘中"即今湖南,相距可谓遥远。

②帙(zhì 至):用布帛制成的包书的套子。

此诗当是代宗大历初年,作者任潭州(故治在今湖南长沙)刺史时的怀乡思友之作。

关于这首诗,早在十多年前,已有专家作了精彩的解读:

……从全诗来看,没有秾丽的辞藻和过多的渲染,信笔写来,皆成妙谛,流水行云,悠然隽永。

淡妆之美是诗美的一种。平易中见深远,朴素中见高华,它虽然不一定是诗美中的极致,但却是并不容易达到的美的境界。所以梅圣俞说:"作诗无古今,唯造平淡难。"(《读邵不疑学士诗卷》)扫除腻粉呈风骨,褪却红衣学淡妆;清雅中有风骨,素淡中出情韵。张谓这首诗,就是这方面的成功之作。

——李元洛(见《唐诗鉴赏辞典》第 400 页)

云阳馆与韩绅卿宿别①

司空曙

故人江海别②,几度隔山川。

乍见翻疑梦,相悲各问年。

孤灯寒照雨,湿竹暗浮烟③。

更有明朝恨,离怀惜共传。

［注释］

①云阳:今陕西泾阳以北一带。韩绅卿:原作"韩绅",一作"韩升卿",兹从诸学

者之新见。

②江海别:指相距三江四海的远别。

③湿竹:一作"深竹"。

[点评]

此诗以最简练的笔墨,不加烘托,其所勾勒出的形象却极为鲜明生动,从而将天涯久别、客中乍逢的复杂情绪表达得淋漓尽致,在同类诗中别具一格。

中间两联用语整饬,景致凄凉。尤其是"乍见翻疑梦,相悲各问年"二句,人称其写"久别倏逢之意,宛然在目,想而味之,情融神会,殆如直述"(范希文语),甚至被誉为"久别忽逢之绝唱"(方回语)。

淮上喜会梁州故人①

韦应物

江汉曾为客,相逢每醉还。

浮云一别后,流水十年间。

欢笑情如旧,萧疏鬓已斑。

何因不归去②?淮上有秋山③。

[注释]

①淮上:指今江苏淮阴一带。梁州:古州名,治所在今陕西南郑一带。梁州,一作"梁川"。

②不:一作"北"。

③有:一作"对"。

　　唐代宗大历中期,作者曾有淮海之行,此诗当作于这段时间。诗中所写故友相逢相别悲喜交并之情,跌宕起伏,感人至深。

　　"浮云一别后,流水十年间",是历代传诵的天然好句。所用流水对,恰好行云流水,令人倍感悠远有味。

竹窗闻风寄苗发司空曙①

李　益

微风惊暮坐,临牖思悠哉②。

开门复动竹,疑是故人来。

时滴枝上露,稍沾阶下苔。

何当一入幌③,为拂绿琴埃④。

[注释]

①苗发、司空曙:都是李益的诗友,三人均列名"大历十才子"。

②临牖(yǒu 有):临窗。

③幌(huǎng 谎):这里指门帘。

④绿琴:汉司马相如有琴名绿绮,被视为名器,后世因称琴为绿琴。

[点评]

　　此诗借窗间夜风之咏,抒发怀友之情。颔联的"开门复动竹,疑是故人来",虽然是对南朝乐府《华山畿》中"风吹窗帘动,言是所欢来"二句的隐括,但却有青蓝之胜,在当时就产生了不小的反响,比如名妓霍小玉平日极喜吟诵此联(详见蒋防传奇《霍小玉传》);又如元稹《会真记》托名崔莺莺《答张生》诗的"拂墙花影动,疑是玉人来",显然是本自李益此联。

除了颔联广为人知,尾联也寓有深意——诗人仿佛是在埋怨风微力小,不能吹开门帷进到房屋中来,为他吹去绿琴上落满的灰尘——深意就在这里,当年伯牙鼓琴,是高山流水有知音。我的绿琴之所以尘封,是因为友人星散!风啊,但愿你为我拂去琴上尘埃,伴我弹奏一曲,近驱寂寥,远慰知音,那该有多好啊!

喜见外弟又言别①

李 益

十年离乱后②,长大一相逢。

问姓惊初见,称名忆旧容。

别来沧海事③,语罢暮天钟。

明日巴陵道④,秋山又几重。

[注释]

①外弟:表弟。与舅、姑、姨之子均互为表兄弟。

②十年:指历时近十年的安史之乱。

③沧海事:世事变化很大,意同沧海桑田(详见《神仙传·麻姑》)。

④巴陵:唐代郡名,治所在今湖南岳阳。

[点评]

抒写人生聚散,在唐诗中所占比重最大,作品数量亦可谓汗牛充栋。但在同类题材中,这首诗却备受关注,原因何在?

首先,从整首诗看,它所写的是谁都可能经历过的人生体验,读来便有亲切感。加之语言凝练,结构严整,细节生动,场景典型,故韵味隽永,百读不厌。

其次,"问姓惊初见,称名忆旧容",是极为生动传神的名句,人称"情尤深,语尤怆,读之者几于泪不能收"(贺裳语)。

有篇又有句,是为好诗。

楚江怀古三首①

(其一)

马 戴

露气寒光集,微阳下楚丘②。

猿啼洞庭树,人在木兰舟。

广泽生明月,苍山夹乱流。

云中君不见③,竟夕自悲秋。

[注释]

①楚江:楚地之江,今湖南古时属楚地,这里指湘江。

②楚丘:泛指楚地山峦。

③云中君:《楚辞·九歌》篇名,云中君即云神,屈原为祭祀云神而作是篇。

[点评]

唐宣宗大中(847—860)初年,马戴被贬为龙阳(今湖南汉寿)尉,途经洞庭时而作此诗。

关于这首诗的艺术风格,俞陛云老先生曾作过独到论析:"唐人五律,多高

华雄厚之作。此诗以清微婉约出之,如仙人乘莲叶轻舟,凌波而下也。"(《诗境浅说》甲编)

尽管全诗不失为佳作,但最著名的还是"猿啼洞庭树,人在木兰舟"二句,这是晚唐诗中的名句。自杨慎以来,论者对之称赏不已。王士禛甚至誉之为"极则"(《渔洋诗话》卷上),而俞老先生的分析则更为具体可信。他说:"三四句绝无雕琢,纯出自然,风致独绝,而伤秋怀远之思,自在言外,读者当于虚处会其微意也。"(同上)

寄李儋元锡①

韦应物

去年花里逢君别,今日花开已一年。

世事茫茫难自料,春愁黯黯独成眠。

身多疾病思田里,邑有流亡愧俸钱。

闻道欲来相闻讯,西楼望月几回圆。

[注释]

①李儋(dān 郸):字元锡,曾任殿中侍御史,作者诗友。

[点评]

此诗约作于唐德宗兴元元年(784)春。一年前作者由长安调至滁州任刺史,他离开长安不久就发生了朱泚叛乱、德宗出逃这样的大事。写此诗时长安尚未收复,所以诗人既担心留在长安的好友李儋,又很关注国难民瘼,特别是颈联的"身多疾病思田里,邑有流亡愧俸钱"二句,体现了诗人作为一个封建官吏难能可贵的清廉正直的思想品格,所以曾被赞美为"仁者之言"(范仲淹语)、"贤矣"（朱熹语）等。这样一来，此二句更是备受赞颂。

宋黄彻在《䂬溪诗话》（卷二）中，针对此诗颈联及韦应物其他类似诗句发了另一番感慨："余谓有官君子，当切切作此语。彼有一意供租，专事土木，而视民如仇者，得无愧此诗乎！"联系韦应物的生平为人来看，他能写出此类高境界的诗句，并非偶然。

但是，对于"邑有"一句，最有分量的评断，则是笔者在这一拙编第一次印刷之后见到的："寥寥七字，写出了古代清官的胸怀，也写出了古代知识分子的高尚情操。写诗就要写出自己的胸怀和情操，这样才能引起读者的共鸣，才能使人感奋。"（《毛泽东诗话词话书话集观》，刘汉民编著，长江文艺出版社2002年10月版）

绵谷回寄蔡氏昆仲①

罗　隐

一年两度锦城游②，前值东风后值秋。

芳草有情皆碍马，好云无处不遮楼。

山牵别恨和肠断③，水带离声入梦流。

今日因君试回首④，淡烟乔木隔绵州⑤。

[注释]

①诗题一作《魏城逢故人》。绵谷：今四川广元。昆仲：称他人弟兄的敬辞。昆为兄，仲为弟。这里指作者的友人蔡氏弟兄。

②锦城：锦官城的简称，故址在今四川成都以南。三国蜀汉时管理织锦之官驻此，故名。一作"锦江"。

③山牵别恨和肠断:笔者经眼之《全唐诗》和两本《罗隐集》均作"山将别恨和心断"。这里是根据上海古籍出版社《唐宋诗举要》下册卷五。

④因君试回首:一作"不堪回首望"。

⑤淡烟乔木:一作"古烟高木"。绵州:今四川绵阳。

[点评]

此诗题目,常见本均作《魏城逢故人》,这里之所以采用现在的这一题目,是根据这样的考虑:作者在锦城结识了蔡氏弟兄,当他离开了锦城经绵州抵达绵谷时,回忆留在成都的蔡氏弟兄而作此诗。如果作《魏城逢故人》,那么实际情况则当是在魏城(故址在今四川绵阳东北)遇到蔡氏弟兄而回忆其在成都时的交游,这当然也说得通。但相比之下,似以前者为胜。

关于这首诗,高步瀛的见解甚为可取。他说:"三、四写景最极佳,而意极沉郁,是谓神行。但若以佳句取之,则皮相矣。"(《唐宋诗举要》卷五)是的,这两句除了其本身俏丽拟人、生动传神、对仗工巧以外,它在全诗中所起承转得体、情景交融的作用,也是很突出的。这两句固然神化有味,全诗又何尝不是玲珑剔透、雅韵悠长的艺术精品呢!

夏日南亭怀辛大

孟浩然

山光忽西落,池月渐东上。散发乘夕凉,开轩卧闲敞。荷风送香气,竹露滴清响。欲取鸣琴弹,恨无知音赏。感此怀故人,中宵劳梦想。

[点评]

　　由"散发"的两种义项,说明此诗是写作者隐居生活中的闲情逸致;而从"欲"以下四句看,则又流露出知音难得的寂寞之感和夜半怀人的殷切梦想。这也正是反映了作者归隐和出仕两种思想的矛盾。

　　"荷风送香气,竹露滴清响",堪称好景妙句。此二句与作者的其他传世名句,在当时即被叹为"清绝",有论者甚至以为"此等句当与日星河岳同垂不朽"(王寿昌语)。

边塞之音

不教胡马度阴山

和张仆射塞下曲六首①
（其二、其三）

卢　纶

林暗草惊风，将军夜引弓。

平明寻白羽②，没在石棱中。

月黑雁飞高，单于夜遁逃③。

欲将轻骑逐④，大雪满弓刀。

[注释]

①张仆射（yè 夜）：仆射，在唐宋为宰相之职。关于张仆射的具体所指有二说：一说为张延赏；一说为张建封，兹拟从后说。诗题又作《塞下曲六首》。

②平明：指天刚亮的时候。白羽：指饰有白色羽毛的箭。

③单（chán 婵）于：古代匈奴的君主，这里代指来犯者的最高统帅。

④将（jiāng 江）：带领。轻骑（jì 寄）：轻装的骑兵。

[点评]

　　前一首"林暗"句之所本，是所谓"云从龙，风从虎"的传说，意谓风行草动，看上去在"林暗"之处，仿佛隐藏着一只虎。此诗实际上是隐括了这样一段故事："广出猎，见草中石，以为虎而射之。中石，没镞。视之，石也。"（《史记·李将军列传》）

　　对后一首的解读，请看这样一段精到之文：

从这首诗看来,卢纶是很善于捕捉形象、捕捉时机的。他不仅能抓住具有典型意义的形象,而且能把它放到最富有艺术效果的时刻加以表现。诗人不写军队如何出击,也不告诉你追上敌人没有,他只描绘一个准备追击的场面,就把当时的气氛情绪有力地烘托出来了。"欲将轻骑逐,大雪满弓刀。"这并不是战斗的高潮,而是迫近高潮的时刻。这个时刻,犹如箭在弦上,将发未发,最有吸引人的力量。你也许觉得不满足,因为没有把结果交代出来。但唯其如此,才更富有启发性,更能引逗读者的联想和想象,这叫言有尽而意无穷。神龙见首不见尾,并不是没有尾,那尾在云中,若隐若现,更富有意趣和魅力。

——袁行霈(见《唐诗鉴赏辞典》第 697 页)

哥舒歌^①

无名氏

北斗七星高,哥舒夜带刀。

至今窥牧马,不敢过临洮^②。

[注释]

①哥舒:即哥舒翰,突厥族,世居安西(今属新疆)。家富任侠,好书史,知谋略。官至陇右节度使兼河西节度。安史之乱中,受命守潼关。兵败被俘,尝受伪职,后为安庆绪所杀。

②临洮:治所在今甘肃岷山,当时已置洮阳郡以备边。

[点评]

　　天宝末,哥舒翰统兵击败吐蕃,这首民歌就是颂扬其战功的。

诗以"北斗七星"起兴以比哥舒宝刀,正体现了民歌的本色。接下去的"至今窥牧马"二句,意谓我国北方少数民族统治者每每于秋高气爽之时南下牧马,借以窥探内地之虚实,以进行骚扰。但由于哥舒翰的震慑,吐蕃便不再敢南下侵扰。

凉州词二首①
（其一）

王　翰

葡萄美酒夜光杯②,欲饮琵琶马上催。
醉卧沙场君莫笑③,古来征战几人回?

[注释]

①凉州词:又名《凉州歌》,乐府《近代曲》名,原是凉州(州治在今甘肃武威)一带的歌曲。唐代诗人多用此调作歌词,描写西北方的塞上风光和战争情景。其中以王翰的这一首和王之涣的那首"黄河远上白云间"最为有名。
②夜光杯:用美玉所造的杯(详见东方朔《海内十州记》)。
③沙场:原指平沙旷野,这里指战场。

[点评]

此诗在唐边塞诗中可谓流传最为广泛,也几乎是最有名的代表作,被称为"无瑕之璧"(王世贞《艺苑卮言》卷四)。但是对它的情绪基调,却有两种乍一看似乎迥然相异之见:

一种谓其"故作豪饮之词,然悲感已极"(沈德潜语);另一种则曰:"作悲伤语读便浅,作谐谑语读便妙"(施补华语)。如果联系诗的立意仔细品味,其实这是两种异中有同的看法,可以用"悲壮"二字将其对立的一面统一起来,因为——

　　诗中所写当是一次祝捷之宴。从酒席之豪华、规格之高超，可见是为战功卓著的凯旋英雄而设。所以第二句的"催"字是奏乐催饮，而不是酒未上口又被催上征鞍的意思。又因生还者是经过了九死一生的幸存者，更是所向无敌的英雄豪杰，此时此刻他们怎么能不开怀畅饮呢！

　　要想正确地理解这首诗，还应正视由"古来征战几人回"一句所体现的战争残酷性的一面，这在盛唐时代也不例外。这里的问题还在于，凯旋固然可喜可贺，而视死如归、为国捐躯，不也同样重于泰山吗？

出塞二首①

（其一）

王昌龄

秦时明月汉时关，万里长征人未还。
但使龙城飞将在②，不教胡马度阴山③。

[注释]

①诗题又作《塞上行》《塞上曲》《从军行》，兹从《乐府诗集》题作《出塞》。这一乐府旧题，属《相和歌辞·鼓吹曲》。

②龙城飞将：指矫健敏捷、威震龙城的飞将军。具体所指有二说：如把龙（亦作茏）城作为曾是匈奴祭天、大会诸侯之地，那么汉之车骑将军卫青曾威震龙城；如以匈奴号曰李广为飞将军，那么"龙城"又应为"卢城"。看来当以不必确指为宜。

③阴山：即今内蒙古南境之阴山山脉，汉时匈奴常度此山南扰。

[点评]

　　此诗曾被论者赞为"神品"和唐人绝句的压卷之作。

首二句以思接千代、神驰万里之笔,将眼下之"关、月"与"秦、汉"之战事相联系,且从思妇念远的角度写起,尤为情深韵长,宜于歌唱,便于传播。

次二句意谓:只要有骁勇善战又体恤兵士的飞将军在,就可平息边烽,征人返乡,以享天伦。这样一来,诗中所写的"万里长征"就是正义之战,诗旨也就高于其他单纯的非战之什。此诗也就当之无愧地成为"意志绝健,音节高亮,情思悱恻,百读不厌"(施补华《岘佣说诗》)的千古名篇!

从军行七首

(其四、其五)

王昌龄

青海长云暗雪山①,孤城遥望玉门关。

黄沙百战穿金甲,不破楼兰终不还②。

大漠风尘日色昏,红旗半卷出辕门③。

前军夜战洮河北④,已报生擒吐谷浑⑤。

[注释]

①青海:指今青海省境内的青海湖。雪山:即祁连山。

②楼兰:指汉代西域的鄯善国,其地今属新疆。西汉时,楼兰国王与匈奴沟通,屡次杀害汉往西域的使臣。傅介子前去设计刺杀楼兰王,立大功于西域,曾被班超引为楷模。这里借以泛指西北边陲的来犯之敌。

③辕门:原指古代帝王外出止宿于险阻之地时,用车子作为屏障。出入之处,仰起两辆车子,使两车之辕相向交接,成一半圆形的门,叫辕门。这里指军队的营门。

④洮(táo 逃)河:黄河上游支流,在今甘肃西南部。

⑤吐谷(yù 裕)浑:西晋末迁入今甘肃、青海一带的一支鲜卑族。这里仅指捉到俘虏。

[点评]

这组诗虽统用《从军行》的乐府旧题,但原非一时一地所作。是《全唐诗》的编者将其辑为一组,题旨各有侧重,大致写于玄宗开元(713—741)中期略前。

其四主要写在十分艰苦的环境中,身经百战、九死一生的将士克敌制胜的壮志豪情。"黄沙百战穿金甲,不破楼兰终不还"二句,其旨在于即使磨穿铁甲,消灭敌人的决心也毫不动摇。这完全是掷地有声的豪情壮语,决不能像有的古人那样将此理解为被迫无奈的悲泣之声。

其五主要写士气高昂的胜利之师的豪迈雄姿。你看,后续部队在勇往直前之中,得知"前军"已全歼了来犯之敌,这该多么令人鼓舞!

征人怨

柳中庸

岁岁金河复玉关,朝朝马策与刀环①。

三春白雪归青冢②,万里黄河绕黑山。

[注释]

①马策:马鞭。刀环:原指刀柄上的铜环,这里代指战刀。

②青冢:汉王昭君墓。相传冢上草色常青,故名。

[点评]

　　这是一首以精工别致著称的边塞小诗。"征人"有家难回的一腔怨情,通过时间的流逝和画面的组合,恰如其分地展现在读者面前,且发人深思。第一句说年年岁岁、从东到西,长途奔波;第二句意谓朝朝暮暮、骑马佩刀,征战不休。只此两句便令人深切地感到"征人"的怨情,无时无处不在。三、四句是用画面说话:就像那年年白雪归青冢和黄河永远绕黑山一样,"征人"不可能有远离这边塞苦寒之地的希望。

　　杨慎只夸奖此诗的"四句都对",其实它白、青、黄、黑的色彩搭配,未尝不是"征人"不幸命运的象征。

从军行

陈　羽

海畔风吹冻泥裂,梧桐叶落枝梢折。

横笛闻声不见人,红旗直上天山雪。

[点评]

　　古今论诗者多以为,入声韵适合于表达人的悲苦情怀。鉴于此诗的雄壮基调是通过极为艰苦恶劣的环境描写反衬出来的,所以它选择了古已有之的四声中的入声字为韵脚。从现在一些地方保留的入声字看,多半发音短促而韵尾阻塞,比如此诗中的"裂""折""雪",其发音酷似急行军中的气喘吁吁的情景。

　　此诗的前两句,不管其字音字义搭配得多么合适,但作用只是陪衬和铺垫。因为此诗的旨趣不在于宣扬"苦"和"悲",而在于突出"壮"和"美"。你看,像"横笛闻声不见人,红旗直上天山雪"这等壮美的诗句,在古代诗歌中能有几多!

试想,任凭行军途中多么艰苦,但你突然听到了悠扬的笛声,精神能不为之一振?在队伍的前面,有一杆红旗朝着白雪皑皑的"天山"直奔而上,这样的队伍肯定具有压倒一切敌人的英雄气概!

塞下曲

李　益

伏波惟愿裹尸还①,定远何须生入关②。

莫遣只轮归海窟③,仍留一箭射天山④。

[注释]

①伏波:西汉已有的将军名号。伏波的意思是,船涉江海,欲使波涛平息。这里指东汉的伏波将军马援,人称马伏波。裹尸还:与成语马革裹尸的意思相同,意谓战死沙场后,用马皮将尸体包裹起来,运回家乡殡葬(详见《后汉书·马援传》)。

②定远:原是城市的名称。东汉班超被封为定远侯,故以"定远"代指班超。《后汉书·班超传》载:班超在边地,年迈思归,曾上书皇帝称:"臣不敢望到酒泉郡,但愿生入玉门关。"

③只轮:一只车轮。此句的意思是全歼敌军,不使匹马只轮逃归(详见《春秋公羊传·僖公三十三年》)。海窟:海一样的沙漠窟穴,指敌军的老窝。

④一箭射天山:化用薛仁贵在天山,连发三箭射杀来犯突厥者三人,余部请降之事,以表达将士防守边关的决心。当时军中歌道:"将军三箭定天山,战士长歌入汉关。"(详见《旧唐书·薛仁贵传》)这里言"一箭",可见武艺更为高强。

[点评]

此诗通过汉代的马援、班超及唐代的薛仁贵三位安边名将事迹的正、反隐括,抒发从军将士舍己报国的豪迈之志,很能鼓舞人心。这在中唐边塞诗中,诚为难能可贵。

南园十三首①

（其五）

李 贺

男儿何不带吴钩②？收取关山五十州。

请君暂上凌烟阁③,若个书生万户侯④?

[注释]

①南园:即李贺故居福昌(今河南宜阳)的昌谷庄园。

②吴钩:古代吴地所造的一种弯形的刀。

③凌烟阁:唐太宗贞观十年,图画开国功臣长孙无忌、魏征等二十四人于凌烟阁。阁在长安,太宗作《赞》,褚遂良题阁,阎立本画(详见《大唐新语·褒锡》)。

④若个:哪个。万户侯:指食邑万户的高官厚禄者。

[点评]

此诗当作于诗人辞官归昌谷后的元和七年(812)。是年三月,宪宗在延英殿听政,李吉甫进言:"天下已太平,陛下宜为乐。"李绛认为不然,他说眼下法令不能控制的黄河南北的五十余州,战乱水旱不断,公私仓库空虚,正需要皇上宵衣旰食般地勤政之时,怎么能说已经天下太平、一味寻欢作乐呢? 听了这话,宪宗对左右说:"吉甫专为悦媚;如李绛,真宰相也!"论者多以为李贺的这首诗就是缘此事而发。尤其是首二句直接表达了诗人投笔从戎、为统一大业建树功勋的高度爱国热忱。

但是一想到自己报国无门的处境，一种莫名的激愤和牢骚情绪便油然而生。所以后二句的反诘之意是：请你到凌烟阁上去看看，那些封侯拜相的大人物，哪有一个是书生出身呢？这里与其说是对"书生"的轻视，倒不如理解为发自诗人内心的愤愤不平！

陇西行四首①

（其二）

陈　陶

誓扫匈奴不顾身，五千貂锦丧胡尘②。

可怜无定河边骨③，犹是春闺梦里人。

[注释]

①陇西行：乐府旧题，属《相和歌辞·瑟调曲》。此诗所写则是南朝梁简文帝以来"但言辛苦征战，佳人怨思"的较典型的边塞诗的题材内容。
②貂锦：这里以征讨大军将士的穿戴代指军队。
③无定河：黄河中游支流，在今陕西北部。

[点评]

此诗一开首就写将士们不怕牺牲，为国除害的决心。原以为可以大获全胜，出人意料的竟然损失惨重，一下子阵亡了有五千之众的精锐部队，可见敌焰之嚣张。前两句这样写本来是顺理成章的，因为这正是晚唐时期严酷的现实。

王世贞对"可怜无定河边骨，犹是春闺梦里人"二句却予以高度评价："用意工妙至此，可谓绝唱矣。"（《艺苑卮言》卷四）这的确是堪称"绝唱"的诗句——想想看，丈夫离家上前线时，是那么英勇豪迈。她怎么能想到他会成为敌人的刀下鬼,甚至已经成了无定河边的枯骨,并且至今还在做着有关丈夫的种种美梦。在这里,妻子的希望愈美好,读者愈感到锥心刺骨。诗的感染力和艺术效果也就不言而喻。

出　塞

马　戴

金带连环束战袍,马头冲雪过临洮^①。

卷旗夜劫单于帐^②,乱斫胡兵缺宝刀^③。

［注释］

①临洮:这里当泛指我方要塞。

②单于:这里泛指敌酋。

③斫(zhuó 酌):砍杀。缺:这里指折(shé 舌)或残缺的意思。

［点评］

看来这里所描写的是一次雪夜偷袭:将士们着装考究,战袍用金带束了又束,以便行动。他们顶风冒雪骑马进入敌占区,待机而行——这是前两句的意思。

后两句意谓在夜间偃旗息鼓偷袭敌酋的军帐时,与胡兵展开了肉搏,由于一个劲地砍杀敌人,致使他们的宝刀都缺损了。

马戴虽属晚唐诗人,但这首诗所体现的完全是一种大气磅礴的盛唐气象。

己亥岁二首①

（其一）

曹　松

泽国江山入战图②,生民何计乐樵苏③?

凭君莫话封侯事,一将功成万骨枯。

[注释]

①诗题原有注曰:"僖宗广明元年。""己亥"是乾符六年(879)、"广明"前一年。

②泽国:多水的地方,这里指今江、浙一带。

③樵苏:打柴割草。

[点评]

　　从诗的题目和小注来看,这是一首辞岁诗。辞旧迎新,必然要对前一年发生的事情作一番回顾。令人感佩的是作者不为一己之事患得患失,而着眼于"江山""生民"之事,诗一开头就表现作者在为大江南北都卷入了战事而担忧。兵荒马乱之中,平民百姓的生计更加难以维持,就连靠打柴割草过日子也保不住了。诗的可贵之处更在于:它反对波及全国的战乱,但并没有把矛头指向声势浩大的黄巢起义。何以见得? 第三句集中地表现了作者的倾向所在。如果没有这一句所体现的爱憎,那么下面一句就失去了是非感。正因为作者所讥讽的是像镇海节度使高骈那样,靠镇压农民起义受封领赏加官晋爵,后面的"一将功成万骨枯"一句,才能成为反战诗中之警策。

寄　夫

陈玉兰

夫戍边关妾在吴，西风吹妾妾忧夫。

一行书寄千行泪，寒到君边衣到无。

[点评]

在《唐诗别裁》卷二十中，此诗题作《寄外征衣》，系陈玉兰寄赠其夫王驾之作。王驾何时戍边无考。此诗作年不详，当作于唐昭宗时。《全唐诗》录此诗于王驾名下，题作《古意》。

《历朝名媛诗词》评此诗曰："一笔挥洒，意到笔到，肯綮全在'西风吹妾'四字，亦能手也。"诗以思妇怀远口吻，由西风引出寒衣，感情细腻亲切。这类诗的感人之处和认识意义，还在于征夫的衣物是由一家一户自己提供的。

和李秀才边庭四时怨
（其四）

卢汝弼

朔风吹雪透刀瘢①，饮马长城窟更寒②。

半夜火来知有敌，一时齐保贺兰山。

[注释]

①刀瘢:指戍卒身上留下的战刀伤疤。

②"饮马"句:是对乐府《相和歌辞·瑟调曲》《饮马长城窟行》陈琳同题诗首二句"饮马长城窟,水寒伤马骨"的隐括而环境更为苦寒。

[点评]

　　战士受伤不下火线,仍然戍守在极为艰苦的环境之中。哪怕是深更半夜,一旦烽火传来敌情,他们便同仇敌忾,一齐奋起,誓保阵地和江山! 有这样的战士在,不论是"阴山",还是"贺兰山",敌人只能望而生畏,休想越过一步! 如果不知道作者是唐末人,只是就诗论诗的话,很容易将此诗看成是盛唐边塞诗。胡应麟曾称它的作者为"盛唐高手",我们权可理解为将此诗视为盛唐高手所作也不逊色。因为它的确"语意新奇,韵格超绝"(胡应麟语),具有盛唐气象。

从军行

杨　炯

烽火照西京①,心中自不平。

牙璋辞凤阙②,铁骑绕龙城③。

雪暗凋旗画,风多杂鼓声。

宁为百夫长,胜作一书生。

[注释]

①西京:西汉的都城长安。东汉改都洛阳,因称洛阳为东京,长安为西京。这里

是以汉都代唐都。

②牙璋:兵符。凤阙:原是汉代宫阙名,后用为皇宫的通称。

③龙城:又名龙庭,原是匈奴祭天、大会诸侯处,其地在今蒙古境内。这里指敌方重地。

[点评]

　　高宗登极不久,杨炯就被举为神童。国力强盛之时,也是作者年轻气足之日。同样是博取功名,在对外大量用兵又连连获胜的情况下,这就为年轻有为者提供了建功立业的大好时机,这也是此诗的写作背景。

　　同样是投笔从戎,杨炯与班超不同。后者在很大程度上是为了养家糊口,前者却是为了江山社稷而与来犯者进行艰苦卓绝的战斗。在朝廷用兵之时,有志者宁愿作为一个低级军官为国效力,也不屑做一个两耳不闻窗外事、只顾个人功名的书生。

　　所以,"宁为百夫长,胜作一书生",既是当时的时代强音,对后世男儿也有极大的鼓舞作用,此诗的价值也就不言而喻。

观　猎①

王　维

风劲角弓鸣,将军猎渭城②。

草枯鹰眼疾,雪尽马蹄轻。

忽过新丰市③,还归细柳营④。

回看射雕处,千里暮云平。

①诗题一作《猎骑》。

②渭城:本秦都咸阳,汉代改称渭城,治所在今陕西咸阳东北,南临渭水,故名。

③新丰:汉代县名,治所在今陕西临潼东北。汉高祖定都关中,因太公思归故里,便于故秦骊邑仿丰地街巷筑城,并迁故旧居此以娱太公,遂改名新丰。

④细柳:古地名,在今陕西咸阳西南渭河北岸,周亚夫屯兵于此。汉文帝亲往劳军,至军门,甲士戒备森严,被阻不得驰入。文帝使使持节诏将军,周亚夫才传令开壁门,请宣帝按辔徐行而入。后人因称军营纪律严明者为"细柳营"。

[点评]

　　论者多以此诗为王维早期所作,诚是。几乎每一句都为人所激赏:首句突兀而起,先声夺人,被称为"直如高山坠石,不知其来,令人惊绝"(《昭昧詹言》卷二一)。颔、颈二联精散结合,浓淡相济。前者体物精细,字锤句炼;后者流丽自然,令人有瞬息千里之感,"将军"风采于此可见一斑。

　　对于全诗,沈德潜更是称赏有加:"章法、句法、字法,俱臻绝顶,盛唐诗中亦不多见。起二句若倒转便是凡笔,胜人处全在突兀也。结亦有回身射雕手段。"(《唐诗别裁》卷九)

　　这位"将军"不仅是身怀绝技的"射雕手",而且像当年的周亚夫那样,是治军有方、声望很高的统帅。由这样的人物带兵,"胡马"岂能度过"阴山"?

使至塞上

王　维

单车欲问边[①]，属国过居延[②]。

征蓬出汉塞[③]，归雁入胡天。

大漠孤烟直，长河落日圆[④]。

萧关逢候骑[⑤]，都护在燕然[⑥]。

[注释]

①单车：轻车简从。问边：视察边关。

②属国：指存其国号而属汉朝者，叫作属国。此处系以汉喻唐。过：指超过而不是经过。居延：汉置县名，今属内蒙古。

③征蓬：飞蓬随风飘摇，比喻行踪不定，这里是诗人自指。

④孤烟直：一说指燃烧狼粪的烽烟；一说是一种自然现象，它是沙漠旋风旋起浮尘所形成的烟柱。长河：一说既不是指黄河，亦非泛指，而是指发源于甘肃省祁连山主峰的弱水河。

⑤萧关：由关中通向塞北的交通要道，故址在今宁夏固原东南。候骑(jì 寄)：担任通讯或侦察任务的骑兵。

⑥都护：边地最高长官的名称，这里指河西节度使。燕然：山名。即今蒙古境内的杭爱山。东汉窦宪破匈奴后，曾至燕然山刻石记功。这里是暗示唐军在前线的胜利。

[点评]

唐玄宗开元二十五年(737)，王维以监察御史身份奉使凉州(治所在今甘肃武威），这首诗便是他此次出塞途中所作。诗中以声威远播的汉帝国比喻和歌颂唐王朝的强盛，充满了浪漫气息和自豪感，与作者后期的田园诗风格迥然不同。

此诗中最受称道、影响最大的是颈联"大漠孤烟直，长河落日圆"。在王国维对其誉之为"千古壮观"之名句之前，曹雪芹通过其文学人物香菱之口对此联曾作过一番评论："想来烟如何直？日自然是圆的。这'直'字似无理，'圆'字似太俗。合上书一想，倒像是见了这景的。"（《红楼梦》第四十八回）作为初学作诗者的体会，固有其独到之处，但是曹雪芹和香菱却未必是王维这一名联的解人。比如"直"字不是"无理"，它恰恰深通物理的生活真实。因为这里的"烟"，不是曹雪芹所司空见惯的宁荣二府的袅袅炊烟，而是指烽火，也就是狼烟。据多种记载说，正是基于"狼粪烟直上"才被用作烽火的，况且早有庾信"闲烽直起烟"的诗句可供借鉴。看来这里王维是"有理"的，而曹雪芹和香菱恐怕是缺乏生活实践的吧？

新近有人谓"大漠""两名句的真实含义是大漠之中除无声无息的野河落日、荒漠旋风之外一无所有"，"数百年来，历代文人对两名句的赞誉实在只是一种误解而已"（《文史知识》2000 年第 3 期）。

穆陵关北逢人归渔阳①

刘长卿

逢君穆陵路，匹马向桑干②。

楚国苍山古，幽州白日寒。

城池百战后，耆旧几家残③。

处处蓬蒿遍，归人掩泪看。

[注释]

①穆陵关:穆,一作"木"。故址在今湖北麻城北。渔阳:郡治在今天津蓟县。

②桑干:即永定河上游的桑干河,这里指诗中友人的家乡渔阳。

③耆旧:指年高而有声望的人。

[点评]

　　唐人批评刘长卿的诗"思锐才窄",给人以雷同感,此见不为无据。但他所致力的近体,尤其是五律的成就还是较为突出的,他自称"五言长城",有人也是认可的。

　　证之以此诗,其长处除体现作者对国事民瘼的深切关注,它的颔联"楚国苍山古,幽州白日寒",更是曾引起广泛兴趣和议论的名句,也就是方东树所指出的"文房(刘长卿的字)诗多兴在象外。专以此求之,则成句皆有余味不尽之妙矣"(《昭昧詹言》卷一八)。但是,这首诗同样也证明了"落句"多雷同的疵病。

没蕃故人①

张　籍

前年戍月支②,城下没全师。

蕃汉断消息,死生长别离。

无人收废帐,归马识残旗。

欲祭疑君在,天涯哭此时。

[注释]

①蕃(fān 帆):古时对外族的通称。所谓"九州之外,谓之蕃国"。

②月支:即月氏(zhī支)族,唐代曾设督府于此。

[点评]

　　此诗的具体写作时间虽难以确定,但从其内容看,显然是写于安史之乱以后、唐与吐蕃的不断交战之时。诗既是对故友的沉痛悼念,也是对战争的真实写照和非议。

出　塞①

王　维

居延城外猎天骄②,白草连天野火烧③。

暮云空碛时驱马④,秋日平原好射雕。

护羌校尉朝乘障⑤,破虏将军夜渡辽⑥。

玉靶角弓珠勒马⑦,汉家将赐霍嫖姚⑧。

[注释]

①诗题一作《出塞作》,题下原注云:"时为御史监察塞上作。"
②居延:古边塞名,故地今属内蒙古。汉武帝太初三年(前102)由伏波将军路博德筑于居延泽上,以遮断匈奴由此侵入河西之路,故又名遮虏障。天骄:即"天之骄子"的略语。汉代匈奴自称为天之骄子,意谓为天所娇宠,故极强盛。这里指强盛的边地民族。
③白草:一种牧草。老而泛白,枯而不萎,性至坚韧。
④碛(qì戚):原指浅水中的沙石,这里引申为沙漠。
⑤护羌校尉:汉代的官名,职掌西羌事务,后改称凉州刺史。乘障:这里当指登上

又名遮虏障的居延城,观察敌情。

⑥"破虏"句:意谓武官在夜间指挥涉水击敌。

⑦玉靶:饰玉的缰绳。角弓:用角装饰的弓。勒:套在马头上带嚼口的笼头。此三种华贵之物,均为天子赏赐有功将帅的奖品。

⑧嫖(piào 票)姚:字面上是勇健轻捷的意思。汉骠(piào 票)骑将军霍去病曾官嫖姚校尉。这里以征匈奴有绝漠之功的霍去病代指唐将。

[点评]

那么,诗的最后一句以"霍嫖姚"代指的这位唐将是谁呢?原来上述一诗题下的原注"时为御史监察塞上作"提供了线索——在王维的履历中,玄宗开元二十五年秋,他曾以监察御史的身份出使凉州,为的是宣慰河西节度副大使崔希逸战吐蕃获胜的殊勋。诗即缘此事而作。

写这首诗的时候,王维才三十七岁,所以人称"正其中年才气极盛之时。此作声出金石,有麾斥八极之概矣"(姚鼐语)。在此之前方东树尝云:"此是古今第一绝唱,只是声调响入云霄。"接下去说得更为具体:"前四句目验天骄之盛,后四句侈陈(夸张)中国之武,写得兴高采烈,如火如锦,乃称题。收赐有功得体。浑颢流转,一气喷薄,而自然有首尾起结章法。其气若江海水之浮天……"(《昭昧詹言》卷一六)

古从军行①

李　颀

白日登山望烽火,黄昏饮马傍交河②。行人刁斗风沙暗③,公主琵琶幽怨多④。野云万里无城郭,雨雪纷纷连大漠。胡雁哀鸣夜夜飞,胡儿眼泪双双落。闻道玉门犹被遮⑤,应将性命逐轻车⑥。年年战骨埋荒外,空见蒲桃入汉家⑦。

[注释]

①从军行:乐府旧题,属《相和歌辞·平调曲》,本是描写军旅苦辛之词。此诗之所以在题前加一"古"字描写汉武帝的开边之战,或为避嫌而已,实际上针对的是唐玄宗好大喜功,轻启战端,草菅人命之事。

②交河:本为古城名,在今新疆吐鲁番西北,处于两条小河交叉环抱的一个柳叶形小岛上。这里借指边塞饮马之水。

③刁斗:古代军中用具,铜质,有柄,能容一斗。军中白天用来烧饭,夜间击之以巡更。

④公主琵琶:用刘细君嫁乌孙王之事。汉元封中乌孙派使者献马,并提出要娶汉公主。汉武帝便遣江都王刘建之女细君为公主,嫁乌孙王。又据石崇《王明君辞序》云:"昔公主嫁乌孙,令琵琶马上作乐,以慰其道路之思。"这里借此以喻边塞生活的孤寂悲凉。

⑤"闻道"句:用汉武帝强行发兵夺取大宛马之事。武帝欲求大宛马不得,于太初元年(前104)派李广利攻大宛。因伤亡惨重,李上书求罢兵,武帝为之大怒,并派使者遮挡住队伍回归的必经之地玉门关,下令:"军有敢入者辄斩之。"(详见《史记·大宛传》)这里是以汉喻唐,谴责唐玄宗穷兵黩武,戍卒欲归不得。

⑥轻车:西汉兵种之一,即驾轻车作战的士兵。此句指士卒埋怨继续从军卖命。

⑦"空见"句:此句所指之事见于《汉书·西域传》中这样一段记载:汉天子连年向西域用兵,生灵涂炭,所换取的只是一些蒲桃(即葡萄)、苜蓿种子,用以种于离宫馆园之旁。这里亦是以汉喻唐,讥刺玄宗的开边之策。

[点评]

诗的最后一句是点睛之笔,也是全诗的指归所在。正如沈德潜所云:"以人命换塞外之物,失策甚矣。为开边者垂戒,故作此诗。"(《唐诗别裁》卷五)这是就此诗的思想性而言的。从下面的一段话,则可见其艺术造诣之一斑:"音调铿锵,风情澹冶,皆真骨独存。以质胜文,所以高步盛唐,为千秋绝艺。"这话是出自明人邢昉所撰《唐风定》这一唐诗总集。此集被视为著名选本之一,其选诗别具慧眼,眉批多有精粹之语。

燕歌行①

高 适

开元二十六年,客有从御史大夫张公出塞而还者②,作《燕歌行》以示适。感征戍之事,因而和焉。

汉家烟尘在东北,汉将辞家破残贼。男儿本自重横行③,天子非常赐颜色。摐金伐鼓下榆关④,旌旆逶迤碣石间⑤。校尉羽书飞瀚海⑥,单于猎火照狼山⑦。山川萧条极边土⑧,胡骑凭陵杂风雨⑨。战士军前半死生,美人帐下犹歌舞。大漠穷秋塞草腓⑩,孤城落日斗兵稀。身当恩遇恒轻敌,力尽关山未解围。铁衣远戍辛勤久,玉箸应啼别离后⑪。少妇城南欲断肠,征人蓟北空回首⑫。边风飘飖那可度,绝域苍茫更何有。杀气三时作阵云⑬,寒声一夜传刁斗⑭。相看白刃血纷纷,死节从来岂顾勋。君不见沙场征战苦,至今犹忆李将军⑮。

[注释]

①燕歌行:原为乐府旧题,属《相和歌·平调》,多写思妇怀念从役于燕地的良人,而高适此篇却扩大和更新了表现范围,以旧题写时事。

②张公：指幽燕节度使兼御史大夫等官职的张守珪。

③横行：这里是纵横驰骋的意思。

④扨(chuāng窗)金：敲击铃、钲一类的铜质响器。榆关：指今河北山海关。

⑤旌旆(jīng pèi京配)：泛指旌旗。碣石：指今河北昌黎的碣石山。

⑥校尉：汉代一度为略次于将军的武官。羽书：古代征调军队的文书，上插鸟羽，表示紧急，必须速递。瀚海：在唐代是指蒙古高原大沙漠以北及今准噶尔盆地一带大片地区的泛称。一说指沙漠。

⑦单于：匈奴称王曰单于，也泛指北方少数民族的首领。狼山：其方位有数说，既然这里是泛指边塞征战之地，则不必实指。

⑧"山川"句：意谓战场是一眼看不到尽头、无险可凭的开阔地。

⑨"胡骑"句：意谓敌骑凭借开阔有利的地形，如狂风暴雨般地袭来。

⑩腓(féi肥)：这里指深秋边塞草色变得枯黄。

⑪玉箸：这里指思妇的眼泪。

⑫蓟北：即在今天津以北的唐蓟州。

⑬三时：这里指晨、午、晚或曰整天整夜。

⑭刁斗：见李颀《古从军行》"注释"③。

⑮李将军：指汉朝名将李广。他能外御强敌，内抚士卒(详见《史记·李将军列传》)。

[点评]

从小序得知这是一首和诗，但对其写作目的说法不一。一说，张守珪虽前期作战有功，但其后部将败于契丹余部，张以贿赂等手段掩盖败绩为之妄奏战功，高适作此诗讽之；一说，安禄山因轻敌兵败，张守珪和张九龄均主张诛杀安禄山以免后患，而唐玄宗终于赦免之。高适有感于安禄山重罪不诛之事，从而作此诗以寄讽。持此说者，证之"战士军前半死生，美人帐下犹歌舞"这一诗中名联，亦与安禄山迷恋歌舞声色、且能自作胡旋舞等事相合。上述二说至今并存。

就此诗的思想性来看，不管是刺张还是刺安，都是对丑恶势力的鞭挞，对战士以身殉国精神的揄扬和对其悲惨命运的同情。

这首《燕歌行》不仅是高适的代表作，在整个唐代边塞诗中它也是上乘之作。早在此诗问世不久就为人所理解和重视："适诗多胸臆语，兼有气骨，故朝野通赏其文。至如《燕歌行》等篇,甚有奇句。"(殷璠语)又:"金戈铁马"一语,作为战事或用以形容战士的雄姿,虽分别见于《新五代史·李袭吉传》和辛弃疾《永遇乐》词,但是用以评价边塞和军旅诗,"金戈铁马之声,有玉磬鸣珠之节"(邢昉语),则是针对高适《燕歌行》而发的。

走马川行奉送封大夫出师西征①

岑 参

　　君不见走马川,雪海边,②平沙莽莽黄入天。轮台九月风夜吼,一川碎石大如斗③,随风满地石乱走。匈奴草黄马正肥④,金山西见烟尘飞⑤,汉家大将西出师⑥。将军金甲夜不脱,半夜军行戈相拨,风头如刀面如割。马毛带雪汗气蒸,五花连钱旋作冰⑦,幕中草檄砚水凝⑧。虏骑闻之应胆慑,料知短兵不敢接⑨,车师西门伫献捷⑩。

[注释]

①行(xíng 形):古诗的一种体裁,如《兵车行》。封大夫:指封常清。天宝十三载(754)他被任命为北庭都护、伊西节度、瀚海军使,奏调岑参为安西北庭节度判官,驻军轮台(今新疆米泉)。因封常清入朝时曾摄御史大夫,故称其为封大夫。诗题一作《走马川行奉送出师西征》。
②走马川:一说指今新疆北庭、轮台附近便于走马的平川,亦称北庭川;一说走马川疑指今新疆的左末河。这里拟从前说。雪海:一说泛指西北苦寒之地;一说指天山以北的沙漠。
③川:这里指平地。
④"匈奴"句:意谓西北游牧民族往往在秋高马肥之时,发兵侵汉。

⑤金山：即有金之山，这里指阿尔泰山。

⑥汉家大将：指封常清。

⑦五花：指毛色斑驳的五花马。连钱：指花纹如青钱的马。

⑧草檄：指起草声讨敌人的文书。

⑨短兵：指刀、剑一类的武器；弓箭称长兵。

⑩车师：汉代西域有车师前国、车师后国，这里当指安西都护府所在地的今新疆吐鲁番一带。伫：本指长时间站立，这里指等候。

[点评]

　　论者多以为天宝十三载，封常清有西征播仙（故址在今新疆且末西南）事，岑参作此诗预祝他旗开得胜。从这一角度看，说它主题先行也未尝不可。作者在十多年来，曾两番出塞。风尘鞍马之间，城防要塞无所不至。有了这种切身体验，他才能写出他人笔下所无的"轮台九月风夜吼，一川碎石大如斗，随风满地石乱走"等句。也正是这种绝域风光促使作者的"奇才奇气，风发泉涌"（方东树语），从而写出了这首最富盛唐气象的边塞诗。

　　然而，这又不是一首只着眼于自然景物的单纯的边塞诗。用今天的话说，它还是一首军旅诗。或许是为了行军壮威的必要，此诗不仅采取了七言歌行体，而且句句押韵，三句一转，节奏短促有力，非常便于表达豪情奇趣。所以，这又是一首边塞大军的胜利进行曲。

白雪歌送武判官归京①

岑　参

　　北风卷地白草折②，胡天八月即飞雪。忽如一夜春风来，千树万树梨花开。散入珠帘湿罗幕，狐裘不暖锦衾薄。将军角弓不得控,都护铁衣冷犹著③。瀚海阑干百丈冰④,愁云惨淡万里凝。中军置酒饮归客⑤,胡琴琵琶与羌笛。纷纷暮雪下辕门⑥,风掣红旗冻不翻⑦。轮台东门送君去⑧,去时雪满天山路。山回路转不见君,雪上空留马行处。

[注释]

①判官:节度使的助理。武判官当是岑参的前任。

②白草:一种老而泛白的牧草,详见王维《出塞》"注释"③。

③都护:唐沿汉制,设六大都护府,统辖边远诸国,为权任颇大的实职。犹著:一作"难著"。

④瀚海:见高适《燕歌行》"注释"⑥。一说"瀚海"在岑参诗中皆指天山雪峰。阑干:纵横散乱的样子。百丈:一作"千尺"。

⑤中军:古代军制有左、中、右或上、中、下三军,以中军为主帅所在发号施令之所。这里指轮台节度使幕中。

⑥辕门:这里是指节度使官署的外门。详见王昌龄《从军行七首》"注释"③。

⑦"风掣"句:当系化用虞世基《出塞》:"雾烽黯无色,霜旗冻不翻。"

⑧轮台:今属新疆。安西北庭都护府驻军于此。

[点评]

　　天宝十三载(754),岑参再次出塞任安西北庭节度使封常清的判官。到任后,他于轮台为其前任武判官送行,遂作此诗。

　　这虽说是一首送别诗,但却与咏雪巧妙地结合在一起,又因以雪贯串始终,所以这是一首以咏雪著称的"白雪歌"——其中的"忽如一夜春风来,千树万树梨花开",几乎是我国诗史中最为家喻户晓的名句。还有人将"瀚海阑干百丈冰"与"千里莺啼绿映红"集在一起,作为我国地域辽阔、江山多姿、物候悬殊的证明,亦令人叫绝。

　　杜甫有诗曰:"岑参兄弟皆好奇。"以此诗为例,其所写景致,从开头的"北风卷地白草折,胡天八月即飞雪",直到每一句,无不使人顿生豪壮奇丽之感。即使所写边塞苦寒之景,也能使人从中看到戍边将士不畏艰苦的英武气概。特别是"都护铁衣冷犹著"所显示的犹如"枕戈待旦"的高度警惕性,怎能不使窥视"阴山"的"胡马"胆战心惊!

雁门太守行①

李 贺

黑云压城城欲摧,甲光向日金鳞开②。

角声满天秋色里,塞上燕脂凝夜紫③。

半卷红旗临易水④,霜重鼓寒声不起。

报君黄金台上意⑤,提携玉龙为君死⑥。

［注释］

①雁门太守行:乐府古题,属《相和歌·瑟调曲》。

②"甲光"句:意谓铠甲上的金属薄片在日光下像金鳞般的闪耀。日:一作"月"。

③燕脂:即胭脂,红色。一说指霞光;一说指战场上的血迹。

④易水:在今河北西部。详见骆宾王《易水送人》"注释"①。

⑤黄金台:故址在今河北易县东南,相传战国燕昭王所筑。置千金于台上,以招揽贤士。

⑥玉龙:指宝剑。

［点评］

此诗虽然有声有色地描绘了一场激烈战斗的全过程,但却并非是纪实之作,对其中某些字句不宜作泥解。据说王安石曾说过:"此儿误矣,方'黑云压城'时,岂有'向日'之'甲光'也?"对此,被讥为"宋老头巾不知诗"(杨慎《升庵诗话》卷十）。

　　关于这首诗还有一段佳话：元和二年（807）秋，韩愈为国子博士分司东都，李贺以歌诗谒韩愈。适逢韩愈"送客归，极困。门人呈卷，解带，旋读之。首篇《雁门太守行》曰：'黑云压城城欲摧，甲光向日金鳞开。'却援带，命邀之"（张固《幽闲鼓吹》）。

　　与王安石的看法不同，薛雪曾称赞"黑云"两句为"千古妙语"；至于全篇更被推为"字字锤炼而成，《昌谷集》中定推老成之作"（沈德潜语）。

　　今天看来，这首诗虽带有想象成分和浪漫气息，但却不是那种脱离现实的无的放矢之作。在它脱稿的元和之初，河北一带正是藩镇割据、战氛弥漫之地。诗中出现"易水"和"黄金台"等字眼儿，正是诗人对以死报国将士的激励和对朝廷能够纳贤重才的热切希望，可谓用心良苦。

春花秋月

日出江花红胜火

鸟鸣涧

王　维

人闲桂花落，夜静春山空。

月出惊山鸟，时鸣春涧中。

[点评]

《皇甫岳云溪杂题五首》是作者题友人所居的组诗，而本诗则是五首之一。有鉴于此，作为"诗中有画"的王维此诗，当不是那种只注重神态的表现和抒发自身情趣的所谓"写意"之作，而当是一种对云溪特有风光的"写生"画。因此，首句的"桂花"是实有的春桂，所以此诗不存在秋桂与"春山"和"春涧"的龃龉不合的问题。

这首诗的特点还在于以花落、月出、鸟鸣等富有生机的动景，衬托得月夜中的春涧更显幽静迷人，成功地运用了艺术中的辩证法。

咏　柳

贺知章

碧玉妆成一树高^①，万条垂下绿丝绦。

不知细叶谁裁出，二月春风似剪刀。

[注释]

①碧玉：原是一个女子的名字，后用以指小户人家年轻美貌的女子。这里将柳拟人化，说它像是盛装的美女碧玉那样亭亭玉立。

[点评]

　　此诗的最大特点是构思巧妙，比喻新颖。前二句将垂柳比作体态婀娜的美女已极为神似，最后又把"春风"比作"剪刀"。既出神入化，又自然天成。正如黄周星所云："尖巧语，却非由雕琢而得。"（《唐诗快》）

　　《唐诗快》是一本颇有影响的唐诗总集，其选诗唯以性情为主，应制、应教之作不得阑入。《咏柳》这首小诗不但被选入《唐诗快》，并得到编撰者的推重，这本身就能说明此诗确以情致见长。

　　与此相联系的第三个特点，是本诗的启迪意义，并极为后人所青睐。比如宋初梅尧臣的"春风骋巧如剪刀，先裁杨柳后杏桃"（《东城送运判马察院》），这类清新自然的诗句，显然是受了《咏柳》的启发；再如清金农《柳》诗中的"千丝万缕生便好，剪刀谁说胜春风"二句，也是对贺知章此诗的蓄意隐括。

月 夜^①

刘方平

更深月色半人家,北斗阑干南斗斜^②。

今夜偏知春气暖,虫声新透绿窗纱。

[注释]

①诗题一作《夜月》。
②阑干:形容横斜的样子。

[点评]

诗的前两句描写月夜的静谧颇具绘画美,但是更令人耳目一新的还是后两句。对此,曾有专家作过精到的鉴赏:

三、四两句写的自然还是月夜的一角,但它实际上所蕴含的却是月夜中透露的春意。这构思非常新颖别致,不落俗套。春天是生命的象征,它总是充满了缤纷的色彩、喧闹的声响、生命的活力。如果以"春来了"为题,人们总是选择在艳阳之下呈现出活力的事物来加以表现,而诗人却撇开花开鸟鸣、冰消雪融等一切习见的春的标志,独独选取静谧而散发着寒意的月夜为背景,从静谧中写出生命的萌动与欢乐,从料峭夜寒中写出春天的暖意,谱写了一支独特的回春曲。这不仅表现出诗人艺术上的独创精神,而且显示了敏锐、细腻的感受能力。

……"虫声新透绿窗纱","新"字不仅蕴含着久盼寒去春来的人听到第一个报春信息时那种新鲜感、欢愉感,而且和上句的"今夜""偏知"紧相呼应。"绿"字则进一步衬出"春气暖",让人从这与生命联结在一起的"绿"色上也感受到春的气息。这些地方,都可见诗人用笔的细腻。

苏轼的"春江水暖鸭先知"是享有盛誉的名句。实际上,他的这点诗意体验,刘方平几百年前就在《月夜》诗中成功地表现过了。刘诗不及苏诗流传,可能和刘诗无句可摘、没有有意识地表现某种"理趣"有关。但宋人习惯于将自己的发现、认识明白告诉读者,而唐人则往往只表达自己对事物的诗意感受,不习惯于言理,这之间是本无轩轾之分的。

——刘学锴(见《唐诗鉴赏辞典》第 622~623 页)

采莲曲二首

(其二)

王昌龄

荷叶罗裙一色裁,芙蓉向脸两边开[①]。

乱入池中看不见[②],闻歌始觉有人来。

[注释]

①芙蓉:即芙蕖,荷花的别称,与木芙蓉不同。
②乱入:混入、杂入。

[点评]

试想:有谁在初秋送爽之时,置身于百亩荷塘?那田田荷叶、艳艳莲花,会给你何等的赏心悦目之感!况且采莲姑娘的绿色罗裙和红润的脸蛋,又与自然美景和谐地融为一体,再加上动听的歌声,此情此景,有谁不说它远胜春朝的呢?

有论者不仅指出,此诗的前二句其意系本于南朝梁元帝《碧玉诗》的"莲花乱脸色,荷叶杂衣香",并评论此诗曰:"向脸字却妙,似花亦有情。乱入不见,闻歌始觉,极清丽。"(黄牧邨《唐诗笺注》卷八)所言极是。

三日寻李九庄

常 建

雨歇杨林东渡头,永和三日荡轻舟①。

故人家在桃花岸②,直到门前溪水流。

[注释]

①"永和"句:用兰亭修禊(xì 细)事。东晋穆帝永和九年(353)三月三日,王羲之
与谢安、孙绰等四十一人,在山阴(今浙江绍兴)兰亭水边嬉游,以消除不祥,叫
做"修禊"。此句紧承上句,诗人感到眼前的景色就像当年兰亭周围的山水一样
美不胜收。
②桃花岸:用桃源故实。东晋陶潜所作的《桃花源记》中说,有渔人从桃花源入
一山洞,见秦时避乱者的后代聚居于此,日子过得很安逸。出来以后,再也找不
到原处。后来用以指避世隐居之处。这里用以说明李九是位隐士。

[点评]

　　前人曾谓此诗"自有情致,亦有法,所以佳"(顾乐语)。要想进一步了解其
"情致"、诗法和佳处之所在,不妨读一读这样一段精当的赏析之文:

　　　　……细味题目中的"寻"字,却感到诗人在构思上还打了一个小小的埋
　　伏。三四两句,实际上并非到达后即目所见,而是舟行途中对目的地的遥
　　想,是根据故人对他的居处所作的诗意介绍而生出的想象。诗人并没有到
　　过李九庄,只是听朋友说过:从杨林渡头出发,有一条清溪直通我家门前,不

须费力寻找。只要看到一片繁花似锦的桃林,就是我家的标志了。这,正是"故人家在桃花岸,直到门前溪水流"这种诗意遥想的由来。不妨说,这首诗的诗意就集中体现在由友人的提示而去寻访所生出的美丽遐想上。这种遐想,使得这首本来容易写得比较平直的诗增添了曲折的情致和隽永的情味,变得更耐人涵咏咀嚼了。

——刘学锴(见《唐诗鉴赏辞典》第 752 页)

枫桥夜泊①

张 继

月落乌啼霜满天②,江枫渔火对愁眠③。

姑苏城外寒山寺④,夜半钟声到客船。

[注释]

①诗题一作《夜泊枫江》。枫桥:在今江苏苏州西郊。
②霜满天:这里写的是一种寒气弥漫的感觉。
③愁眠:当指抱愁而卧的舟中羁旅者。对愁眠,意谓伴愁而眠。
④姑苏:苏州的别称,因西南有姑苏山而得名。寒山寺:在今苏州阊门外枫桥镇。始建于南朝梁,初名妙利普明塔院。相传唐诗僧寒山、拾得曾在此住持,遂更名寒山寺。寺屡建屡毁,现存建筑均为清末重建。寒山寺因张继此诗而名扬天下。

[点评]

诗是写作者夜泊枫桥时,目睹、耳闻以及亲身感受到的古刹秋日的诗意之美。两联皆为名句,历来脍炙人口。

但诗人感受最深的一句"夜半钟声到客船",千余年来,却在夜半是否有钟声的问题上聚讼纷纭。后来不仅有论者指出,在《南史》中即有夜半钟的习俗,在创作中更有"遥听缑山半夜钟"(于鹄)、"新秋松影下,夜半钟声后"(白居易)等可作印证。有趣的是苏州吴县人叶梦得,对首次发难的欧阳修所作的回答:"盖公未尝至吴中,今吴中山寺,实以半夜打钟。"(《石林诗话》卷中)

寒 食①

韩 翃

春城无处不飞花,寒食东风御柳斜。

日暮汉宫传蜡烛,轻烟散入五侯家②。

[注释]

①寒食:节令名,清明前一天(一说前两天)。春秋时介之推曾随晋公子重耳逃亡在外达十九年。重耳归国后即为晋文公,赏赐随从逃亡者,介之推不愿受封,与母亲隐居绵山(在今山西介休东南)。重耳为逼迫介之推出山做官,便放火焚山,介之推竟抱树烧死在山中。后人为了纪念他,每年清明前一天便禁火寒食。此系传说中寒食节的来历。
②五侯:这里以汉喻唐,泛称权贵之家。

[点评]

首句"春城无处不飞花",情景活现而语出天然,是历代传诵的名句。关于此句,孟棨《本事诗》记载了这样一个故事:

在韩翃闲居近十年,殊不得意多托病在家之时,惟有名士韦某与韩亲密往来。一天半夜里,韦叩开韩门便贺之曰:"员外要高升为驾部郎中知制诰。"韩吃惊地说:"定无此事!"韦就座细细道来:制诰缺人,中书两进名,御笔不点出。再次上报,德宗批曰"与韩翃"。此时有两人叫韩翃,有一位是江淮刺史。又一次将二人的情况同时上报,御笔复批曰:"春城无处不飞花……"云云。又特批曰:"与此韩翃。"

这个故事说明,韩翃的高升和出名系此诗所致。但是今天更应注重它的讽喻之意——即皇帝对外戚宦官之辈过于爱宠,其后果可想而知。

兰溪棹歌①

戴叔伦

凉月如眉挂柳湾,越中山色镜中看②。

兰溪三月桃花雨,半夜鲤鱼来上滩。

[注释]

①兰溪:即今浙江兰溪。棹(zhào 罩)歌:船歌。
②越中:兰溪市在今浙江中部(偏西),故称越中。镜:指清澈见人的兰溪水。

[点评]

这是一首富有民歌情调的山水风景诗。前二句专事写景:雨后之夜,略带凉意的一钩弯月,倒影在光洁如镜的兰溪之中,周围山色清澄可鉴;后二句景中抒情,由于风调雨顺,丰收的鱼汛涌上滩头,人之欢畅可想而知。

滁州西涧^①

韦应物

独怜幽草涧边生,上有黄鹂深树鸣^②。

春潮带雨晚来急,野渡无人舟自横。

[注释]

①滁州:今属安徽。西涧:在滁州城西。韦应物被罢滁州刺史在此闲居期间,常到西涧游息。但是到欧阳修在滁州时,已不见涧水。
②黄鹂:即黄莺、黄鸟,羽毛呈黄色,鸣声婉转美听。

[点评]

韦应物于德宗建中四年(783)秋,出任滁州刺史,约年余被罢。至贞元元年(785)春夏,闲居于滁州,诗当作于此时。从这一背景上看,说此诗有寄托是可信的。有论者还进一步指出:"幽草"守节安贫,象征诗人恬淡的襟怀。而"黄鹂"高高在上,鸣声婉转媚时,恰似宦海情态——这是前二句的寓意所在。

后二句,则通过对水急、舟横两种景象的描写,透露出一种投报无门、不得其用的忧伤。从整首诗来说,"独怜幽草",即意欲隐退,而诗人的被罢赋闲、不在其位,恰似水急舟横——以知人论世的眼光看来,人们对此诗的这种理解是符合情理的。

更值得一提的是"春潮带雨晚来急,野渡无人舟自横"二句。这一诗中有画、脍炙人口的名联,深受读者喜爱,寇准甚至对之加以效仿。

城东早春

杨巨源

诗家清景在新春,绿柳才黄半未匀^①。

若待上林花似锦^②,出门具是看花人^③。

[注释]

①绿柳句:指早春时初生的柳芽,犹如人之睡眼半开。

②上林:原为秦时旧苑,汉武帝时大大扩建。苑中养禽兽,供帝王游猎。故址在今西安以西,此处以汉喻唐。

③看花人:这里当喻指进士及第者。

[点评]

穆宗长庆元年(821),杨巨源任国子司业,这首诗当作于此后至其退归乡里之前的二三年间。

了解了上述背景,对全面理解此诗大有好处。因为诗中所写眼前长安的早春景色也好,或是拟想盛春时节繁花似锦、熙来攘往的热闹景象也好,都仅仅是表象,人们看重的是它的深层寓意。

据说儒商们很理解此诗,他们尤为激赏其中的"早""新"二字,从而引申为商战必须争先才能得胜。也就是说,他们入木三分地看出了,此诗通篇用比喻:把"新春"的初生之柳看成是具有强大生命力的新生事物,在其尚未成材之际加以培育和援引,不要等到他们功成名就了再去凑热闹。第四句"看花人"的出典,说明这一理解并非牵强——

略晚于孟郊的杨巨源,是以孟诗的"一日看尽长安花"为典的。自从孟郊的这首诗问世后，人们便把新及第的进士称作"看花人"。后人还记录了发生在当时的这样一个故事：施肩吾与赵嘏同年及第而不睦，赵旧失一目，以假珠代其睛。故施嘲之曰："二十九人同及第，五十七只眼看花。"虽然这是一出恶作剧，但却说明那时的确把新进士称为"看花人"。由此看来，将此诗之旨理解为讽喻统治者应尽早发现和扶植人才，也是合情合理的。

当然，那种把此诗的理趣解释为——创作应开风气之先，似乎也可以说得通。

晚　春①

韩　愈

草树知春不久归，百般红紫斗芳菲。

杨花榆荚无才思②，惟解漫天作雪飞。

[注释]

①诗题一作《游城南晚春》。
②杨花：柳絮。榆荚：俗称榆钱。榆未生叶时，枝条间先生榆荚，形状似钱而小。初生时呈淡绿色而成串，老而泛白，随风飘落。

[点评]

在作此诗之前的元和八年（813），韩愈就曾写过一首题作《晚春》的诗："谁收春色将归去？慢绿妖红半不存。榆荚只能随柳絮，等闲撩乱走空园。"诗思虽相近，但不及这一首风趣可爱。

又因作此诗的元和十一年（816），正是诗人仕宦失意之时，历来对此诗的种种歧解或许与此有关。但是此诗到底有何指、何讽，仿佛无人能说清楚。今天看来,与其花费九牛二虎之力,去寻求原本不一定存在的规劝、讥讽之意,倒不如把它看成一首自然逼真,而又奇趣横生的长安城南晚春游赏之作。

早春呈水部张十八员外二首[①]

（其一）

韩　愈

天街小雨润如酥[②],草色遥看近却无。

最是一年春好处,绝胜烟柳满皇都。

[注释]

①张十八:即张籍,他曾是韩愈的学生。
②天街:这里指都城长安的街市。

[点评]

穆宗长庆二年(822),韩愈因功转任吏部侍郎,长庆四年底便与世长辞。此诗则作于长庆三年草色有无的早春时节。

诗中所写长安早春景象,体察精细。"天街"二句为历代所传诵,而"草色遥看近却无"这句,更被称赞为"写照工甚,正如画家设色,在有意无意之间"(黄叔灿语)。

秋词二首

刘禹锡

自古逢秋悲寂寥①,我言秋日胜春朝。

晴空一鹤排云上,便引诗情到碧霄②。

山明水净夜来霜,数树深红出浅黄③。

试上高楼清入骨,岂知春色嗾人狂④。

[注释]

①"自古"句:意谓自从宋玉《九辩》以来(因为其中有"悲哉秋之为气也"等句),悲秋便成了我国诗赋的传统内容。寂寥:这里是空虚寂静的意思。

②碧霄:青天。

③"数树"句:指秋日红、黄相间的枫树层林。

④嗾(sǒu 叟):原为指使狗的声音,这里是挑逗、惹得的意思。

[点评]

这两首绝句作于唐宪宗元和元年至九年(806—814),也就是刘禹锡被贬为朗州(今湖南常德)司马期间。当时诗人虽身处朝政昏庸、环境艰苦的双重逆境之中,但他一反自古以来的悲秋传统而由衷地赞美秋天,自在地吟咏秋色,从而抒发了其旷达乐观的襟怀和积极进取的豪情壮志。

此作之所以能够超越时空,至今仍有鼓舞斗志、催人奋进的精神力量,当与诗人塑造和选取的冲天之鹤的英姿和霜枫层林的美景密切相关。同时诗中的议论由于是寓之于景、动之以情，所以能够引人入胜。加之语言明快，笔力矫健，意境新颖，气概昂扬，尤为不甘于逆境者所激赏。

望洞庭

刘禹锡

湖光秋月两相和，潭面无风镜未磨。

遥望洞庭山水色，白银盘里一青螺。

[点评]

此诗是以成功地描述了君山的景色和秀姿而著称，但是诗中并没有出现"君山"的字样。原来位于今湖南岳阳西南洞庭湖中的君山又叫"洞庭山"。所以，前两句写的是波平如镜与皎洁秋月交相辉映的洞庭水，而后两句写的也不是别处，正是君山。至于这两句的功力如何，请看以下引述的这段妙文：

……在皓月银辉之下，洞庭山愈显青翠，洞庭水愈显清澈，山水浑然一体，望去如同一只雕镂透剔的银盘里，放了一颗小巧玲珑的青螺，十分惹人喜爱。三四两句诗想象丰富，比喻恰当，色调淡雅，银盘与青螺互相映衬，相得益彰。诗人笔下的秋月之中的洞庭山水变成了一件精美绝伦的工艺美术珍品，给人以莫大的艺术享受。"白银盘里一青螺"，真是匪夷所思的妙句。然而，它的擅胜之处，不只表现在设譬的精警上，尤其可贵的是它所表现的壮阔不凡的气度和它所寄托的高卓清奇的情致。在诗人眼里，千里洞庭不过是妆楼奁镜、案上杯盘而已。举重若轻，自然凑泊，毫无矜气作色之态，这是十分难得的。把人与自然的关系表现得这样亲切，把湖山的景物描写得这样高旷清超，这正是作者性格、情操和美学趣味的反映。没有荡思八极、纳须弥于芥子的气魄，没有振衣千仞、涅而不缁的襟抱，是难以措笔的。一首山水小诗，见出诗人富有浪漫色彩的奇思壮采，这是很难得的。

——周笃文　高志忠（见《唐诗鉴赏辞典》第851—852页）

还值得一提的是此诗对后世的影响，比较直接的是见于晚唐诗人雍陶的《题君山》一诗。而在皮日休、苏轼、辛弃疾等人的有关诗词中，以螺髻比青山，想必也是受到刘禹锡这首《望洞庭》诗的某种启发。

暮江吟

白居易

一道残阳铺水中，半江瑟瑟半江红[①]。

可怜九月初三夜[②]，露似真珠月似弓[③]。

[注释]

①瑟瑟：原是一种碧色宝珠的名称，这里借以形容江水呈碧绿色。

②可怜：可爱。

③真珠：即珍珠。

[点评]

对此诗的写作地点，至今尚有江州、长安和赴杭州刺史途中三种不同说法。这里拟采取长庆二年（822）赴杭州途中所见江上之景而作的看法。

白居易此次自求外任，大约是七月从长安出发。一路行来，快到杭州时正需一两个月，这与"九月初三"的时间恰相吻合。因为这是诗人自幼所熟悉的江南暮天水色,所以写得很"有丰韵""可谓工致入画"(杨慎语),这是对诗的前两句"一道残阳铺水中,半江瑟瑟半江红"的赞语。

王士禛更欣赏后半首,他对"可怜九月初三夜,露似真珠月似弓"二句,评为"似出率易,而风趣复非雕琢所及"(《带经堂诗话》卷二)。

此诗的特点是体察细致,写景逼真,比喻新颖,格调清丽,语言顺口,如同歌谣,读后令人感到赏心悦目,毫无旅次疲惫之感。

南园十三首

(其一)

李 贺

花枝草蔓眼中开,小白长红越女腮①。

可怜日暮嫣香落②,嫁与春风不用媒。

[注释]

①越女:美女西施是春秋时越国人,因以"越女"代指美女。
②嫣(yān 焉)香:娇艳的香花。

[点评]

前人已指出,李贺诗源于楚辞《离骚》,诚是。此诗显然是受屈原比兴手法的影响,以美人香草作比兴,在惜花伤春的诗句中,抒发了其伤时惜人也就是珍惜短暂的青春时光和积极进取的精神。人如果不及时奋进,像转瞬即逝的鲜花无人怜惜,便悔之晚矣。

采莲子二首

（其二）

皇甫松

船动湖光滟滟秋^①，贪看年少信船流^②。

无端隔水抛莲子，遥被人知半日羞。

[注释]

①滟(yàn 艳)滟：形容湖水波光浩渺的样子。
②年少：指采莲女所爱慕的年轻男子。信船流：听任舟船随波漂流。

[点评]

此诗在以"莲""怜"谐音歌唱爱情而羞涩的同时，也歌颂了莲子成熟时美好的湖光秋色，所以把它归于"我言秋日胜春朝"这一类。不是吗？诗中所写的情意和景物难道比之春景春情逊色吗？采莲女隔水向"年少"抛莲子的举动，就等于对他说："我爱你！"然而不巧被人看见了，竟有半天的时光，她都为此举感到羞怯。这是多么富有时代特色而又生动传神的诗句啊！

"无端"二字颇可玩味——在这里既可解作"无缘无故"，也可解作"无从产生"——总之，她并不了解对方的底细和态度。所以，"无端"之中，似乎又含有自嘲自责的意味。说不定被人发现后，他竟胆小鬼似的跑开了；如果他以同样的爱心和举动与她相呼应，那她会感到高兴还来不及呢，也就不大可能那样倍感羞怯了！

书院二小松

李群玉

一双幽色出凡尘，数粒秋烟二尺鳞。

从此静窗闻细韵，琴声长伴读书人。

[点评]

　　首句的"一双幽色"，等于诗题中的"二小松"，这种直接从诗题本意说起的写法叫绝句中的明起法。但前四字还只是写出了"小松"的表象，"出凡尘"则进一步写出它的神韵。接下去是写小松枝干的形态，说它就像是一条腾跃而起的小小飞龙一样。

　　而三、四句的"细韵""琴声"，是指风吹小松发出的有别于"松涛吼"的细微声响。

　　将此诗列入"我言秋日胜春朝"这一类，并不是因为诗中有个"秋"字（"秋"在这里应训作"飞"），而是因为秋冬之松别有韵致的缘故。

题菊花

黄　巢

飒飒西风满院栽①,蕊寒香冷蝶难来。

他年我若为青帝②,报与桃花一处开。

[注释]

①飒(sà 萨)飒:形容风声。西风:秋风。

②青帝:神话中的五天帝之一,这里指司春之神。

[点评]

　　有记载说这是黄巢五岁时的作品,并对诗中所体现的造反精神加以反对。五岁之作云云虽然不尽可信,但是能够看出它有造反精神这一点还是可取的。黄巢正是借咏菊来抒发其对人间不平之事的抗争勇气和主宰天下的冲天之志。有论者说"报与桃花一处开","这是诗化了的农民平等思想",洵为有识之见。

菊 花①

黄 巢

待到秋来九月八②,我花开后百花杀③。

冲天香阵透长安,满城尽带黄金甲④。

[注释]

①诗题一作《不第后赋菊》。

②九月八:实指登高、赏菊的九月九日重阳节。这里说"九月八",是为韵脚所限
之故。

③我花:指菊花。杀:凋零。

④黄金甲:既是形容菊花的颜色,同时又将黄色的花瓣设想成战士的盔甲。

[点评]

    这是一首体现作者革命理想的诗作。九月九日菊花盛开之日,也将是他起
义成功之时,也是他的甲兵攻取长安之际。

雨　晴

王　驾

雨前初见花间蕊，雨后全无叶底花。

蜂蝶纷纷过墙去，却疑春色在邻家。

[点评]

在王安石的《临川集》中也载有此诗。据胡仔推断，《唐百家诗选》是王荆公所选，想必荆公很爱其中王驾的这首诗，就为他改了七个字，遂使此诗全篇语工而意足，了无斧凿痕迹。为此胡仔不胜赞佩之至（详见《苕溪渔隐丛话》后集卷二五）。经王安石笔削过的王驾诗，除将首句改为"雨来未见花间蕊"，未必胜过王驾原作"雨前初见花间蕊"之外，《临川集》中的其他三句均胜于王驾原作，且与今本王驾诗的后三句完全相同，这或许是哪位高手对王安石的改本择善而从的缘故。

此诗备受赞赏的是最后一句"却疑春色在邻家"。"却"字在《唐百家诗选》中作"应"，这很可能是王驾诗的原文如此，由王安石改"应"为"却"，从而玉成"却疑春色在邻家"这一妙趣横生又能激活全篇的极为佳胜之句。

野　望

王　绩

东皋薄暮望①,徙倚欲何依②。

树树皆秋色,山山唯落晖。

牧人驱犊返,猎马带禽归。

相顾无相识,长歌怀采薇③。

[注释]

①皋:是近水的高地。东皋:是作者晚年归隐之处,并自号"东皋子"。

②徙倚(xǐ yǐ 喜以):徘徊、流连不去的意思。欲何依:似对曹操《短歌行》的"何枝可依"以上四句有所取意,用来暗喻贤才无所依托的苦闷心情。

③采薇:有二说,一说借《诗经》的《草虫》和《采薇》篇中的语词和片段来抒发诗人的苦闷;一说出自《史记·伯夷列传》所记载的伯夷、叔齐的故事。此二人反对周武王伐殷,武王灭殷后,他俩隐于首阳山,采薇而食,终于饿死。笔者倾向于后说。实际上,在隋朝灭亡后作者王绩也像伯夷、叔齐一样做了隐士。

[点评]

　　笔者赞成关于此诗的这样一种解释:就诗的题旨而言,无疑是像首尾两联所抒发的遗民情怀;而它之所以成为初唐名作,主要在于颔颈两联对于统一的新时代安宁生活和百姓各得其所的礼赞。又因诗中所写的秋景很令人向往,所以将其归于"秋日胜春朝"这一类。

　　关于此诗的另一重要话题是,它脱离了南朝的靡丽诗风,开创了淳朴自然的全新诗境。更为可贵的是：王绩早于沈佺期和宋之问六十多年，而这首诗却以严整合律而著称。

山居秋暝

王　维

空山新雨后，天气晚来秋。

明月松间照，清泉石上流。

竹喧归浣女，莲动下渔舟。

随意春芳歇，王孙自可留。

[点评]

　　这首诗是王维隐居辋川后的晚年所作，代表了其田园诗的典型风格，被誉为"写真境之神品"（张谦宜《绲斋诗谈》），比如"明月松间照，清泉石上流"，除了"诗中有画"的好处，更难得的是仿佛毫不经意地道出了自然妙境。诗人笔下的"晚来秋"，比春天更加生机盎然，真正是"我言秋日胜春朝"。毫无疑问，王维是范山模水表现自然美的高手。比如诗中所写的物候时辰，既是秋日又值夜晚，因而二、三联所写的自然美景，是否可以作为诗人晚年人格美、理想美的物化呢？作为以"王孙"自指的王维本人，其对自然美的忘情追求，想必正是他厌恶官场的用意所在。

春山夜月

于良史

春山多胜事，赏玩夜忘归。

掬水月在手①，弄花香满衣。

兴来无远近，欲去惜芳菲②。

南望鸣钟处，楼台深翠微③。

[注释]

①掬：这里指双手捧取。

②芳菲：这里指美盛芬芳的花草。

③翠微：这里指青翠的山气。

[点评]

　　这是一首有篇又有句的佳作。全诗既精雕细琢又自然天成，所以格外令人赏心悦目，是为"有篇"。

　　所谓"有句"，是指额联的"掬水月在手，弄花香满衣"。对此二句，虽然古人早已指出它的好处是："于六句缓慢之中安顿此联，亦作家也。"（方回语）但语焉不详，远不及今天的专家评述得精彩到位——

　　第一，从结构上来看，"掬水"句承第二句的"夜"，"弄花"句承首句的"春"，笔笔紧扣，自然圆到。一、二句波纹初起，至这两句形成高潮，以下写赏玩忘归的五、六两句便是从这里荡开去的波纹。第二，这两句写山中胜事,物我交融,神完气足,人情物态,两面俱到。既见出水清夜静与月白花香,又从"掬水""弄花"的动作中显出诗人的童心不灭与逸兴悠长。所写"胜事"虽然只有两件,却足以以少胜多,以一当十。第三,"掬水"句写泉水清澄明澈照见月影,将明月与泉水合而为一;"弄花"句写山花馥郁之气溢满衣衫,将花香衣香浑为一体。艺术形象虚实结合,字句安排上下对举,使人倍觉意境鲜明,妙趣横生。第四,精于炼字。"掬"字,"弄"字,既写景又写人,既写照又传神,确是神来之笔。

——陈志明(见《唐诗鉴赏辞典》第 670 页)

钱塘湖春行①

白居易

孤山寺北贾亭西②,水面初平云脚低。

几处早莺争暖树③,谁家新燕啄春泥。

乱花渐欲迷人眼,浅草才能没马蹄。

最爱湖东行不足,绿杨阴里白沙堤④。

[注释]

①钱塘湖:即今杭州西湖。

②孤山:孤立地耸峙于西湖的里湖与外湖之间,故名孤山。贾亭:即贾公亭。贞元年间,贾全做杭州刺史时所建,今已不存。

③暖树:指向阳的树木。

④白沙堤:即白堤。横亘在西湖东、西间的湖面上,六朝时所建,后人为纪念白居易称为白堤。

　　白居易于长庆二年(822)秋至四年夏任杭州刺史,此诗约于诗人到任的翌年早春游西湖时所作。

　　西湖的美景多不胜收,而被称为人间蓬莱的孤山,最是西湖风景佳胜处,诗人从这里写起颇为有识。

　　通过典型景物写早春和写行走游逛中所见景物,是此诗的两大特点。最后结束于白沙堤,更使人有流连忘返之感——因为从这里回望,群山含翠,碧波荡漾,加之堤上桃柳成行,芳草如茵,生机勃发。人游画中,岂能满足? 这也许就是方东树所云"佳处在象中有兴,有人在,不比死句"(《昭昧詹言》卷一八)的意思所在。

春题湖上①

白居易

湖上春来似画图,乱峰围绕水平铺②。

松排山面千重翠,月点波心一颗珠。

碧毯线头抽早稻,青罗裙带展新蒲。

未能抛得杭州去,一半勾留是此湖③。

[注释]

①湖:指杭州西湖。

②乱峰:乱在这里并非贬义,而是形容群山错落,高低不同。

③勾留:耽搁、稽留的意思。

此诗是作者于长庆四年(824)初夏、杭州刺史任满即将离开时所作。这时的西湖已在诗人亲自督导筹划下修整治理,不但更加造福于民,其本身也变得越发美丽了。

渔歌子^①

张志和

西塞山前白鹭飞^②。桃花流水鳜鱼肥^③。青箬笠,绿蓑衣。斜风细雨不须归。

[注释]

①渔歌子:也作《渔父》或《渔父辞》。
②西塞山:关于此词中的"西塞山"在何处,至今仍有二说:一说据陆游《入蜀记》,谓西塞山即今湖北大冶长江边上的道士矶;一说据王楙《野客丛书》(卷二九),谓西塞山在今浙江吴兴西南的霅川。这里二说俱引,以供读者酌从。
③鳜(guì 桂)鱼:一种肉味鲜美的淡水鱼,也叫桂鱼。

[点评]

《全唐诗》卷八九〇收张志和《渔父》词五首,这是第一首,也是写得最好的一首。这里将此词归入"日出江花红胜火"的题材范围之内,着实看重词中所描写的水乡春色,你瞧——山前白鹭,岸上红桃,江上渔舟,水中肥鳜,这是一种多么令人赏心悦目的景致!在生态环境遭到极大破坏的今天,朋友,你不为"桃花流水鳜鱼肥"而垂涎三尺吗?

有关此词还值得一提的,是它对后人所产生的深远影响。不仅苏轼和徐俯曾用其成句填为《浣溪沙》和《鹧鸪天》,早于苏、徐的日本人,也有对张志和《渔歌子》的效仿之作。

忆江南二首①

白居易

江南好,风景曾旧谙。日出江花红胜火,春来江水绿如蓝②,能不忆江南?

江南忆,最忆是杭州。山寺月中寻桂子③,郡亭枕上看潮头④,何日得重游?

[注释]

①忆江南:题下有作者原注"此曲亦名《谢秋娘》,每首五句"。
②蓝:植物名。这里指叶子可作青色染料的蓼蓝。
③"山寺"句:传说每年中秋后常有月中桂子落于杭州天竺寺。白居易相信此说,曾在其《留题天竺灵隐两寺》诗自注:"天竺尝有月中桂子落。"
④郡亭:指坐落在凤凰山右的杭州府治所。内有虚白亭,可以望见江潮,"潮来一凭槛,宾至一开筵"(白居易《郡亭》诗)。

[点评]

这组词原有三首,三首词当是一气呵成,均写于大和、开成间(827—838)词人闲居洛阳之时。

白居易虽然不是江南人,但是他与江南却有着千丝万缕的关系。少年时代,北方战乱频仍,在父亲的安排下,他随母亲来到了江南,在这里除了避难,还有了一处安静的求学场所。后来他又相继出任杭州和苏州刺史首尾达五年,对这里的一山一水他都是非常熟悉的。

在白居易所谙熟的一切风物中,首先突出了江南最有特色的红日映照下的"江花"和碧绿清澈的"江水"。通过泛忆这种江南水乡的绚丽春色,既兼包苏、杭,又以"江南好"总绾一组三首,在流美舒缓的声调中,透露出对养育他的江南的无限深情,以至使人感到"非生长江南,此景未许梦见"(徐士俊语)。

第二首,字面上虽然只提到山寺月桂和枕上潮头,但已足以使读者跟随作者联想到:天竺寺中秋月夜之清幽和八月钱塘江潮之壮美,从而能不"最忆是杭州"!

渔 翁

柳宗元

渔翁夜傍西岩宿①,晓汲清湘燃楚竹。

烟销日出不见人,欸乃一声山水绿②。

回看天际下中流,岩上无心云相逐③。

[注释]

①西岩:或指永州西山。
②欸乃(旧读 ǎo ǎi 袄霭;今读 ǎi nǎi 霭乃):指摇橹声。
③"岩上"句:系对陶潜《归去来兮辞》"云无心以出岫"一句的隐括,意谓自由自在飘动着的浮云,仿佛在互相追随。

[点评]

　　此诗写于永州。吟咏这首小诗，仿佛走进了一种仙境，霎时感到再没有别的什么地方比这里更悠然自在，更令人神往。殊不知这是一种幻觉。实际上，作者是借歌咏自然景物来曲折地反映其当时的思想境遇。诗中所描写的诸如"晓汲清湘燃楚竹"，貌似神仙般的浪漫生活，其实正透出了诗人在现实中的孤寂境况。写这首诗的时候，作者是有其苦心的。

　　有趣的是，此诗曾引发过一场旷日持久的争论。这得从苏轼说起。他称"此诗有奇趣"，当是针对"烟销"以下两句而言的，但他认为，末两句"虽不必亦可"。这就引出了保留和删却此二句的针锋相对的争议。服膺苏轼者竟然在其选本中，删去后二句，将此诗归入七绝。这种做法，不管在什么时候，都是不允许的。但由此却反映出了"烟销日出不见人，欸乃一声山水绿"这两句诗在人们心中的分量。这很像是天生的好句，读了它心中的块垒可以得到化解，灵魂也可以得到净化。仿佛天地间有这两句诗就够了，别的都成了多余的东西了。

　　鉴于"欸乃"二字的发音旧读与新声完全不同，这就必须作出交代和抉择。看来可以参照这样的原则，既然"百色"不再读"帛色"而读"白色"，那么今后"欸乃"就依新声读作"霭乃"如何？

大珠小珠落玉盘

诗乐谐声

听弹琴①

刘长卿

泠泠七弦上②,静听松风寒③。
古调虽自爱,今人多不弹。

[注释]

①诗题一作《弹琴》。
②泠泠(líng líng 零零):形容声音清越。七弦:古琴有七根弦,因以"七弦"为琴的代称。
③"静听"句:意谓琴声就像风入松林般的凄清。《风入松》又是我国乐府古琴曲之一,此系双关。

[点评]

　　作者另有一首题作《幽琴》的诗,其中的三句与此诗的后三句一字不差,可见其对此三句的钟爱。又:"古调"二字寓有世风日下之叹,并已被作为不合时宜的代称。

听　筝

李　端

鸣筝金粟柱[①]，素手玉房前[②]。

欲得周郎顾，时时误拂弦[③]。

[注释]

①金粟柱：用金星装饰的筝柱。

②素手：洁白的手。这里代指弹筝女子。玉房：玉饰的房子，这里是对闺房的美称。

③"欲得"二句：《三国志·吴志·周瑜传》曰："瑜少精意于音乐，虽三爵之后，其有阙误，瑜必知之，知之必顾。故时人谣曰：'曲有误，周郎顾。'"此二句是对《周瑜传》这一记载的带有调侃性的隐括。

[点评]

这是一首很别致的音乐诗，可谓"素手"之意不在琴。当年司马相如以其名曰"绿绮"之琴弹奏的《凤求凰》，一举赢得了卓文君之心。而本诗之女欲得其意中人"周郎"之顾，以误拂之弦却赢得了诗人李端之心，说不定也有一段"弦有误，李端顾"的又一佳话。

对此，清人徐增只看出了"误拂弦"者之意，有可能未完全看透听者"李君"之心："妇人卖弄身分，巧于撩拨，往往以有心为无心。手在弦上，意属听者。在赏音人之前，不欲见长，偏欲见短。见长则人审其音，见短则人见其意。李君何故知得恁细？"（《而庵说唐诗》）当然，徐增也有装傻的可能。

听 筝

柳中庸

抽弦促柱听秦筝^①，无限秦人悲怨声。

似逐春风知柳态，如随啼鸟识花情。

谁家独夜愁灯影，何处空楼思月明。

更入几重离别恨，江南歧路洛阳城^②。

[注释]

①抽弦促柱：当指古筝的弹奏指法。筝是拨弦乐器，音箱为木制长方形，面上张弦十三根，每弦一柱(弦枕木)。秦筝：战国时筝已流行于秦地，相传由秦人蒙恬改制，故称秦筝。

②歧路：即岔路。身临歧路，容易迷失方向，所以引起伤感。

[点评]

第二联虽然也说诗人从筝声中听出了春风拂柳、鸟语花香的欢快情绪，但从其他三联所听到的均为悲怨之声。尤其是第三联所写的孤母盼儿、思妇念远之情，更令人悲从中来。

从柳宗元的有关记载中得知：柳中庸是其族叔，因此第八句的"江南歧路"，或指柳宗元连续被贬至遥远的南方而言；又从李端《江上逢柳中庸》《溪行逢雨与柳中庸》等诗看，诗人是别中有别，离恨重重。"秦筝"所弹奏出的这"几重离别恨"，均为诗人的亲身感受，所以格外动人心弦。

听安万善吹觱篥歌①

李 颀

　　南山截竹为觱篥,此乐本自龟兹出②。流传汉地曲转奇,凉州胡人为我吹。傍邻闻者多叹息,远客思乡皆泪垂。世人解听不解赏,长飙风中自来往。枯桑老柏寒飕飗③,九雏鸣凤乱啾啾④。龙吟虎啸一时发,万籁百泉相与秋⑤。忽然更作《渔阳掺》⑥,黄云萧条白日暗。变调如闻《杨柳》春⑦,上林繁花照眼新⑧。岁夜高堂列明烛⑨,美酒一杯声一曲。

[注释]

①安万善:人名,即诗中所说"凉州胡人"。觱篥(bì lì 必立):又名笳管,是一种簧管乐器,以竹为管,上开八孔,管口插有芦制的哨子。

②龟兹(qiū cí 丘词):古代西域国名,在今新疆库车一带。

③飕飗(sōu liú 搜留):风声。

④啾(jiū 纠)啾:这里指雏凤的细小的叫声。

⑤秋:这里指飞舞。

⑥《渔阳掺(chān 搀)》:即《渔阳参挝(càn zhuā 灿抓)》,鼓曲名。

⑦《杨柳》:此本古曲,原名《杨柳》或《折柳枝》,至唐名《杨柳枝》,开元时已为教坊曲。

⑧上林:上林苑,为秦汉时帝王游猎之所。

⑨岁夜:犹除夕。

[点评]

这是一首著名的音乐诗。开篇先交代觱篥这种乐器的制作、出处、流传及音乐效果等,文字质朴无华,却能打动人心。

从"枯桑"句到"上林"句,是具体描摹音乐的千变万化。这既是此诗的重点所在,也可从中看出诗人不愧是安万善这位胡人演奏家的知音。这里需提请读者注意的是"万籁百泉相与秋"句中的"秋"字,有的理解为秋天的"秋",疑恐非是。因为在"秋"字的义项中,有"飞貌"之训,故此句似以泉水飞扬与各种声音的交织来形容,与"龙吟虎啸"所不同的另一种音响效果。此诗的价值还在于它对中唐音乐诗及后世诗词作家产生了各种不同影响。

省试湘灵鼓瑟①

钱　起

善鼓云和瑟②,常闻帝子灵③。冯夷空自舞④,楚客不堪听。苦调凄金石,清音入杳冥⑤。苍梧来怨慕⑥,白芷动芳馨⑦。流水传湘浦,悲风过洞庭。曲终人不见,江上数峰青。

[注释]

①省试:唐代由尚书省举行的考试,也称会试。湘灵鼓瑟:语出《楚辞·远游》:"使湘灵鼓瑟兮,令海若冯夷。"这里用作试题。湘灵:湘水之神。

②云和:古时琴、瑟等乐器的代称。

③帝子:皇帝的儿女,这里指唐尧之女、虞舜之妃即娥皇、女英姐妹。

④冯(píng 平)夷:传说中的水神名。

⑤杳冥:指极远之处。

⑥苍梧:虞舜出外巡视,死于苍梧,也葬于苍梧。

⑦白芷:香草名,也叫薜芷。

[点评]

　　这是天宝十载(750)作者应进士举时所作的试帖诗。由于诗写得很出色,作者不仅考中,百年后此诗仍被作为试帖诗的范本。

　　这首诗最受称道的是最后的"曲终人不见,江上数峰青"二句。此间有一个很神奇的故事:当初钱起为应试漂泊江湖之时,常常于明月当空之际独自在旅舍吟诵。一次,突然听到有人在庭院中吟道:"曲终人不见,江上数峰青。"钱起感到很惊讶,就穿好衣服起来察看,但却一无所见,就以为这是"鬼谣",而"曲终"云云十个字他牢记不忘。直到这次应试,试题《湘灵鼓瑟》中,恰恰有"青"字,钱起就以上述"鬼谣"十字为结句,从而受到考官的嘉许,誉之为"绝唱",无疑这一年钱起也就考中了进士。这个故事自然是不必信从的传闻,但却说明"曲终"二句有鬼使神授之妙。

从萧叔子听弹琴赋得三峡流泉歌①

李　冶

　　妾家本住巫山云,巫山流泉常自闻。玉琴弹出转寥夐②,直是当时梦里听。三峡迢迢几千里,一时流入幽闺里。巨石崩崖指下生,飞泉走浪弦中起。初疑愤怒含雷风,又似呜咽流不通。回湍曲濑势将尽③,时复滴沥平沙中④。忆昔阮公为此曲⑤,能令仲容听不足⑥。一弹既罢复一弹,愿作流泉镇相续⑦。

①此诗录自《全唐诗》卷八○五,虽异文较多,《全唐诗》均一一注出,兹不再赘。诗题一作《听萧叔子弹琴赋得三峡流泉歌》。萧叔子:不详。

②寥夐(xiòng 兄):这里指琴声的清绝悠远。

③回湍曲濑:湍急的漩涡。

④滴沥:水之稀疏下滴之声。

⑤阮公:指擅长弹琴的晋人阮籍。

⑥仲容:阮籍的侄子阮咸,字仲容,妙解音律,喜弦歌宴饮。

⑦镇:这里是长久的意思。

［点评］

　　这首琴诗给人的印象与作者的其他诗篇类似,也是不求深远,自成雅音。所以它被异口同声地赞为"情思好""不必委曲艰深,观其情生气动,想见流美之度"(分别为徐中行和钟惺之评语)。诗中主要篇幅所描写的琴声的种种变化,无不形象可感,生动传神。这也说明上述评价,并非过誉。

　　但是,更为切中肯綮的还是蒋一梅和周珽的这样一些话:"言言来自题外,言言说向题上""首尾照应有情,状曲声如画。词格疏畅老练,真是天花乱坠"。"天花乱坠"原是来自佛教传说,后来多指夸张而不切实际,或用甜言蜜语骗人。但是这里却毫无贬义,倒使人想起当年那位讲经时感动上天的法师,香花从空中纷纷落下……这里用"天花乱坠"说明此诗状写琴声有声有色,极其生动。

听颖师弹琴①

韩　愈

　　昵昵儿女语②，恩怨相尔汝③。划然变轩昂，勇士赴敌场。浮云柳絮无根蒂，天地阔远随飞扬。喧啾百鸟群，忽见孤凤凰。跻攀分寸不可上，失势一落千丈强。嗟余有两耳，未省听丝篁。自闻颖师弹，起坐在一旁④。推手遽止之，湿衣泪滂滂。颖乎尔诚能，无以冰炭置我肠！

[注释]

①颖师：僧人。尝以琴于长安诸公而求诗（详见李贺《听颖师弹琴歌》）。

②昵昵：亲昵的样子。

③尔汝：彼此以尔汝相称，表示亲昵。

④"起坐"句：意谓为颖师琴声所左右，以至坐立两徘徊。

[点评]

　　在未尝留意到他人对此诗有何观感之际，直感告诉自己，韩愈所写琴声之妙，和他基于自身的仕途坎坷所抒发的肺腑之言"跻攀分寸不可上，失势一落千丈强"，其中所蕴含的哲味理趣，当为人所服膺和激赏。后来看到了胡仔的有关记载，在诧异之余，心中大为不平——

　　胡仔引《西清诗话》称，欧阳修曾经问苏轼："琴诗孰优？"苏回答说韩愈的《听颖师弹琴》。欧竟说韩愈此诗是听琵琶，不是听琴。有人就欧阳修此话去向以琴名世的三吴僧义海请教，义海说了这样一段既公正又内行的话：

欧阳公一代英伟,然斯语误矣。"昵昵儿女语,恩怨相尔汝。"言轻柔细腻,真情出见也。"划然变轩昂,勇士赴敌场。"精神余溢,竦观听也。"浮云柳絮无根蒂,天地阔远随飞扬。"纵横变态,浩乎不失自然也。"喧啾百鸟群,忽见孤凤凰。"又见颖孤绝,不同流俗下俚声也。"跻攀分寸不可上,失势一落千丈强。"起伏抑扬,不主故常也。皆指下丝声妙处,惟琴为然。琵琶格上声,乌能尔邪?退之深得其趣,未易讥评也。

对此,胡仔的态度也很可取,他说:

东坡尝因章质夫家善琵琶者乞歌词,亦取退之听颖师琴诗稍加隐括,使就声律,为《水调歌头》以遗之,其自序云:"欧公谓退之此诗最奇丽,然非听琴,乃听琵琶耳。余深然之。"观此,则二公皆以此诗为听琵琶矣。今《西清诗话》所载义海辨证此诗,复曲折能道其趣,为是真听琴诗。世有深于琴者,必能辨之矣。

琵琶引

白居易

浔阳江头夜送客,枫叶荻花秋瑟瑟。主人下马客在船,举酒欲饮无管弦。醉不成欢惨将别,别时茫茫江浸月。忽闻水上琵琶声,主人忘归客不发。寻声暗问弹者谁,琵琶声停欲语迟。移船相近邀相见,添酒回灯重开宴①。千呼万唤始出来,犹抱琵琶半遮面。转轴拨弦三两声,未成曲调先有情。弦弦掩抑声声思,似诉平生不得意。低眉信手续续弹,说尽心中无限事。轻拢慢捻抹复挑,初为霓裳后六幺②。大弦嘈嘈如急雨,小弦切切如私语。嘈嘈切切错杂弹,大珠小珠落玉盘。间关莺语花底滑,幽咽泉流水下滩③。水泉冷涩弦凝绝,凝绝不通声暂歇。别有幽愁暗恨生,此时无声胜有声。银瓶乍破水浆迸,铁骑突出刀枪鸣。曲终收拨当心画,四弦一声如裂帛。东船西舫悄无言,唯见江心秋月白。沉吟放拨插弦中,整顿衣裳起敛容④。自言本是京城女,家在虾蟆陵下住。十三学得琵琶成,名属教坊第一部⑤。曲罢曾教善才伏,妆成每被秋娘妒⑥。五陵年少争缠头,一曲红绡不知数。钿头云篦击节碎,血色罗裙翻酒污。今年欢笑复明年,秋月春风等闲度。弟走从军阿姨死,暮去朝来颜色故⑦。门前冷落鞍马稀,老大嫁作商人妇。商人重利轻别离,前月浮梁买茶去⑧。去来江口守空船,绕船月明江水寒。夜深忽梦少年事,梦啼妆泪红阑干⑨。我闻琵琶已叹息,又闻此语重唧唧⑩。同是天涯沦落人,相逢何必曾相识。我从去年辞帝京,谪居卧病浔阳城。浔阳地僻无音乐,终岁不闻丝竹声。住近湓江地低湿,黄芦苦竹绕宅生。其间旦暮闻何物,杜鹃啼血猿哀鸣。春江花朝秋月夜,往往取酒还独倾。岂无山歌与村笛,呕哑嘲哳难为听。今夜闻君琵琶语,如听仙乐耳暂明。莫辞更坐弹一曲,为君翻作琵琶行。感我此言良久立,却坐促弦弦转急。凄凄不似向前声,满座重闻皆掩泣。座中泣下谁最多,江州司马青衫湿⑪。

[注释]

①回灯:把撤掉的灯盏重新点亮。
②霓裳:即唐代宫廷乐舞,著名法曲《霓裳羽衣曲》的简称。其舞、乐和服饰都用以描绘虚无缥缈的仙境和仙女形象。六幺:即绿腰,本作录要,唐代乐曲名(详

见《乐府杂录·琵琶》及注）。

③水下滩：一作"冰下难"。

④敛容：犹正容，表示肃敬。

⑤教坊：唐代开始设置的管理宫廷音乐的官署，专管雅乐以外的乐舞百戏的教习、演出等事务。第一部：这里是首屈一指的意思。

⑥秋娘：唐代歌妓女伶多以"秋娘"为名，这里泛指歌舞妓。

⑦颜色故：指容颜衰老。

⑧浮梁：古县名，唐代天宝元年改新昌县置。因溪水时常泛滥，居民伐木为梁得名，治所即今江西景德镇以北的浮梁。此地以产茶著名。

⑨阑干：这里形容泪流纵横的样子。

⑩唧唧：这里指叹息声。

⑪青衫：唐朝八、九品文官的服色。此时白居易虽为江州司马，但却是从九品的最低级的文官。

[点评]

　　此诗前面有一序说，元和十年（815），作者被降为九江郡（与诗中的浔阳、江州均指今江西九江。浔阳江是长江经过浔阳附近一段的别名）司马。第二年秋在湓水送客时，听到舟中有夜弹琵琶者，所弹奏的又是清脆动听的京都长安所流行的乐曲。又听说弹奏者本是长安的娼女，曾在穆、曹琵琶乐师（善才）处学艺。年长色衰，嫁给了商人。于是作者就备酒，叫她快弹数曲。弹罢，她面有愁色并讲了她少小时的一些欢乐事，如今却漂泊江湖间，沦落憔悴。作者说他被贬到九江两年来，本来恬然自安，听了琵琶女的这番话，今晚才感到被贬的伤感。因此作了这首长诗赠给她，共六百一十六言，命为《琵琶引》。

　　这个故事很平常，但《琵琶引》这首诗却很有名，以至宣宗皇帝都称赞说"胡儿能唱琵琶篇"。此诗的成功主要当有以下几方面的原因：首先是作者的真情投入，其中寄托着其很深的仕途沦落之感。这正如洪迈所说："乐天之意直欲摅写天涯沦落之恨尔。"（《容斋五笔》卷七）诗中名句"同是天涯沦落人，相逢何必曾相识"，也证明了这一点；其次是作者精于音律，对琵琶的各种乐音作了最为出色的描写，体现了其绝世才华："大珠小珠落玉盘""此时无声胜有声"等是为名句；第三作者不仅对女伶抱有深切的同情，更擅长描摹女艺人的心理情态——

"千呼万唤始出来,犹抱琵琶半遮面",这是多么逼真而传神的警句!

最后还有一点必要的说明,就是关于"幽咽泉流水下滩"一句的"水下滩",这在前人的一些较有影响的唐诗版本如《唐诗品汇》《唐诗别裁》《全唐诗》等均作"水下滩",但在今人的一些选本里多作"冰下难"。今人的这种取舍想必是受了段玉裁这样一段话的影响:"'泉流水下滩'不成语,且何以与上句属对?昔年曾谓当作'泉流冰下难'……莺语花底,泉流冰下,形容涩滑二境,可谓工绝。"(《经韵楼文集》卷八)段玉裁是大家,其言几有九鼎之力。但他毕竟是与"深于情,长于诗"的白居易的思维方式夐不相埒的书斋中的文字训诂学家和经学家,况且《琵琶引》是七言古诗,不必一味着意从属对方面考虑问题;从生活实际来说,泉水从地下流出,水温在零摄氏度以上,凡有泉水之处,即使在寒冷的冬季,刚流出地面的泉水不但不结冰,反而更显得"热气"腾腾……所以,这里不拟将段氏之说视为"经典",仍据《白香山集》作"幽咽泉流水下滩"。当然,这个问题的具有权威性的定论,当来自于对白居易此句的被改动的较详细的考订经过。

李凭箜篌引①

李 贺

吴丝蜀桐张高秋②,空山凝云颓不流。江娥啼竹素女愁③,李凭中国弹箜篌④。昆山玉碎凤凰叫⑤,芙蓉泣露香兰笑⑥。十二门前融冷光⑦,二十三丝动紫皇⑧。女娲炼石补天处⑨,石破天惊逗秋雨。梦入神山教神妪⑩,老鱼跳波瘦蛟舞⑪。吴质不眠倚桂树⑫,露脚斜飞湿寒兔。

[注释]

①李凭:唐代善弹箜篌的官廷乐师。箜篌:也作空侯,古代拨弦乐器,有卧式、竖

式两种。箜篌引：乐府旧题，属《相和歌辞·瑟调曲》，也叫《公无渡河》。

②张：这里指箜篌上弦进行弹奏。

③江娥啼竹：相传舜南巡，死葬苍梧，其二妃娥皇和女英，追寻至湘水，泪下沾竹，染而成斑。江娥：即指娥皇、女英，也合称湘娥或湘妃。素女：神话中善弦歌的女神。

④中国：这里指国之中心的京都长安。

⑤昆山：古代传说中的产玉之山，也称昆冈（山脊曰冈）。

⑥芙蓉：荷花的别称。

⑦十二门：长安城的东西南北四面，每一面各三门。

⑧紫皇：道家传说的神仙。

⑨女娲：神话中的古帝名，一说伏羲之妹，一说伏羲之妇。古代传说，共工氏触不周山，天倾西北，地陷东南，女娲氏炼五色石以补天（详见《淮南子·览冥训》）。

⑩神妪（yù 玉）：或指女神成夫人。她"好音乐，能弹箜篌。闻人弦歌，辄便起舞"（详见《搜神记》卷四）。

⑪"老鱼"句：或是对《列子·汤问》"瓠巴鼓琴而鸟舞鱼跃"的化用，亟言音乐的神妙。

⑫吴质：当是指神话传说中在月宫砍伐桂树的仙人吴刚（详见《酉阳杂俎·天咫》）。

[点评]

此诗当系作者在京任奉礼郎时所作。古今共认这是一首非常出色的音乐诗，被誉为与"白香山江上琵琶，韩退之颖师琴……皆摹写声音至文。韩足以惊天，李足以泣鬼，白足以移人"（方世举语）。其中"昆山玉碎凤凰叫，芙蓉泣露香兰笑……女娲炼石补天处，石破天惊逗秋雨"等，更是声情并茂的传世名句。

但是，对于此诗的内容却有两种非常不同的理解：一种是把"引"释为诗体的一种，那么此诗就是李贺在聆听了李凭弹奏箜篌之后，以"引"为体裁写的七言歌行；另一种是强调"箜篌引"三字密不可分，诗题应写作《李凭〈箜篌引〉》。因此，李贺不是听李凭弹奏箜篌而写出称作"引"体的歌行，则是因为听了李凭弹奏《箜篌引》而写成此诗，所以诗中贯串着汉曲《公无渡河》的凄怆基调。后说认为：李凭作为演奏家，他是以音乐的语汇来表达《公无渡河》的内容，从而弹奏出《箜篌引》的曲子。而李贺的这首《李凭〈箜篌引〉》则是将李凭的音乐语汇，转化为自己特有的文学语汇……看来后说更近腠理。

为谁辛苦为谁甜

贪者可叹

农 父

张 碧

运锄耕劚侵晨起①,垄亩丰盈满家喜。

到头禾黍属他人,不知何处抛妻子②。

[注释]

①劚:同斸(zhú 竹),原为大锄,这里当指犁。侵晨:犹清晨,指天初明之时。
②妻子:这里指妻与未成年的儿女。

[点评]

　　农父起早贪黑,精耕细作,不辞劳累,幸而丰收在望,合家欢喜。另一方面却担心到头来谷物被他人强占,甚至不定何时还会遭到妻离子散这种更大的不幸。这就是封建社会农民的境况,也是此诗的题旨所在。

浪淘沙九首

（其六）

刘禹锡

日照澄洲江雾开①，淘金女伴满江隈②。

美人首饰王侯印，尽是沙中浪底来。

[注释]

①澄洲：水面清澈而平静的江中小洲。
②江隈（wēi 威）：江水弯曲的地方。

[点评]

　　这一组九首竹枝词，当是作者在离开巴山楚水回到洛阳时，对沿途壮丽景色的描写和对濯锦、淘金等劳动生活的赞颂。

　　这第六首的前二句是描绘在江雾初开之际，淘金女伴们的辛勤劳动场面；后二句则是作者为劳动妇女鸣不平，她们的劳动果实将被不劳而获的"美人"和"王侯"所攫取，自己却一无所有。

蜂

罗　隐

不论平地与山尖，无限风光尽被占。

采得百花成蜜后，为谁辛苦为谁甜？

[点评]

　　对此诗的题旨似有这样两种不尽相同的理解：一谓慨叹世人劳心于利禄，旨在嘲讽；二谓借咏蜂而歌颂劳动者。看来后者更近情理，因为诗的前两句对蜜蜂无处不在的忙碌身影，是一种寓有赞赏之意的正面抒写。实际上蜜蜂在人们的心目中，是一种不辞辛苦、不求名利的普通劳动者的形象。如果以这种形象比喻利欲熏心者恐有不伦不类之嫌。

　　罗隐诗仍以讽刺见长，此诗的讽刺对象是不劳而获者。因此，后二句主要当是针对这种不合理的社会现象而发的，所以它备受劳动者的喜爱。

再经胡城县^①

杜荀鹤

去岁曾经此县城,县民无口不冤声。

今来县宰加朱绂^②,便是生灵血染成。

[注释]

①胡城县:唐时县名,故址在今安徽阜阳西北。
②朱绂(fú 俘):古代系佩印章的红色丝带。

[点评]

　　这是一首既尖锐又深刻的政治讽刺诗,讽刺的对象当然是针对手染"县民"鲜血而升官发财的"县宰"。诗的三、四句充分体现了这种难能可贵的尖锐性和战斗精神。

辛苦吟

于　濆

垄上扶犁儿，手种腹长饥。

窗下投梭女，手织身无衣。

我愿燕赵姝^①，化为嫫母姿^②。

一笑不值钱^③，自然家国肥。

[注释]

①燕(yān 烟)赵：两个古国名，均为战国七雄之一。姝(shū 书)：美女。
②嫫(mó 模)母：古代著名的丑妇，相传为黄帝的妻子。
③"一笑"句：是对古已有之的"一笑千金"这一成语的反义隐括。

[点评]

　　此诗前半首意谓耕者不得食、织者身无衣，言外之意则是讽刺不劳而获者。后半首以第一人称道来，更为真切感人。意谓我希望燕赵美女能够变成丑妇嫫母的样子，这样统治者就不用花费千金去买美女的一笑，国家自然就富裕。论者以为这叫作转化对比。

　　从整首诗来看，前后又是贫穷和富有两个不同阶层的强烈对比。这种对比手法的交织运用，既深化了诗的主题，又能收到以理服人、以情感人的艺术效果。

贫 女

秦韬玉

蓬门未识绮罗香^①,拟托良媒益自伤。

谁爱风流高格调,共怜时世俭梳妆。

敢将十指夸针巧,不把双眉斗画长^②。

苦恨年年压金线^③,为他人作嫁衣裳。

[注释]

①蓬门:用蓬草编成的门,这里指穷苦人家。
②"不把"句:意谓不与人竞比修饰打扮的事。
③压金线:指刺绣活计。

[点评]

　　这是一个生在贫寒之家而见识非凡的女子。她虽然对于自己从未穿过丝绸衣裳、想找却难以找到合适的媒人为她说亲感到伤心,但却不是自惭形秽,而是对嫌贫爱富等不合理现象感到愤愤不平!紧承此意的颔联可直译为:有谁会爱上像贫女我这样举止潇洒品格高尚的人,又有谁与我一样赏识那种不媚流俗的俭朴梳妆呢?

　　按照律诗的章法,第三联的意思必须变化或转折,而此诗的"敢将"二句的变化就非常巧妙。表面看都是贫女的自道,但前两联她只是对奢靡的不满,第三联则转为与世俗的对抗,完成了更高意义上的转化。第七句紧扣第一句之意,贫女自己从未穿过高档衣裳,但却年年岁岁辛辛苦苦地做针线;第八句紧扣第二句,自己想托良媒而不能,却要为他人制作出嫁的衣裳。尾联所遵循的完全是律诗对"合"字的要求。

诗尽管到此结束了,但它的弦外之音仍不绝于耳,比如沈德潜和俞陛云就曾分别指出:《贫女》诗"语语为贫士写照";"为贫士不遇者写牢愁抑塞之怀"。诚然,诗人自己就是一个"贫士不遇者"。据《唐语林》卷七记载,秦韬玉"应进士举,出身单素,屡为有司所斥"。在当时,像诗人这样出身寒微者,善于干谒或许能攀上高枝,不愿与统治阶级同流合污者,最多谋取一个僚属之类的差事,而幕僚的职责就是为人捉刀代笔。所以,没有切身体验的人是写不出被概括为"为人作嫁"的辛酸诗句的。看来,此诗虽然写得很成功,但却不必认为作者的妇女观如何进步,他只是借用贫女的形象,或曰以贫女为道具来抒发自己有志不获聘的苦闷。比如颔联所体现的曲高和寡,与其说是贫女的自道,还不如说是文人所惯用的借他人的酒杯浇自己的块垒。不是看轻这首诗,相反这种"美人"之喻,由于祛除了传统的"比德"手法中那种浓重的忠君色彩,诗本身又有着一定的个性化和很强的口语感,因而在广大的非文学研究者的心目中,这"为人作嫁"者仍然是贫女,看不出是个"贫士"的男扮女装。所以此诗不仅感情真挚,诗人的匠心也是值得称道的。

山中寡妇

杜荀鹤

夫因兵死守蓬茅[1],麻苎衣衫鬓发焦。

桑柘废来犹纳税,田园荒尽尚征苗[2]。

时挑野菜和根煮,旋斫生柴带叶烧[3]。

任是深山更深处,也应无计避征徭。

①蓬茅:指茅草房。

②荒尽:他本多作"荒后",但似以"荒尽"为胜。

③斫(zhuó 酌):砍。

[点评]

　　这首诗约作于唐僖宗李儇末年,正是军阀割据、战乱不息的时候。这位农妇被战争夺去了丈夫,自己也就成了寡妇,为避战乱逃往深山住在茅草房里。在深山老林中,这个可怜的寡妇吃尽了苦头,或许暂时避开战争保住了一条命,但是她却逃不过比战争更加无孔不入的"征徭"。以"山中寡妇"为代表的人民所承受的种种苦难,简直到了无以复加的程度。

　　诗用白描手法,不用典事,不加雕饰,首创了以七律表现乐府题材的新的创作路子。诗的语言质朴无华,清新自然;内容深入浅出,通俗流畅。可以说诗人把一坛气味醇厚的"老酒",装进了富有时代特色的新式瓶子里,为诗歌内容和形式的完美结合,做出了十分宝贵的新贡献。

悯农二首①

李 绅

春种一粒粟,秋收万颗子。

四海无闲田,农夫犹饿死。

锄禾日当午,汗滴禾下土。

谁知盘中餐,粒粒皆辛苦。

[注释]

①此诗题目一作《古风二首》。

[点评]

　　在笔者经眼的重要工具书和一些选本中,此诗题目几乎均作《古风二首》,那都是以诗的体裁类别命题。因为此诗是与近体诗(格律诗)相对的古诗,而且是不拘平仄的古绝形式。本书既然以题材分类,那么把它归于"为谁辛苦为谁甜"一类,也就再适合不过了。

　　据专家分析,此诗当为李绅早年的作品,具体写作时间约在他及进士第的元和元年(806)前后。此后的三四年间,其所作《新题乐府二十首》(今佚),在诗坛曾产生很大反响,李绅也就成了唐代新体乐府诗的最早作者,元稹和白居易还是在他的影响下开始写作"新乐府"诗的。李绅这两首《悯农》诗的内容与新乐府运动的方向是完全一致的,都是"惟歌生民病"。尤为可贵的是,它深入浅出地说明了"劳动者不得食"和"不劳而获"这一社会问题的严重性,以格言式的警策之句道出了深邃的哲理——褒扬和同情社会财富的创造者,教育人们要珍惜劳动成果,特别要爱护农民用汗水换来的粒粒禾谷。

伤田家

聂夷中

二月卖新丝,五月粜新谷①。

医得眼前疮,剜却心头肉。

我愿君王心,化作光明烛。

不照绮罗筵②,只照逃亡屋。

[注释]

①粜(tiào 跳):卖粮食。
②绮罗筵:由身穿华贵的绸缎衣服的人物出席的豪华筵席。

[点评]

聂夷中还有一首题作《田家》的五绝:"父耕原上田,子劚山下荒。六月禾未秀,官家已修仓。"有的版本将这四句诗置于《咏田家》之前,合成一首十二句的五言古诗。看来不但不必十二句合在一起,就是将八句《咏田家》的前四句单独成诗,人们不也是认为可与李绅的《悯农诗》并传千古的佳作吗?它好就好在卖丝、粜谷二句,以"卖丝"这种类似于被逼无奈卖掉自己未成年的孩子的办法,有力地揭露了租税的苛重。后二句已被提炼为"剜肉补疮"的成语,可见其影响之深远。

对"我愿君王心,化作光明烛"二句,有论者以为它是在向皇帝祈恩,表现出阶级局限性云云。但是,如果将这类看法,与"夷中语尤关教化"(胡震亨语)和"唐时尚有采诗之役,故诗家每陈下民苦情,如柳州《捕蛇者说》,亦其一也。此诗言简意足,可匹柳文"(沈德潜语)等见解相对照,后者似乎更加符合彼时之实情。

女耕田行

戴叔伦

乳燕入巢笋成竹,谁家二女种新谷。无人无牛不及犁,持刀斫地翻作泥。自言家贫母年老,长兄从军未取嫂。去年灾疫牛圈空,截绢买刀都市中①。头巾掩面畏人识，以刀代牛谁与同？姊妹相携心正苦，不见路人唯见土。疏通畦垄防乱苗，整顿沟塍待时雨②。日正南冈下饷归，可怜朝雉扰惊飞③。东邻西舍花发尽，共惜余芳泪满衣。

[注释]

①"截绢"句：意谓从织机上截下一段绢作为买刀的费用，即以绢代钱。
②沟塍（chéng 成）：田间的水沟和界路。
③可怜句：意谓由于战乱和家贫，"女大当嫁"而不能，遂成怨女，并以野鸡的雄雌相求抒发其青春迟暮之感（详见《诗·小雅·小弁》的"雉之朝雊，尚求其雌"及崔豹《古今注·音乐》）。

[点评]

　　此诗不仅直接反映贫困和战乱对农村的破坏，更蕴含着对男旷女怨等社会问题的腹诽，这或许就是贺裳所谓此诗"语直而气婉"的意思所在。
　　更值得注意的是，此诗对其他新乐府诗人的影响，即所谓"张司业得其致，王司马肖其语，白少傅时或得其意，此（指戴叔伦的这首《女耕田行》）殆兼三子（即上述国子司业张籍、陕州司马王建、太子少傅白居易）之长先鸣者也"（《载酒园诗话》又编）。

水夫谣①

王 建

苦哉生长当驿边②,官家使我牵驿船。辛苦日多乐日少,水宿沙行如海鸟。逆风上水万斛重,前驿迢迢后渺渺。半夜缘堤雪和雨,受他驱遣还复去。夜寒衣湿披短蓑,臆穿足裂忍痛何③。到明辛苦无处说,齐声腾踏牵船歌。一间茅屋何所直④,父母之乡去不得。我愿此水作平田,长使水夫不怨天。

[注释]

①水夫:纤夫。
②驿:唐代水陆均设有驿站,官府逼迫穷苦百姓,为陆驿养马、驱车,为水驿拉纤、撑船。
③臆穿:指胸口被纤绳磨破。
④直:同值。

[点评]

此诗的发端很巧妙。它不仅以第一人称直接诉说,作为纤夫的"我"的一声"好苦啊"的长叹,一下子就拉近了读者和"我"的距离。这样,"我"的苦诉就更能打动人心。对"我"所遭受的百般苦楚,但凡有良心的人都不能不一洒同情之泪!

中间一段是"我"的心理活动:"我"想,就这样牛马般地苦撑下去,何处才是尽头?三十六计走为上计,只有逃跑才能摆脱这种非人的生活,但又不忍心离开生身父母和故乡热土。这就水到渠成地产生了诗的最后两句——

既然在现实中没有任何出路,只得从幻想中寻求抚慰。然而,"我"所希望看到的沧海桑田,同样是既"迢迢"又"渺渺",摆在"我"面前的,仍然是无休无止的苦日子!

猛虎行①

张　籍

南山北山树冥冥,猛虎白日绕村行。向晚一身当道食,山中麋鹿尽无声。年年养子在空谷,雌雄上下不相逐。谷中近窟有山村,长向村家取黄犊。五陵年少不敢射②,空来林下看行迹。

[注释]

①猛虎行:乐府旧题,属《相和歌辞·平调曲》。
②五陵:西汉元帝之前,每筑一个皇帝的陵墓就要在陵侧置县,叫作陵县。其中高帝长陵、惠帝安陵、景帝阳陵、武帝茂陵、昭帝平陵,合称五陵。各陵县之民要供奉园陵。又因五陵地近长安,朝廷又把四方富家豪族和外戚迁至陵墓附近居住。后来诗文中常以五陵为豪门贵族聚居之地。五陵年少:指自诩为侠义的豪门子弟。

[点评]

《猛虎行》作为乐府旧题,古人多用以吟咏"饥不从猛虎食,暮不从野雀栖"的自爱自重之志,此诗则是以寓言的形式讥刺虎狼当道的黑暗现实,与古辞的题旨有所不同,而更加贴近现实,更能反映被压迫者的呼声。

诗的最后两联更为发人深思——面对这不断滋生的一代代猛虎般的恶霸,

村民只能像牛犊那样任其吞食,而"五陵年少"也根本不敢触动这种弱肉强食的局面,他们只能做做样子,敷衍一下受害者而已。或许正是基于对此类诗的深刻理解,所以在唐代诸多乐府诗人中,张籍被称为"第一"(周紫芝语意)。

缭　绫①

白居易

缭绫缭绫何所似?不似罗绡与纨绮。应似天台山上月明前,四十五尺瀑布泉。②中有文章又奇绝③,地铺白烟花簇雪。织者何人衣者谁?越溪寒女汉宫姬。去年中使宣口敕④,天上取样人间织。织为云外秋雁行,染作江南春草色。广裁衫袖长制裙,金斗熨波刀剪纹。异彩奇文相隐映,转侧看花花不定。昭阳舞人恩正深⑤,春衣一对直千金。汗沾粉污不再着,曳土踏泥无惜心。缭绫织成费功绩,莫比寻常缯与帛⑥。丝细缲多女手疼,扎扎千声不盈尺。昭阳殿里歌舞人,若见织时应也惜。

[注释]

①题下原有小序曰:"念女工之劳也。"
②应似二句:意谓(缭绫)就像天台山(在今浙江天台以北)上明月映照下,当空高悬的飞瀑流泉一样。
③文章:这里指精美的丝绢缭绫上的花纹。
④中使:宫廷中派出的使者,这里指宦官。
⑤昭阳舞人:原指赵飞燕,这里与上文的"汉宫姬",均系以汉喻唐,借指唐朝皇

宫中的宠妃。

⑥缯（zēng 增）与帛：二者均为古代丝织品的总称。

[点评]

　　这是我国文学史上杰出的叙事组诗《新乐府》五十首中的第三十一首。写这组诗时，白居易正担任谏官左拾遗，他以诗代谏写了这组体现其"文章合为时而著，歌诗合为事而作"的现实主义创作精神的好诗。

　　要想准确地回答"在白居易的三千来首诗中哪一首最好"这样的问题，看来几乎是不可能的。但却有一种与此相关的现象颇可寻味：即在白居易的上乘之作中，以女子为主人公者占有很大的比重。除了人们稔知的《长恨歌》《琵琶引》《上阳白发人》《井底引银瓶》等之外，这首《缭绫》则是以一个"女工"群体为主人公的。自己冻得瑟瑟发抖、双手疼痛难忍的"越溪寒女"，缫出了细丝，织成了在当时任何精美的丝绢都不能比拟的"缭绫"。再经巧手剪裁，制成广袖宜舞价值千金的长裙。然而宫中宠妃们对此却毫不爱惜，将这么贵重的衣裙随意扔在地上，踩在脚下……由此可见统治者骄奢淫逸到了何种程度！阶级对立又尖锐到何种地步！所以，此诗不仅有很高的欣赏价值，更有难得的认识意义。

编余撷英

一树春风千万枝

鹿　柴^①

王　维

空山不见人,但闻人语响。

返景入深林^②,复照青苔上。

[注释]

①鹿柴:篱落、栅栏。王维辋川别业的一处景点。柴,在这里音、义均同"寨"。
②景:日光。

[点评]

　　在王维年满不惑约三五载就开始经营其所得宋之问辋川别墅。辋川,即辋谷水,因渚水会合如车辋环辏而得名,在今陕西蓝田南。别墅地处山谷,辋川之水周于舍下,风景幽美。王维晚年笃佛悦禅,心静意爽,尝与诗侣道友裴迪游止啸吟其间,开创了以"五绝分章模山范水"(纪昀语)之作。所到之处有孟城坳等二十个景点,两人以此为题各赋五绝二十首,合为《辋川集》。这首《鹿柴》和另一首《竹里馆》,就是其中描绘辋川景致和超脱心境的佳作名篇。

　　此诗之首联上句,足以使人领略"鹿柴"之空寂幽深。而下句"但闻人语响",是在"不见人"的环境之中,其间之静谧则不言而喻。

　　三、四句以对光线与色彩的精确描绘而著称,正是王维"诗中有画"的典范之句。

竹里馆

王 维

独坐幽篁里①,弹琴复长啸②。

林深人不知,明月来相照。

[注释]

①幽篁:深竹林。语出《楚辞·九歌·山鬼》:"余处幽篁兮终不见天。"
②长啸:撮口发出舒长的声音。犹如当年诸葛亮在荆州游学之神态自如,"每晨夜从容,常抱膝长啸。"此与后世形容岳飞"壮怀激烈"的"仰天长啸"的高声呼啸不同。

[点评]

清代赵殿成笺注本,将《辋川集》收入《王右丞集》中,这一点无所非议,但将其囫囵个地称作"近体诗",则不尽然。兹以《鹿柴》和《竹里馆》为例,二首不但都押仄声韵,且平仄亦不像"近体诗"那样处处讲究协调。所以这是两首古绝,人称其为"五古之短章",而不应与七言律绝一同归于"近体诗"。

司空图《二十四诗品》之第十品是"自然"。解说者以为"此境前则陶元亮,后由柳柳州、王右丞、韦苏州,多极自然之趣。"诚是,就《竹里馆》而言,"幽人空山",极尽自然之美!

蝉①

虞世南

垂绥饮清露②,流响出疏桐。

居高声自远,非是借秋风。

[注释]

①诗题一作《咏蝉》。

②垂绥(ruí):帽带打结后,在下巴下面散而下垂的那一部分。

[点评]

　　这是一首颇有寄兴的小诗。首句似以蝉之高洁自喻,二句言其声望之高。三、四句从二句派生而出,隐然以才望自负,非借攀缘之力。

登鹳鹊楼①

王之涣

白日依山尽,黄河入海流②。

欲穷千里目,更上一层楼。

①此诗究竟是谁所作,尚有异说。《国秀集》作朱斌诗,而李峤谓此系朱佐日诗(详见范成大《吴郡志》卷二二之引语)。鹳鹊楼:也作"鹳雀楼",原在蒲州府西南(今属山西永济),黄河中高阜处,时有鹳雀栖其上,故名。楼三层,前瞻中条山,下瞰黄河,为登临胜地。

②入海流:并非诗人登楼所见,此系意中之景,想象之词。

[点评]

　　论者多以为首句"白日依山尽"是诗人登至二楼所见之景,而第二句所写的黄河入海处在山西是看不到的。诗人以想象中的虚拟之笔,反倒生动传神地写出了其所处之高,所望之远,这是任何实景所无法比拟的。

　　第三、四句"欲穷千里目,更上一层楼",这本来是诗人在登楼过程中的一种心理活动,由于它富有哲理意味,被广泛地征引传诵,其含义既可象征进取精神,也可用作高瞻远瞩之比,能够道出人人心中之所想。

　　绝句本来不必对仗,但此诗却全篇悉对,只不过前两句是用工整对仗写景物,后二句是用所谓流水对来抒写情意。这是此诗在写作上的一个很值得注意的特点。

春　晓

孟浩然

春眠不觉晓,处处闻啼鸟。

夜来风雨声,花落知多少?①

①"夜来"二句:一作"欲知昨夜风,花落无多少"。

[点评]

　　这首诗之所以流传最为广泛,无疑是得益于它的平易自然。可以说没有哪首诗比此诗更为顺口易诵。同样可以说,在短诗中如此起伏跌宕之作也是绝无仅有的!你看,前三句十五个字就写出了四种感觉,仅听觉就有鸟鸣、风、雨三种之多。最后一句再平常不过的问话,竟透出了爱春、惜春两种心情——着实不愧于"风流闲美""通是清境"等种种称誉。

宿建德江①

孟浩然

　　移舟泊烟渚②,日暮客愁新。
　　野旷天低树,江清月近人。

[注释]

①建德江:指新安江流经建德(今属浙江)的一段江流。
②烟渚(zhǔ 主):水气如烟的江中小洲。

[点评]

　　此诗构思新颖,匠心独运,尤其是"野旷天低树,江清月近人"二句,描绘江上晚景如画,被历代诗评家推许为"神品"(胡应麟语),"妙于言月"(施闰章语),"低字、近字,宋人所谓诗眼,却无造痕,此唐诗之妙也"(张谦宜语)。

终南望余雪^①

祖 咏

终南阴岭秀^②,积雪浮云端。

林表明霁色^③,城中增暮寒。

[注释]

①终南:指长安城南的终南山。

②阴岭:指终南山的北面。

③林表:树木的上面,即树梢。霁(jì剂):这里指雪晴。

[点评]

　　这是祖咏于开元十二年(724),应进士试时所作的一首试帖诗。按规定,试帖诗应为六韵十二句的排律,然而祖咏只作了这么四句就交了卷。人问其故,答曰:"意尽。"

　　的确,这四句所写的特定景象,既准确又完全地写足了题面,曾被王士禛誉为咏雪佳作之最。

逢雪宿芙蓉山主人①

刘长卿

日暮苍山远,天寒白屋贫②。

柴门闻犬吠,风雪夜归人。

[注释]

①芙蓉山主人:指诗人投宿的人家。芙蓉山:以此名山者有多处,这里的具体所在难以确指。

②白屋:指贫寒人家的住处,这里用来特指没有做官的读书人的屋子。

[点评]

在明刊本《唐诗画谱》中,画家理解此诗的画意是:犬吠柴门中,佣者忙掌灯。"主人"骑驴上,童仆傍身行。在画中,这位穿戴齐整的"主人"家至少有两名童仆。所以与其将主人说成是山乡中的贫苦人民,倒不如将其理解为作者的一位没有做官的清贫朋友。

这首诗的前两句用了颇为工整的对仗,次句又是对首句语意的必要补充。所以两句合起来,就把客人在"晚来天欲雪"之际,山行投宿的情景写得神完气足。尽管前者不失为匠心独运之句,但这首诗之所以有很高的知名度,主要还是依靠后两句"柴门闻犬吠,风雪夜归人"的"清妙"(施补华语)胜画的意境。

新嫁娘词三首

（其一）

王　建

三日入厨下[①]，洗手作羹汤。

未谙姑食性[②]，先遣小姑尝。

[注释]

①"三日"句：此句意谓古代女子嫁后第三天，要下厨做菜，俗称"过三期"。

②未谙(ān 庵)：不熟悉。姑食性：指婆婆的口味。

[点评]

　　清人沈德潜很看重这首小诗，曾赞之曰："诗到真处，一字不可易。"（《唐诗别裁》卷二〇）是的，此诗好就好在以十分精练的白描之笔，淋漓尽致地刻画出了一个新嫁娘的真实心态。仅此而已，岂有他哉！

问刘十九①

白居易

绿蚁新醅酒②,红泥小火炉。

晚来天欲雪,能饮一杯无③?

[注释]

①刘十九:白居易在江州时的好友嵩阳刘处士,名未详。

②绿蚁:酒面上的泡沫,色微绿,形如蚁,故称"绿蚁",也作为酒的代称。醅(pēi 胚):没过滤的酒。

③无:问话的语气词,义同"么""否"。

[点评]

此诗写请好友前来小酌,以诗代柬而作。对于此诗的妙处,下列引文可谓写得淋漓尽致,与这首诗一样令人心醉:

诗写得很有诱惑力。对于刘十九来说,除了那泥炉、新酒和天气之外,白居易的那种深情,那种渴望把酒共饮所表现出的友谊,当是更令人神往和心醉的。生活在这里显示了除物质的因素之外,还包含着动人的精神因素。

诗从开门见山地点出酒的同时,就一层层地进行渲染,但并不因为渲染而没有了余味,相反地仍然极富有包蕴。读了末句"能饮一杯无"可以想象:刘十九在接到白居易的诗之后,一定会立刻命驾前往。于是,两位朋友围着火炉,"忘形到尔汝"地斟起新酿的酒来。也许室外真的下起雪来,但室内却是那样温暖、明亮。生活在这一刹那间泛起了玫瑰色,发出了甜美和谐的旋律……这些，是诗自然留给人们的联想。由于既有所渲染，又简练含蓄，所以不仅富有诱惑力，而且耐人寻味。它不是使人微醺的薄酒，而是醇醪，可以使人真正身心俱醉的。

——余恕诚（见《唐诗鉴赏辞典》第 901 页）

江　雪

柳宗元

千山鸟飞绝，万径人踪灭①。

孤舟蓑笠翁②，独钓寒江雪。

[注释]

①“万径”句：此句意谓路上行人踪迹断绝。径：这里指山间小路。

②蓑笠（suō lì 梭立）：指蓑衣和用竹皮或棕皮等编制的笠帽。

[点评]

　　此诗是柳宗元被贬为永州（今湖南零陵）司马期间所作。诗押入声韵，也是他五言绝句的代表作。其所创造的风雪垂钓的诗境，虽被后世常作为山水画的题材，但实际上它曲折地反映了诗人在政治革新失败后的孤独心情和不屈的精神风貌，即有“托此自高”（唐汝询语）之意。

答张生^①

崔莺莺

待月西厢下,迎风户半开。

拂墙花影动,疑是玉人来^②。

[注释]

①此诗录自《全唐诗》卷八〇〇,题下一作《明月三五夜》。

②玉人:后世多称美丽的女子为"玉人",而原来是泛指容貌美丽的人(详见《晋书·卫玠传》)。

[点评]

　　元稹《莺莺传》载:张生既慕莺莺姿色,红娘劝其求婚,而张情不自持,难以久待。红娘乃劝张以情诗乱之,张立作《春词》二首授之。是夕,红娘持彩笺授张,乃崔所作《明月三五夜》,张因逾墙而达西厢。崔至,则大数张生乘危要挟之罪,张乃绝望。数夕,张生独寝,红娘敛衾携枕而来,俄奉莺莺至。莺娇羞融冶,曩时端庄不复存在,与张生同安于西厢几一月。诗中之"拂墙花影动,疑是玉人来"二句,是广为流播之名句。表明莺莺渴望张生逾墙前来相会,颇可代表热恋中少男少女之心态,语言亦清丽可诵。

马诗二十三首

（其二、其四、其五）

李 贺

腊月草根甜，天街雪似盐①。

未知口硬软，先拟蒺藜衔②。

此马非凡马，房星本是星③。

向前敲瘦骨，犹自带铜声。

大漠沙如雪，燕山月似钩④。

何当金络脑⑤，快走踏清秋。

[注释]

①天街：指帝都长安的街市。

②蒺藜：一种果实带刺的一年生草蔓植物。

③房星：天马。

④燕山：燕然山，即今蒙古境内的杭爱山。

⑤何当：何时得到的意思。金络脑：金饰的马笼头。

[点评]

　　这组共二十三首的组诗，虽然每一首各有寓意，但总起来看均系以马喻志之作。

第二首主要是刻画马的顽强性格——你看，在大雪纷飞的数九腊月，这匹马连草根也吃不上时，就是吃蒺藜也要活下去，这是何等可贵的不畏艰苦的精神！

第四首是就马的品种和骨相来赞颂马的超群非凡，这对于作为"唐诸王孙"的李贺来说，显然是以此马自况。

第五首是通过驰骋沙场的骏马形象，寄托着诗人渴望施展自己的才华、为国建立功勋的崇高理想。

剑　客^①

贾　岛

十年磨一剑，霜刃未曾试。

今日把示君^②，谁有不平事^③？

［注释］

①诗题一作《述剑》。
②示君：《全唐诗》卷五七一作"似君"。
③谁有：《全唐诗》卷五七一作"谁为"。

［点评］

解读贾岛及其诗作，写过《喜贾岛至》《别贾岛》和至少四首《寄贾岛》的姚合，其见解颇可参考。比如《哭贾岛二首》（其一）的"曾闻有书剑，应是别人收"，便不同于一味以"孤瘦""僻涩"论贾岛者，而可作为此诗豪健风格的最佳注脚。原来贾岛亦不失为志大材长之人，其路见不平，拔剑相助的侠义气概，至今为人称赏不已。

边 词

张敬忠

五原春色旧来迟,二月垂杨未挂丝。

即今河畔冰开日,正是长安花落时。

[点评]

　　这首小诗并非出自名人之手,但却得到后世专家的关注和兴趣,说"此边词而不言边塞之苦。但用对比手法将河畔与长安两两相形而意在言外,且语意和平,可想见唐初国力之胜"(刘永济《唐人绝句精华》)。所以,以苦为乐是初盛唐诗歌的特有内容,也是兴旺和进取的重要标志。此外,还有专家指出:前两句所运用的似对非对的流水对,则是典型的初唐标格。这种诗格很适合表现那种乐观自豪的情绪。以此诗而论,其所写"五原"与"长安"季节与物候的巨大反差,不正是对于唐王朝版图广袤、江山多姿的一种含蓄而变相的揄扬吗?

　　所以这首诗的意义还在于,它形象地告诉读者什么是"初唐标格",这种诗格的主要特点是什么,它是如何开盛唐之风先河的。

早 梅

张 谓

一树寒梅白玉条^①,迥临林村傍溪桥^②。

不知近水花先发,疑是经冬雪未消。

[注释]

①白玉条:形容早梅的颜色和形态。
②迥临:远离。傍:靠近。

[点评]

此诗前两句描写寒梅冰清玉洁和远离尘嚣的幽独孤傲的品性;后两句既点破题面又富有情趣韵致和生活哲理。所以"不知近水花先发,疑是经冬雪未消",是历来传诵人口的名联。

归 雁

钱 起

潇湘何事等闲回①？水碧沙明两岸苔。

二十五弦弹夜月②，不胜清怨却飞来。

[注释]

①潇湘：系湖南二水名。潇，指潇水，源出九嶷山，自湘南北流入湘江。湘，指湘江，纵贯湖南全省，流入洞庭湖。这里指北雁南来的相传最南端的栖息地，即湘江北部的回雁岭。

②二十五弦：指我国古代拨弦乐器瑟，其通常有二十五弦。

[点评]

这是一首以问答体形式写成的咏物诗。首二句形容潇湘二水，既写真又传神。后二句直写题面，不仅以拟人手法吟咏"归雁"，其间运用湘水女神鼓瑟之传说，回答南雁之所以北归，字面上一目了然的是难以承受瑟声过于凄清哀怨之故，字里行间又何尝不是作者某种感伤情绪的物化。

前人解读此诗，一则谓其"情与境会，触绪牵怀，为比为兴，无不妙合"（《唐诗选胜直解》）；一则谓其"写归雁恐意不在归雁，手挥目送，其亦别有兴寄耶？"（《大历诗略》卷二）二则均属有识之见，发人深思。

登科后

孟　郊

昔日龌龊不足夸^①,今朝放荡思无涯^②。

春风得意马蹄疾,一日看尽长安花。

[注释]

①龌龊(wò chuò 握辍):近于拘谨、窝囊的意思。
②放荡:不受拘束,自由自在。

[点评]

唐德宗贞元十二年(796),年已四十五岁的、潦倒大半生的孟郊刚刚进士及第。他为之得意忘形,从而写了这首曾被古人讥为器量狭小的诗(详见《青箱杂记》)。

平心而论,此诗既有可信的心理依据,也反映了唐代春季于京城风景佳胜之地宴集新进士的生活真实。"春风得意"之被用为成语,即可说明后人对此诗的肯定和喜爱。

春 雪

韩 愈

新年都未有芳华^①，二月初惊见草芽^②。

白雪却嫌春色晚，故穿庭树作飞花。

[注释]

①芳华：指芳草和香花。

②惊：当为双关语，一则指时在阴历二月初的二十四节气之一的惊蛰，二则指初见春草萌生时的惊喜的情态。

[点评]

元和十年（815）二月，作者见春雪而生快意，遂作此诗。

这首小诗之所以被朱彝尊称赞为风调流快，当因其饶有意趣之故。你看，春雪在庭院树木中飘舞的身影，多么酷似阳春时节的飞花啊！

竹枝词二首

（其一）

刘禹锡

杨柳青青江水平，闻郎江上唱歌声。

东边日出西边雨，道是无晴却有晴。

[点评]

　　唐穆宗长庆二年（822），刘禹锡被贬任夔州（今重庆奉节）刺史。夔州是民歌《竹枝》的故乡，《竹枝》也叫《巴渝词》，刘禹锡从中吸取营养创制了两组《竹枝词》。另一组是九首，同时还受到屈原《九歌》的启发。

　　这一首运用双关隐语，即以天气的"有晴""无晴"，作为人的"有情""无情"的谐音，惟妙惟肖地刻画出一位情窦初开的少女对意中人的乍疑乍喜的复杂心情。"东边日出西边雨，道是无晴却有晴"二句，尤为人所喜爱，被称之为措辞流丽，酷似六朝民歌（谢榛语意）。

浪淘沙九首

（其八）

刘禹锡

莫道谗言如浪深,莫言迁客似沙沉^①。

千淘万漉虽辛苦^②,吹尽狂沙始到金。

[注释]

①迁客:被贬谪到外地的官员,这里是诗人自指。
②漉(lù 鹿):这里是缓慢过滤的意思。

[点评]

　　这组诗当是刘禹锡离开巴山蜀水时,沿途所见所感之作。其中的第八首以漉沙见金比喻进谗者就像"狂沙"一样,而蒙受谗言的"迁客"就像真金一样,一旦被涮洗清白,其价值自然就能被人发现。这说明诗人虽然屡遭贬谪,仍不乏乐观精神。

戏赠看花诸君子

刘禹锡

紫陌红尘拂面来,无人不道看花回。

玄都观里桃千树①,尽是刘郎去后栽②。

[注释]

①玄都观(guàn 贯):长安城内的一座道教庙宇。
②刘郎:刘禹锡自称。去:指被贬离京。

[点评]

这是一首政治讽刺诗,其写作契机及后果大致是这样的:

唐德宗李适贞元二十一年,也就是顺宗李诵永贞元年（805）,刘禹锡因参与王叔文政治革新失败被贬为朗州司马。十年后,朝廷有人想起用他和柳宗元诸人。他们被召回京后,看到主政当权者仍然是反对王叔文革新的一派势力。诗人抚今追昔,义愤填膺,遂以游玄都观看花为题,借题发挥,写了这首诗。

诗中以"紫陌红尘"喻一班趋炎附势之人,"玄都观"当指被保守势力控制的朝廷,而"桃千树"则是那些权倾京城的新贵的象征。此诗在长安传开后,刺痛了政敌。宪宗李纯及当朝宰相武元衡均表"不悦"。接着,所谓八司马中的刘禹锡、柳宗元等人又出为远州刺史,名为升迁,实则再贬。

再游玄都观

刘禹锡

百亩庭中半是苔,桃花净尽菜花开。

种桃道士归何处? 前度刘郎今又来。

[点评]

在这首只有四句的短诗之前,作者却写了一篇一百多字的叫作"并引"的序言,成为全诗的有机组成部分。刘禹锡在《并引》中说:他于贞元二十一(805)年任屯田员外郎时,玄都观还没有花。也就是在这一年,他出任连州长官,不久被贬为朗州司马。十年后被召到京城。人人都说有道士在玄都观亲自栽种了不少仙桃,整个庙宇就像披上了鲜红的霞光。他就写了前面那首题作《游玄都观》(又作《元和十年自朗州承召至京戏赠看花诸君子》)的诗,从而记载了当时所发生的事情。不久,也就是元和十年三月,他又被贬为远州刺史。至今有十四年了,他又当上了负责接待宾客的"主客郎中"这一官职。这次在重游玄都观时,一棵仙桃树也没有了,所看到的只是一些被春风吹得来回摇摆的野菜和野麦而已。有感于此情此景,于是他又写了这首二十八个字的题作《再游玄都观》的诗,并且期待着再次前来一游。写这首诗的时候,正是唐文宗李昂大和二年(828)三月阳春之际。

这虽然是前一首的续篇,但所写的情景却完全相反。眼下玄都观中"百亩"之大的庭院,有一半生长的是苔藓,当年的"桃千树"已荡然无存,取而代之的是草芥一类的"菜花"。这一切无疑都是朝政衰败的象征,因为在刘禹锡被谪往外地的十四年中,连续换了四个皇帝。文宗之前的三个皇帝,不是被宦官所谋杀,就是被挟持,自然这一代又一代培植新贵的权相也在所难免。这当是诗的前两句的寓意所在。

第三句的"种桃道士",是隐喻那专以打击刘禹锡等革新力量、培植保守势力为能事的昔日权贵。这时他们不是已经死掉,就是已经倒台,所以在"归何处"的字面深层,是解气解恨的嘲讽。而第四句"前度刘郎今又来",既含有对长期以来排挤打击自己的恶势力的蔑视,也有最后胜利的喜悦。

大林寺桃花①

白居易

人间四月芳菲尽,山寺桃花始盛开。

长恨春归无觅处,不知转入此中来。

[注释]

①大林寺:据学者考证庐山大林寺有上、中、下三处,这里是指香炉峰顶的上大林寺。

[点评]

在白居易被贬为江州司马期间,曾于元和十二年(817)初夏诣庐山大林寺游览,并在那里留宿。他发现大林寺山高地深,时节绝晚。虽然时届孟夏,却如正二月天,涧草初发,山桃始花,就像到了另外一个世界。于是随口吟诵出这首构思新颖、别具雅趣的小诗。

杨柳枝词

白居易

一树春风千万枝,嫩于金色软于丝。

永丰西角荒园里,尽日无人属阿谁?

[点评]

此诗约作于会昌二年至六年(842—846)。是时,白居易以刑部尚书致仕后寓居洛阳直至病卒。

由于这首诗写得"风致翩翩"(《唐宋诗醇》),一时不仅"洛阳纸贵",不久还传遍了京师。武宗李炎下诏:取永丰柳枝植禁园。为此,白居易还写了一首《诏取永丰柳植禁苑感赋》诗。

诗中第三句的"永丰",即唐代东都洛阳的永丰坊。会昌四年卢贞为河南尹,治所在洛阳。卢贞接到植柳诏书后,写了一首和诗并题序云:"永丰坊西南角园中,有垂柳一株,柔条极茂。白尚书曾赋诗,传入乐府,遍流京都。近有诏旨,取两枝植于禁苑。乃知一顾增十倍之价,非虚言也。"

尽管此诗将永丰柳描绘得婀娜多姿,秀色夺目,但却不是一首单纯的咏物诗,而寓有作者很深的身世之感——柳树生于背阴的荒园,无人赏识,正是诗人身置一隅、不被所用、孤单抑郁心情之外化。对此,苏轼心领神会,曾据此诗而写《洞仙歌》云:"永丰坊那畔,尽日无人,谁见金丝弄晴昼。"同样渗透了自己的身世之感,亦可见白居易此诗的深远影响。

忆扬州

徐　凝

萧娘脸薄难胜泪①,桃叶眉长易觉愁②。

天下三分明月夜,二分无赖是扬州③。

[注释]

①萧娘:唐时对女子的泛称,这里指作者的意中人。

②桃叶:晋王献之爱妾名桃叶,这里借指作者的意中人。

③无赖:此词本来的四个义项分别是无耻、无才、无聊、无奈。这里是爱极的意思。

[点评]

　　此首作为怀人诗,第四句的"无赖"当含有抱怨明月之意。但是由于后二句所写明月形象新奇无比,遂作为对扬州的赞美诗流传人口。

清 明①

许 浑

清明时节雨纷纷,路上行人欲断魂②。

借问酒家何处有,牧童遥指杏花村③。

[注释]

①此诗作者一作杜牧,后详。

②行人:游子。这里是作者自指。

③杏花村:一说泛指杏花深处的村庄;在实指一说中,又有指汾阳、黄州、金陵、池州(今安徽贵池)等不同地点。

[点评]

　　此诗虽然不见于《樊川文集》等有关杜牧的任何典籍,但因南宋人谢枋得曾将其编入《千家诗》的杜牧名下,后世多以为此诗是杜牧所作。持此说的学者中有的进一步指出:此诗作于唐武宗会昌六年(846)杜牧任池州刺史时。另有学者认为,此诗既不见于杜牧的任何诗文集,《全唐诗》亦未载录,虽然曾见于署名谢枋得《千家诗》,但却被认为是伪托。所以也有相当一部分唐诗选本对此诗不予选载,本丛书中的《烟笼寒水月笼沙》即一例。

　　这里之所以收入此诗,是因为它是名篇精品,不应被沦为遗珠;之所以将它置于许浑名下,根据则是胡可先先生的专文考证。

　　《清明》诗是唐诗中流传最为广泛的篇目之一,说它家喻户晓、妇孺皆知毫不夸张。此诗在民间还有一种颇为有趣的"遭遇"——好事者曾给它吃过"泻药",即使其由七言绝句变成了这样一首五言——清明时节雨,行人欲断魂。酒家何处有,遥指杏花村。在鉴赏作为七绝的《清明》时,已有专家说它给人留有很多想象的余地。在这一点上,"泻后"而成的五言所留余地岂不更大!

瀑布联句

香严闲禅师　李　忱

千岩万壑不辞劳,远看方知出处高。

溪涧岂能留得住,终归大海作波涛。

[点评]

　　关于此诗的创作曾有这样一段"本事":唐宣宗李忱在尚未贵显之时,因为武宗李炎担心他的才能威胁自己的权位,为避嫌李忱便隐匿山林做了和尚。一天,他在云游时,遇见了香严闲禅师,与之同行并观赏瀑布。禅师对李忱说:"我作了两句咏瀑诗,下面难以为继。"于是,二人遂作成了这首《瀑布联句》。后来,李忱果然登极做了皇帝,庙号宣宗,不过其雄心大志则首先在这首诗中体现了出来(详见陈岩肖《庚溪诗话》卷上)。

　　这的确是一首托物言志之作。前二句是禅师借咏瀑告慰李忱:艰难困苦将玉汝以成;后二句则是诗人自申壮志,就像溪流要归大海一样,他将来定要成就一番大事业。或许正是这一点为太平天国南王冯云山看中,其所书"穿山透石不辞劳,到底方知出处高"的瀑布诗,显然是出自这首《瀑布联句》。

初落第①

高 蟾

天上碧桃和露种，日边红杏倚云栽②。

芙蓉生在秋江上，不向春风怨未开。

[注释]

①诗题又作《上马侍郎》《不第后上永崇高侍郎》。永崇：当指长安的永崇坊，高侍郎即咸通十二年(871)知贡举之礼部侍郎高湜。

②日边：太阳旁边，比喻在皇帝身边。

[点评]

高蟾和他的这首诗曾见于多种记载，其中《唐才子传》卷九说，高蟾累试不第，就在省墙间题写了一首诉说自己因为无根蒂所以屡试不第的怨诗，但因人论不公，当年又一次落第。后来写了这首诗，得到马侍郎同情和力荐后才得以折桂及第升官。不论这一"本事"是否完全属实，但此诗的确是委婉机智地揭露了晚唐的科场弊端。

这首诗的题旨是：出身寒微的人虽有才学却无"门路"，所以得不到天上甘露亦即皇恩的滋润沾溉，如生不逢时的芙蓉那样，永远也不能像"日边"红杏一样，在阳春和东风中绽放鲜艳的花蕊；实际上，这正是历代广大中下层知识分子心中的最大块垒。或许正是这个原因，此诗才对后世产生了深刻的影响。

柳

韩　偓

一笼金线拂弯桥，几被儿童损细腰。

无奈灵和标格在，春来依旧袅长条。

[点评]

　　此诗系作者以柳自况。联系韩偓生平，诗之寓意大致是：比起拥兵自固的朱全忠那样的强藩来，像自己这样的文官，犹如一笼细柳般的纤弱而险些被结果了性命，幸亏有人说情，要紧的是受到昭宗的信赖。眼下虽然流徙湖南，一旦时局好转，犹如在春风吹拂下细柳会长出长长的枝条，自己也将有所作为。

偶　见①

韩　偓

秋千打困解罗裙，指点醒醐索一尊②。

见客入来和笑走，手搓梅子映中门。

[注释]

①诗题一作《秋千》。

②醍醐:酥酪上凝聚的油,叫醍醐,熬之即出,不可多得,极其甘美。这里当指上好的饮品。

[点评]

此诗写一富家千金自由自在的生活片断。这位打秋千打得很困乏的少女,随手宽衣解开罗裙,同时指点侍女以琼浆般的饮料伺候。如看到有客人过来,便带笑向"中门"跑去。躲到暗处后,她一面用手揉搓青梅,一面观察客人的动静。这是一个娇羞活泼,又多少有点调皮的多么可爱的女孩啊!岂料,当李清照将此诗隐括为《点绛唇·蹴罢秋千》一词,并以作品中的主人公自况,竟招致古今诸多厚非,且极力屏其于《漱玉词》之外。

收载此诗的韩偓《香奁集》则被视为见不得人的"香艳"之作。其实这是莫大的误解,《香奁集》中,类似于此诗的多数作品,只不过像是当时的通俗歌曲,颇为时尚有趣。

新上头①

韩　偓

学梳蝉鬓试新裙②,消息佳期在此春。

为要好多心转惑,遍将宜称问傍人。

[注释]

①上头:古代女子年十五始用簪束发,叫"加笄",也叫"上头"。
②蝉鬓:古代妇女的一种发式,望之缥缈如蝉翼,故称"蝉鬓"。

　　诗题作《新上头》,说明主人公刚满十五岁,而她的婚期即将到来。假如诗中只写她着意发式、试穿新裙,用意尚且一般。有趣的是她竟然询问身旁的人这样打扮好看不好看? 如此写来,此少女之性情,何等率真可爱!

幽　窗

韩　偓

刺绣非无暇,幽窗自鲜欢。

手香红橘嫩,齿软越梅酸。

密约临行怯,私书欲报难。

无凭谙鹊语,犹得暂心宽。

［点评］

　　此诗是摹写青春少女对异性爱的向往和追求,请看:

　　主人翁在针黹女红之余,心情郁郁寡欢。她独自品尝爱情的滋味,就像那香嫩的红橘和南方的梅子,甜酸皆有。赴约吧感到羞怯,写封信去吧又难以传递。在她心烦意乱的时候,听到喜鹊的叫声暂时得到宽慰。

　　刻画待字少女心态,韩偓岂非高手?

杂 诗①

无名氏

劝君莫惜金缕衣②,劝君须惜少年时。

有花堪折直须折,莫待无花空折枝。

[注释]

①此诗诗题《乐府诗集》卷八二作《金缕衣》,编于李锜名下,非是。《唐诗别裁》卷二〇、《唐诗三百首》卷八则将此诗系于李锜妾杜秋娘名下,分别题作《金缕词》《金缕衣》。今从《全唐诗》题作《杂诗》,作者不详。

②金缕衣:饰以金缕的贵重衣裳。

[点评]

对此诗或可有微词,谓其系狎妓冶游之作。但是细绎"有花堪折直须折,莫待无花空折枝"云云,并非仅仅是劝人及时行乐,其旨当重在警醒世人惜取寸阴。前人称赞此诗曰:"气绪排宕,风情自豪,仍有悯世之意。"(《名媛诗归》)"词气明爽,手口相应,其莫惜、须惜、堪折、须折、空折层层跌宕,读之不厌,可称能事"(《历朝名媛诗词》)。

公子行

孟宾于

锦衣红夺彩霞明,侵晓春游向野庭^①。

不识农夫辛苦力,骄骢踏烂麦青青^②。

[注释]

①侵晓:指清晨、破晓,即天刚亮的时候。野庭:指野外、村舍等农耕之地。

②骄骢(cōng匆):指体态健壮的青白色的马,今名菊花青。

[点评]

　　"公子"在古代是用于对诸侯之子的称呼。他们倚仗"老子"的权势,不仅穿着比"彩霞"还鲜亮的高级服饰,而且只顾自己游乐开心,对农民的辛苦劳动不管不顾,竟然放纵他们的马匹任意践踏麦苗,比摇扇的公子王孙更加可恶!

正月十五夜

苏味道

火树银花合^①,星桥铁锁开。

暗尘随马去,明月逐人来。

游妓皆秾李^②,行歌尽落梅^③。

金吾不禁夜^④,玉漏莫相催^⑤。

[注释]

①火树银花:比喻灯光焰火之灿烂绚丽,这里指元宵节的灯景。
②秾李:语出《诗·召南·何彼秾矣》:"何彼秾矣,华如桃李。"这里意谓"游妓"打扮得花枝招展,一个个都像是春日里盛开的桃李之花。
③行歌:与"游妓"相对,指边走边唱。落梅:指乐府横吹曲《梅花落》。
④金吾不禁:《西都杂记》:"西都京城街衢,有金吾晓暝传呼,以禁夜行;惟正月十五夜敕许金吾弛禁。"金吾:官名,掌管京城的戒备防务。元宵节开放夜禁,故有"金吾不禁"之说。
⑤玉漏:漏是计时器漏壶;玉,用以形容漏壶的精美。

[点评]

　　这首诗写的是京城元宵节的夜景,因作者先后任京官多次,诗之系年难以确考,而作于神龙元年(705)的可能性较大。
　　此诗辞藻秾丽,四联对仗,是苏味道现存诗中最著名的一首。其最突出的特点,是将盛唐京城元宵之夜描绘得活灵活现,堪称绝唱。

首句"火树银花合"固然是描写元宵灯景的千古名句,而次联"暗尘随马去,明月逐人来",同样"自然有味,确是元夜真景,不可移之他处。夜游得神处尤在出句,出句得神处尤在'暗'字"(纪昀《瀛奎律髓刊误》)。

　　更值得一提的是此诗对后世的影响。首句"火树银花合"的"合"字蕴含四望如一之意。王维和孟浩然的传世名句"白云回望合"(《终南山》)和"绿树村边合"(《过故人庄》),显然是受到苏句的启发;辛弃疾《青玉案·元夕》词的"东风夜放花千树"诸句,亦当是胎息于苏诗;《三国演义》的"至正月十五夜,天色晴霁,星月交辉,六街三市,竞放花灯。真个金吾不禁,玉漏无催"(第六十九回),后两句几乎是苏诗之成句;《红楼梦》的"只见庭燎绕空,香屑布地,火树琪花,金窗玉槛"(第十八回),其中"火树琪花"与"火树银花"只一字之异;至于柳亚子的"火树银花不夜天"(《浣溪沙·五〇年国庆观剧》),则更是对苏诗首句的古为今用。

汉江临泛①

王　维

楚塞三湘接②,荆门九派通③。

江流天地外,山色有无中。

郡邑浮前浦,波澜动远空。

襄阳好风日,留醉与山翁④。

[注释]

①诗题一作《汉江临眺》。

②楚塞:指古代楚国的地界。三湘:这里指湘江的三条支流。

③九派:长江在湖北、江西一带分为很多支流,因以九派称这一带的长江。

④山翁:指山简。他是晋"竹林七贤"之一的山涛之子,曾任征南将,镇守襄阳(今属湖北),常到郡中豪族习家园林宴饮,每饮必醉。

[点评]

王维以殿中侍御史知南选,开元二十八年(740)十月,途经襄阳而作此诗。

"江流天地外,山色有无中。郡邑浮前浦,波澜动远空。"抒写江流、山色虚实相济,大气包容,堪称诗中有画。即王世贞所云:"是诗家极俊语,却入画三昧。"方回则云:"右丞此诗,中两联皆言景,而前联尤壮,足敌孟、杜《岳阳》之作。"

关于"山色有无中"一句,还有这样一个有趣的掌故:欧阳修因激赏此句,将其收入己词云:"平山栏槛倚晴空,山色有无中。"苏东坡平山堂词又云:"认取醉翁语,山色有无中。"曾季狸《艇斋诗话》则一本正经地指出:"然'山色有无中'本王维诗。"实则东坡不会不知道此系王维诗句,他是以其特有风趣赞美欧阳修隐括、镶嵌之妙,亦可见王维此句之深入人心。

终南山①

王　维

太乙近天都②,连山到海隅③。

白云回望合,青霭入看无。

分野中峰变④,阴晴众壑殊。

欲投人处宿,隔水问樵夫。

[注释]

①终南山:在今陕西西安南五十里,绵延八百余里。

②太乙:终南山主峰,这里代指终南山。

③"连山"句:终南山并不到海边,此系夸张。到:一作"接"。

④分野:此处是界限的意思。

[点评]

王维于开元末天宝初隐居于终南别业,此诗当作于是时。

古人对此诗大加青睐,理解亦颇近腠理。比如沈德潜说:"'近天都'言其高,'到海隅'言其远,'分野'二句言其大。四十字中,无所不包,手笔不在杜陵下。或谓末二句似与通体不配。今玩其语意,见山远而人寡也,非寻常写景可比。"(《唐诗别裁》卷九)

对二联"白云回望合,青霭入看无",张谦宜《絸斋诗谈》卷五云:"看山得三昧,尽此十字中。"

第三联"分野中峰变,阴晴众壑殊",意谓同一瞬间,千山万壑阴晴各异,岂非同样深得看山之"三昧",且尺幅有万里之势。

正如上文沈德潜所云尾联确系"非寻常写景可比",尤多弦外之音。此中"有我之境",更透出诗人对终南山的迷恋。

题破山寺后禅院①

常　建

清晨入古寺,初日照高林。

竹径通幽处②,禅房花木深。

山光悦鸟性，潭影空人心。

万籁此俱寂，但余钟磬音。

[注释]

①破山寺：即兴福寺，在今江苏常熟西北。
②竹径：一作"曲径"。

[点评]

这是常建诗中最为传诵的一首五律，但却不拘于格律。比如其首联对仗，二联倒不对仗，三联之下句末三字"空人心"连用三个平声字，等等。

然而，此诗的一些破格之处并未影响它成为一首"兴象深微，笔笔超妙"的"神来"之作。殷璠在给予此诗上述高度评价的同时，还把常建列为《河岳英灵集》中首屈第一人。当然殷璠最喜爱的还是此诗的二、三两联，誉之"警策"！

无独有偶，欧阳修对"竹径"一联更是爱赏不已，自谓一再效之，却莫获一言。此联之妙于此可见一斑。

此诗第三句首二字《河岳英灵集》作"竹径"，这当是常建之原文；作"曲径"恐系他人所改，而这一改，倒比"竹径"更为通行。莫非改动者看出了此诗在追求"禅悦"之境，而要达到这种耽好禅理、心神恬悦之境，必须得走过一段曲折的路径才成？

咏　史

戎　昱

汉家青史上①，计拙是和亲②。

社稷依明主③，安危托妇人。

岂能将玉貌，便拟静胡尘。

地下千年骨，谁为辅佐臣。

[注释]

①青史：古代在竹简上记事，所以称史书为"青史"。

②和亲：指汉族王朝与少数民族首领之间具有一定政治目的的联姻。

③社稷：原指古代帝王所祭的土神和谷神，后来用作国家的代称。

[点评]

　　这首诗曾经引出一个故事：唐宪宗李纯（806—820 在位），曾召集大臣廷议边塞政策。多数人主张和亲，宪宗便背诵了戎昱的这首《咏史》，并对大臣们说，戎昱这个人如果还在的话，应该让他担任朗州刺史！还笑着说："魏绛之功，何其懦也！"意思是春秋时力主和戎的晋国大夫，他是一个多么懦弱的人呢！听了这番话，大臣们完全领会了宪宗的用意，于是就不再提和亲的事了。这个故事和戎昱的这首诗，最早是晚唐人范摅在他的笔记小说《云溪友议》中记录下来的，并且是可信的。

　　虽然对于历史上的和亲政策不能完全否定，但此诗的颔联"社稷依明主，安危托妇人"，对于和亲政策的某种屈辱的实质来说，还是击中其要害的，且不失为历来传诵的名句。

题李凝幽居

贾　岛

闲居少邻并，草径入荒园。

鸟宿池边树，僧敲月下门。

过桥分野色,移石动云根^①。

暂去还来此,幽期不负言^②。

[注释]

①云根:云起之处。古人以为云系"触石而生"。
②幽期:这里指闲适幽雅的约会。

[点评]

　　这首访友诗,向以次联"鸟宿池边树,僧敲月下门"而著称于世,其中有一个家喻户晓的"推敲"故事:

　　　　岛初赴举京师。一日,于驴上得句云:"鸟宿池边树,僧敲月下门。"始
　　欲着"推"字,又欲着"敲"字。练之未定,遂于驴上吟哦,时时引手作"推敲"
　　之势。时韩愈吏部权京兆,岛不觉冲至第三节,左右拥至尹前,岛具对所得
　　诗句云云。韩立马良久,谓岛曰:"作'敲'字佳矣。"遂与并辔而归,流连论
　　诗,与为布衣之交,自此名著。后以不第,乃为僧,居法乾寺,号无本……
　　(《苕溪渔隐丛话》前集卷十九)

　　尽管专家早已指出这段记载不可信,但贾岛那种刻意追求字句精确,反复考虑、仔细斟酌的"推敲"做法,还是非常可取的。

早　梅

齐　己

万木冻欲折,孤根暖独回。

前村深雪里,昨夜一枝开。

风递幽香出,禽窥素艳来。

明年如应律,先发望春台。

[点评]

　　此诗以《早梅》为题,其最大的特点是四联无不突出一个"早"字。关于次联还有一个很有趣的故事:据《唐才子传》卷九记载,齐己曾就此诗向郑谷求教。诗之次联原为:"前村深雪里,昨夜数枝开。"郑谷曰:"'数枝'非'早'也,未若'一枝'佳。"齐己深以为然,尊称郑谷为"一字师"。此诗此事遂不胫而走。

渔 父

（三首其一）

李　珣

水接衡门十里余^①,信船归去卧看书^②。

轻爵禄,慕玄虚^③,莫道渔人只为鱼。

[注释]

①衡门:横木为门,指隐者所居的简陋房屋。
②信船:听凭小船自行漂流。
③玄虚:道家幽深奥妙的义理。

[点评]

　　李珣的《渔父》词三首,也被列入《全唐诗》,题作《渔父歌》。词人曾事蜀主王衍,国亡不仕,此词当作于李珣浪迹江湖之时。词中所写渔父不慕荣利的高雅悠闲生活,既发自真心,又充满意趣。其中"莫道渔人只为鱼"云云,读之发人深思,又令人解颐。

游子吟①

孟　郊

慈母手中线,游子身上衣。

临行密密缝,意恐迟迟归。

谁言寸草心②,报得三春晖③。

[注释]

①此诗题下原注:"迎母溧上作。"
②寸草:小草,这里是诗人自比。
③三春晖:春天的阳光,这里指温暖的母爱。

[点评]

　　唐德宗贞元十六年(800),孟郊任溧阳尉时,曾将其母接于任所并作此诗。
　　这是对伟大母爱的一首热情的颂歌,苏轼说它是"从肺腑出",刘辰翁说它"全是托兴,终至悠然不言之感"。诗将常见之景,写得亲切感人,故而传诵千古。

唐代精彩诗词名句选录

得成比目何辞死，愿作鸳鸯不羡仙……北堂夜夜人如月，南陌朝朝骑似云……节物风光不相待，桑田碧海须臾改。昔时金阶白玉堂，即今惟见青松在。寂寂寥寥扬子居，年年岁岁一床书。独有南山桂花发，飞来飞去袭人裾。

——卢照邻《长安古意》

来去固无迹，动息如有情。日落山水静，为君起松声。

——王　勃《咏风》

近乡情更怯，不敢问来人。

——宋之问《渡双江》

江静潮初落，林暗瘴不开。明朝望乡处，应见垄头梅。

——宋之问《题大庾岭北驿》

楼观沧海日，门对浙江潮。桂子月中落，天香云外飘。

——宋之问《灵隐寺》

兰叶春葳蕤，桂华秋皎洁。欣欣此生意，自尔为佳节。
江南有丹橘，经冬犹绿林。岂伊地气暖，自有岁寒心。

——张九龄《感遇十二首》（其一、其七）

人事有代谢，往来成古今。

——孟浩然《与诸子登岘首》

乡泪客中尽，孤帆天际看。

——孟浩然《早寒江上有怀》

不才明主弃，多病故人疏。

——孟浩然《岁暮归南山》

微云淡河汉,疏雨滴梧桐。

——孟浩然断句(《全唐诗》卷一六〇)

看取莲花净,方知不染心。

——孟浩然《题大禹寺义公禅房》

乱山残雪夜,孤独异乡人。渐与骨肉远,转与奴仆亲。

——孟浩然《除夜》

天边树若荠,江畔舟如月。

——孟浩然《秋登万(一作"兰")山寄张五》

楼台晚映青山郭,罗绮晴骄绿水洲。向夕波摇明月动,更疑神女弄珠游。

——孟浩然《登安阳城楼》

曲引古堤临冻浦,斜分远岸近枯杨。今朝偶见同袍友,却喜家书寄八行。

——孟浩然《登万岁楼》

天涯静处无征战,兵气销为日月光。

——常　建《塞下曲四首》(其一)

山路元无雨,空翠湿人衣。

——王　维《山中》

雨中山果落,灯下草虫鸣。

——王　维《秋夜独坐》

渡头余落晖,墟里上孤烟。

——王　维《辋川闲居赠裴秀才迪》

古木无人径,深山何处钟。

——王　维《过香积寺》

行到水穷处,坐看云起时。

——王　维《终南别业》

万壑树参天,千山响杜鹃。

——王　维《送梓州李使君》

漠漠水田飞白鹭,阴阴夏木啭黄鹂。

——王　维《秋雨辋川庄作》

春来遍是桃花水,不辨仙源何处寻。

——王　维《桃源行》

一身转战三千里，一剑曾当百万师。

——王　维《老将行》

纵使晴明无雨色，入云深处亦沾衣。

——张　旭《山行留客》

自把玉钗敲砌竹，清歌一曲月如霜。

——高　适《听张立本女吟》

拜迎长官心欲碎，鞭挞黎庶令人悲。

——高　适《封丘作》

庭树不知人去尽，春来还发旧时花。

——岑　参《山房春事二首》（其二）

日暮待情人，维舟绿杨岸。

——储光羲《钓鱼湾》

鸟惊随叶散，萤远入烟流。

——钱　起《裴迪南门秋夜对月》

带竹新泉冷，穿花片月深。

——钱　起《春夜过长孙绎别业》

星影低惊鹊，虫声傍旅衣。

——钱　起《秋夜梁七兵曹同宿》

碧空河色浅，红叶露声虚。

——钱　起《秋夜寄张韦二主簿》

秋日翻河影，晴光脆柳丝。

——钱　起《秋夕与梁锽文宴》

一缄书札藏何事，会被东风暗拆看。

——钱　珝《未展芭蕉》

鸟向平芜远近，人随流水东西。

——刘长卿《谪仙怨》（晴川落日）

地远明君弃，天空酷吏欺。

——刘长卿《初贬南巴至鄱阳题李嘉祐江亭》

他乡生白发，旧国见青山。

——司空曙《贼平后送人北归》

燕子不归春事晚，一汀烟雨杏花寒。

——戴叔伦《苏溪亭》

窗里人将老，门前树已秋。

——韦应物《淮上遇洛阳李主簿》

枕戈眠古戍，吹角立繁霜。

——卢　纶《代员将军罢战后归旧里赠朔北故人》

阵合龙蛇动，军移草木闲。

——卢　纶《送韩都护还边》

猎声云外响，战血雨中腥。

——卢　纶《送颜推官游银夏谒韩大夫》

两行灯下泪，一纸岭南书。

——卢　纶《夜中得循州赵司马侍郎书因寄回使》

送客随岸行，行人出帆立。

——卢　纶《送吉中孚校书归楚州旧山》

衰颜重喜归乡国，身贱多惭问姓名。

——卢　纶《至德中途中书事却寄李僴》

树有百年花，人无一定颜。花送人老尽，人悲花自闲。

——孟　郊《杂怨》(其二)

筋力日已疲，不息窗下机。如何织纨素，自著蓝缕衣。

——孟　郊《织妇辞》

荒郊烟莽苍，旷野风凄切。处处得相随，人那不如月。

——孟　郊《古别曲》

南山塞天地，日月石上生。

——孟　郊《游终南山》

别后惟所思，天涯共明月。

——孟　郊《古怨别》

三万梦益州，一箭取辽城。

——杨巨源《赠卢洺州》

最恨卷帘时，含情独不见。

——杨巨源《独不见》

大漠寒山黑,孤城夜月黄。

———杨巨源《赠邻家老将》

东园桃李芳已歇,独有杨花娇暮春。

———杨巨源《杨花落》

山石荦确行径微,黄昏到寺蝙蝠飞。升堂坐阶新雨足,芭蕉叶大栀子肥。

———韩　愈《山石》

有子未必荣,无子坐生悲。为人莫作女,作女实难为。

———张　籍《离妇》

家家养男当门户,今日作君城下土。

———张　籍《筑城词》

知君用心如日月,事夫誓拟同生死。还君明珠双泪垂,恨不相逢未嫁时。

———张　籍《节妇吟》

请君莫奏前朝曲,听唱新翻杨柳枝。

———刘禹锡《杨柳枝词九首》(其一)

日暮行人争渡急,桨声幽轧满中流。

———刘禹锡《堤上行三首》(其一)

马思边草拳毛动,雕盼青云睡眼开。

———刘禹锡《始闻秋风》

春风一夜吹乡梦,又逐春风到洛城。

———武元衡《春兴》

秋霜欲下手先知,灯底裁缝剪刀冷。

———白居易《寒闺怨》

独坐黄昏谁是伴,紫薇花对紫薇郎。

———白居易《直中书省》

树初黄叶日,人欲白头时。

———白居易《途中感秋》

明月好同三径夜,绿杨宜作两家春。

———白居易《欲与元八卜邻,先有是赠》

风翻白浪花千片,雁点青天字一行。

———白居易《江楼晚眺,景物鲜奇,吟玩……》

草萤有耀终非火,荷露虽团岂是珠。

——白居易《放言五首》(其一)

安得万里裘,盖裹周四垠。稳暖皆如我,天下无寒人。

——白居易《新制布裘》

低头独长叹,此叹无人谕:一丛深色花,十户中人赋。

——白居易《买花》

可怜身上衣正单,心忧炭贱愿天寒。

——白居易《卖炭翁》

没蕃被囚思汉土,归汉被劫为蕃虏。早知如此悔归来,两地宁如一处苦。缚戎人,戎人之中我苦辛。自古此冤应未有,汉心汉语吐蕃身。

——白居易《缚戎人》

来如春梦几多时? 去似朝云无觅处。

——白居易《花非花》

欲开壅蔽达人情,先向歌诗求讽刺。

——白居易《采诗官》

因过竹院逢僧话,又得浮生半日闲。

——李　涉《登山》

顾我无衣搜尽箧,泥他沽酒拔金钗。惟将终夜长开眼,报答平生未展眉。

——元　稹《遣悲怀》(其一、其三)

不是花中偏爱菊,此花开尽更无花。

——元　稹《菊花》

连昌宫中满宫竹,岁久无人森似束。又有墙头千叶桃,风动落花红蔌蔌。

——元　稹《连昌宫词》

绣成安向春园里,引得黄莺下柳条。

——胡令能《咏绣幛》

我有迷魂招不得,雄鸡一声天下白。少年心事当拿云,谁念幽寒坐呜呃。

——李　贺《致酒行》

宿鹭眠洲非旧浦,去年沙嘴是江心。

——皇甫松《浪淘沙》(其一)

夜船吹笛雨萧萧,人语驿边桥。

——皇甫松《梦江南·兰烬落》

雁声远过潇湘去,十二楼中月自明。

——温庭筠《瑶瑟怨》

江上柳如烟,雁飞残月天。

——温庭筠《菩萨蛮·水精帘里》

雨后却斜阳,杏花零落香。

——温庭筠《菩萨蛮·南园满地》

塞门三月犹萧索,纵有垂杨未觉春。

——温庭筠《杨柳枝·织锦机边》

落叶他乡树,寒灯独夜人。

——马　戴《灞上秋居》

猿啼洞庭树,人在木兰舟。

——马　戴《楚江怀古三首》(其一)

日暮长亭正愁绝,哀筝一曲戍烟中。

——吴　融《金桥感事》

百花长恨风吹落,惟有杨花独爱风。

——吴　融《杨花》

乱山残雪夜,孤灯异乡人。

——崔　涂《除夜有作》

时人不识凌云木,直待凌云始道高。

——杜荀鹤《小松》

风暖鸟声碎,日高花影重。

——杜荀鹤《春宫怨》

宁为宇宙闲吟客,怕作乾坤窃禄人。诗旨未能忘救物,世情奈值不容真。

——杜荀鹤《自叙》

更把玉鞭云外指,断肠春色在江南。

——韦　庄《古离别》

琵琶金翠羽,弦上黄莺语。

——韦　庄《菩萨蛮·红楼别夜》

昨夜三更雨,今朝一阵寒。海棠花在否,侧卧卷帘看。

——韩　偓《懒起》

座中亦有江南客,莫向春风唱鹧鸪。

——郑　谷《席上贻歌者》

情多最恨花无语,愁破方知酒有权。

——郑　谷《中年》

秾丽最宜新著雨,娇饶全在欲开时……朝醉暮吟看不足,羡他蝴蝶宿深枝。

——郑　谷《海棠》

织锦虽云用旧机,抽梭起样更新奇。

——方　干《赠进士章碣》

为经多载别,欲问小时名。对酒悲前事,论文畏后生。

——崔　峒《喜逢妻弟郑损因送入京》

无限旱苗枯欲尽,悠悠闲处作奇峰。

——来　鹏《云》

秋风万里芙蓉国,暮雨千家薜荔村。

——谭用之《秋宿湘江遇雨》

落花人独立,微雨燕双飞。

——翁　宏《春残》

多情只有春庭月,犹为离人照落花。

——张　泌《寄人二首》(其一)

换我心,为你心,始知相忆深。

——顾　夐《诉衷情·永夜抛人》

早为不逢巫峡梦,那堪虚度锦江春,遇花倾酒莫辞频。

——李　珣《浣溪沙·访旧伤离》

百草千花寒食路,香车系在谁家树……缭乱春愁如柳絮,悠悠梦里无寻处。

——冯延巳《鹊踏枝》

黄金窗下忽然惊,征人归日二毛生。

——李　璟《望远行·碧砌花光》

车如流水马如龙,花月正春风。

——李　煜《望江南·多少恨》

残灯孤枕梦,轻浪五更风。

——徐昌图《临江仙·饮散离亭》

夜久更阑风渐紧,与奴吹散月边云,照见负心人。

——敦煌曲子词《望江南·天上月》

泪珠若得似珍珠,拈不散,知何限,串向红丝应百万。

——敦煌曲子词《天仙子·燕语莺啼》

唐代主要诗人词家简介

虞世南（558—638）　字伯施,越州余姚(今属浙江)人。文章婉嫟,徐陵以为类己而知名。仕隋为秘书郎。唐太宗即位,历弘文馆学士、秘书监。太宗称其德行、忠直、博学、文词、书翰为五绝。实则书法成就最高,笔致圆融遒丽,与欧阳询、褚遂良、薛稷并称为唐初四大书家。编有《北堂书钞》一百六十卷。《全唐诗》录其诗一卷。

王　绩（585?—644）　字无功,号东皋子,绛州龙门(今山西河津)人。其人其作多受陶渊明影响。既归隐故乡,又退避"醉乡"。诗文风格恬淡清新,有《王无功文集》。

骆宾王（619?—687?）　字务光,婺州义乌(今属浙江)人。七岁能诗,曾除临海丞。有《骆临海集》。

武则天（624—705）　名曌,并州文水(今属山西)人。十四岁入宫为唐太宗才人,赐号武媚,高宗时进号宸妃。公元690年自称圣神皇帝,改国号为周,史称武周,在位十六年。卒谥"则天",今存诗四十九首。

杜审言（645?—708）　字必简,祖籍襄阳,随父迁居巩县(今河南巩义),系杜甫祖父,与李峤、崔融、苏味道合称"文章四友"。诗以五言著称,对律诗的形成颇有影响。《全唐诗》存诗一卷,仅四十三首。杜甫诗法深受其影响。

王　勃（650—676）　字子安,绛州龙门人。早慧,为时所称。与杨炯、卢照邻、骆宾王合称"初唐四杰"。有《王子安集》。

杨　炯（650—693?）　弘农华阴(今属山西)人,十岁举神童。有《盈川集》,现存诗三十三首。

苏味道（648—705）　赵州栾城(今属河北)人,是宋代眉山"三苏"所尊崇的先祖。九岁能文,二十岁登进士第,曾两度居相位数年,处事自称"模棱以持两端"，人称"苏模棱"。其诗多五律应制之作，《全唐诗》存诗一卷，只十六首。

刘希夷（651—?） 字庭芝，汝州（今属河南）人。"善为从军闺情之诗，词调哀苦，为时所重。志行不修，为奸人所杀"（见《旧唐书》本传）。《全唐诗》存诗一卷，《全唐诗外编》及《全唐诗续拾》补诗七首。

沈佺期（656—714?） 字云卿，相州内黄（今属河南）人。与宋之问并称"沈宋"，官终太子少詹事。有辑本《沈詹事诗集》。

陈子昂（659—700） 字伯玉，梓州射洪（今属四川）人。曾任右拾遗，后人因称陈拾遗。陈子昂力主改革诗风，提倡汉魏风骨，反对齐梁以来"采丽竞繁"的柔靡诗风，对于唐诗的发展影响巨大，其人其作被推为"国朝盛文章，子昂始高蹈"（韩愈《荐士》）、"论功若准平吴例，合著黄金铸子昂"（元好问《论诗绝句》）。有《陈子昂集》和《陈伯玉文集》。

贺知章（659—744） 字季真，越州永兴（今浙江萧山）人。曾自号"四明狂客""秘书外监"，世称"贺监"。与张旭、包融、张若虚号为"吴中四杰"。有《贺秘监集》。

张若虚（660?—720?） 扬州（今属江苏）人。曾与贺知章等人以"文词俊秀"而显名长安。其诗大多散佚，《全唐诗》仅存《春江花月夜》和《代答闺梦还》诗二首。

张九龄（678—740） 字子寿，韶州曲江（今属广东）人。与陈子昂齐名，后人论唐诗转变，每以"陈张"并称。有《曲江先生文集》。

王 翰（生卒年不详） 字子羽，并州晋阳（今山西太原）人。公元 710 年登进士第。《全唐诗》录存其诗仅十三首。

王之涣（688—742） 子季凌，绛州（治所在今山西新绛）人。其诗多被当时乐工制曲歌唱，名动一时。《集异记》载有"旗亭画壁"的故事，说明其诗名与王昌龄、高适等人相仿佛。《全唐诗》仅录存其绝句六首。

孟浩然（689—740） 襄阳（今属湖北）人，后世故称孟襄阳。终身布衣，既隐居，又喜漫游。唐代山水诗派之先行者，诗风清幽平易，与王维近似，故历来"王孟"并称。有《孟浩然集》。

李 颀（690?—754?） 颍阳（今河南登封一带）人。后人称其为李东川的"东川"，系指颍水一支流。李颀是唐代众体兼备的著名诗人，尤擅七律、七古二体，就题材而言，则善写音乐诗。其诗被称许为"风骨高华""骨秀神清"。

刘方平（生卒年不详）　河南（今河南洛阳）人，匈奴族。与李颀等人友善，现存诗二十七首。

王昌龄（698？—756？）　字少伯，京兆万年（今陕西西安）人。因曾官江宁丞、龙标（今属湖南）尉，后人因称王江宁、王龙标。其诗被称为"惊耳骇目""中兴高作"。有《王昌龄集》，另有《诗格》传世。

王　湾（生卒年不详）　洛阳人。公元712年常无名榜进士，《全唐诗》存诗仅十首。

祖　咏（生卒年不详）　洛阳人。公元724年杜绾榜进士，但未曾得官，以渔樵自终。与王维多有酬唱，交谊颇深。《全唐诗》存其诗三十六首。

常　建（生卒年不详）　公元727年与王昌龄同榜登进士第，然仕途并不如意，遂放浪琴酒。其诗以兴象取胜，被《河岳英灵集》列于卷首。《全唐诗》存诗一卷。

王　维（701—762）　字摩诘，太原祁（今山西祁县）人，后徙家于蒲（今山西永济）。因官终尚书右丞，世称王右丞。安禄山陷长安，被迫任伪职。两京收复后，被降官。此后徘徊于仕隐之间。他是盛唐山水田园诗派的主要作家，后期"以禅诵为事"，有"诗佛"之称。其诗艺术性很高，又兼通绘画和音乐。苏轼赞其为"诗中有画""画中有诗"。有《王右丞集》等。

崔　颢（704？—754）　汴州（今河南开封）人。公元723年进士及第，《旧唐书》本传称其"有才俊，无士行……"有《崔颢集》。

江　妃（生卒年不详）　唐玄宗之妃，名采蘋，莆田（今属福建）人。开元初，高力士选归侍玄宗。据《梅妃传》云，妃聪颖善文，自比谢道韫。居所遍植梅花，玄宗因戏名梅妃。资质明秀，好淡妆素饰，尝擅宠后宫。及玄宗移宠杨妃，逼江妃迁上阳宫，后死于安史乱中。玄宗归长安，于梅树下掘得其尸，见胁下有刀痕，悲痛不已，以妃礼改葬。《全唐诗》存诗一首。

金昌绪（生卒年不详）　唐玄宗（713—756在位）时，余杭（今属浙江）人。《全唐诗》仅存诗一首。

高　适（700？—765）　字达夫，郡望渤海（今河北景县）人。晚年曾任左散骑常侍，后人因称高常侍，进封渤海县侯。他是盛唐边塞诗人的杰出代表，与岑参齐名，并称"高岑"，而"岑超高实"（刘熙载语），诗风各异。有《高常侍集》传世，存诗二百多首。今有《高适集》等。

岑　参(715—770)　荆州江陵(今属湖北)人。公元746年登进士第,曾任嘉州(今四川乐山)刺史,后人因称岑嘉州。以边塞诗名世,尤擅长七言歌行。有《岑参集》。

于良史(生卒年不详)　约于公元756年入仕,曾为徐泗节度使张建封从事。《全唐诗》存诗七首。

张志和(?—773或774)　字子同,婺州(今浙江金华)人。初名龟龄,号烟波钓徒、玄真子。作于大历八年的《渔父》(亦称《渔歌子》)词五首,是唐代现存早期文人词名作。

张敬忠(生卒年不详)　京兆人。公元719年拜平卢节度使,后历任剑南节度使,太常卿等职。《全唐诗》存诗仅二首。

张　谓(?—778?)　字正言,河内(今河南沁阳)人。公元743年登进士第,曾任礼部侍郎等,时人称其能"妙选彦才"。

李　萼(735?—?)　原名华,后改为萼。公元756年曾客居清河,献计颜真卿大破安禄山叛军。约卒于贞元(785—805)中。《全唐诗》存联句诗十四首。

张　继(?—776)　字懿孙,郡望南阳(今属河南),籍贯襄州(今湖北襄阳)。公元753年进士,其诗今存三十余首。

钱　起(710?—782?)　字仲文,吴兴(今浙江湖州)人。公元751年登进士第,为"大历十才子"之冠,与郎士元齐名,时称"前有沈宋,后有钱郎"。官至考功郎中,有《钱考功集》,集中混入其孙钱翊作品较多,今人曾著文辨析。

韩　翃(生卒年不详)　字君平,南阳(今属河南)人。公元754年登进士第,"大历十才子"之一。因《寒食》诗见赏于唐德宗李适,官至中书舍人,约卒于贞元(785—805)初年。有《韩君平集》。

柳　氏(生卒年不详)　《柳氏传》云:天宝中,寒士韩翊(当系韩翃)与豪富李生友善。李之美姬柳氏心慕韩翊,李遂其意,将柳嫁韩。安史乱时,柳氏剪发毁形,寄身法灵寺。两京收复,韩使人潜寻柳氏,并赠以诗。柳见韩诗甚感,作诗答之。不久柳为番将沙吒利劫去。虞侯许俊用计救出柳氏,韩柳得以团聚。

李端(?—785?)　字正己,赵郡(今河北赵县)人。公元770年登进士第,官至杭州司马,以才思敏捷著称。

柳中庸(生卒生不详)　以字行,名淡,因避武宗李炎讳书作澹,河东人,为柳宗元族人,与李端为诗友。《全唐诗》存诗十三首。

司空曙(720? —790?) 字文明(一作文初),广平(今河北鸡泽东南)人。卢纶表兄,"大历十才子"之一,有《司空文明集》。

刘长卿(？—790?) 字文房,郡望河间(今河北献县),籍贯宣城(今属安徽),早年居洛阳。天宝后期登进士第,终随州(今属湖北)刺史,世称刘随州。是大历诗风的主要代表人物。诗尤工五律,自称"五言长城",然语意多雷同。有《刘随州集》。

戴叔伦(732—789) 字幼公(一作次公),润州金坛(今属江苏)人。

韦应物(737—792?) 京兆万年人。十五岁为唐玄宗侍卫,官终苏州刺史,故有韦苏州之称。

卢 纶(748? —799?) 字允言,蒲州人。"大历十才子"之一。有《卢户部诗集》。

戎 昱(744? —801?) 一说荆南(今湖北江陵)人,一说扶风(今属陕西)人。

李 益(748—829) 字君虞,凉州姑臧(今甘肃武威)人,后举家定居洛阳。公元769年登进士第,后以礼部尚书致仕。有《李益集》等。

陈 羽(733? —?) 吴县(今江苏苏州)人。公元792年登进士第,曾任东宫卫佐。

李 冶(？—784) 字季兰,生于长江三峡一带,后长期寓居江浙。中唐女道士,专心翰墨,与刘长卿、陆羽、皎然等有诗往还。长安陷朱泚之乱时,李冶曾上朱泚诗而被德宗扑杀。《全唐诗》录诗十九首,并有《薛涛李冶诗集》。

孟 郊(751—814) 字东野,湖州武康(今浙江德清)人。公元796年登进士第,终生贫困潦倒。其诗受皎然影响甚深,与韩愈齐名,为韩孟诗派的开创者之一,与贾岛诗多有相似处,有"郊寒岛瘦"之称。有《孟东野诗集》。

张 碧(？—816之后) 字太碧。慕李白之高蹈,绝意仕进。《全唐诗》存诗十九首。

杨巨源(755—?) 字景山,河中(今山西永济西)人。公元789年登进士第,早年以"三万梦益州,一箭取辽城"知名。晚年头摇,人言吟咏所致。

王 建(766? —832?) 字仲初,颍川(今河南许昌)人。终生潦倒,其乐府诗之题材风格与张籍类似,时称"张王乐府",又是元稹、白居易写作"新乐府"诗的先导。王建《宫词》百首,影响尤为深远。有《王建集》。

韩　愈（768—824）　字退之，河南河阳（今河南孟州）人，郡望昌黎，后人因称韩昌黎。晚年任吏部侍郎，谥"文"，后人又称韩吏部、韩文公。公元792年登进士第。韩愈不仅是诗文兼善的作家，更是著名的思想家，其一生以弘扬儒道、排斥佛老为己任。与柳宗元共倡古文，堪称"文起八代之衰，而道济天下之溺"（苏轼语）。其诗与孟郊齐名，韩之诗法则"以文为诗"。有《昌黎先生集》。

王　涯（763？—835）　字广津，郡望太原，公元792年登进士第，两度入相，"甘露之变"中被杀。王涯博学好古，家聚图书万卷，多藏法书名画。其诗亦风韵超然，为人所赏。

张　籍（766？—830？）　字文昌，祖籍吴郡（今江苏苏州），后移居和州（今安徽和县）。公元799年登进士第，历任水部员外郎、国子司业等职，世称张水部、张司业。张籍虽曾从学于韩愈，被视为韩门弟子，其文学观念则与白居易相近。有《张司业集》。

薛　涛（770—832）　字洪度，长安人。父因官寓蜀，薛涛随之。八岁即能诗，后入乐籍。韦皋曾拟奏请朝廷授以秘书省校书郎之衔，虽未获准，时人仍称之为女校书。有《薛涛诗笺》等。

刘　皂（生卒年不详）　当为公元785—805年间较著名的诗人，其家或在长安。

刘　媛（生卒年不详）　《全唐诗》录存其诗三首，断句四则。

刘禹锡（772—842）　字梦得，匈奴族后裔，改汉姓，祖籍洛阳。公元793年登进士第，是唐顺宗所任用的王叔文革新集团核心人物之一。革新失败后，刘禹锡相继被贬为朗州司马和诸远州刺史。曾以太子宾客分司东都，后又加检校礼部尚书衔，世称刘宾客、刘尚书。与柳宗元为文友称"刘柳"，与白居易为诗友称"刘白"，约存诗八百多首。有《刘禹锡集》等。

白居易（772—846）　字乐天，晚年自号香山居士，又号醉吟先生，下邽（今陕西渭南）人，郡望太原。先世本龟兹人，汉时赐姓白，卒谥"文"，后人因称白文公。公元800年登进士第。任谏官期间，屡上奏章请革弊政，为权要所痛恨。元和十年六月宰相武元衡被刺死，白居易上书主张缉拿凶手，以越职言事之罪，由太子左赞善大夫贬为江州司马，最后以刑部尚书致仕，卒葬洛阳龙门山。白居易不仅以诗著名，亦兼能散文和文学理论，与元稹齐名，并称"元白"。存诗近三千首,有《白氏长庆集》等。

徐　凝(生卒年不详)　睦州(今浙江建德)人。宪宗元和年间有诗名,与韩愈、白居易有交往。诗风较朴实,《全唐诗》存诗一卷,《全唐诗外编》和《全唐诗续拾》补诗三首及二断句。

李　绅(772—846)　字公垂,润州无锡人,祖籍亳州谯县(今安徽亳州)。公元806年登进士第,他是中唐新乐府运动的实际倡导者。

李　涉(773?—825?)　自号青溪子,洛阳人。曾与弟偕隐庐山白鹿洞,唐敬宗宝历初任太学博士。

柳宗元(773—819)　字子厚,河东(今山西永济西)人,后人称柳河东;晚岁贬官柳州,且卒于此,又被称为柳柳州。公元793年登进士第,与刘禹锡同为王叔文革新集团的核心人物。革新失败后,被加贬为永州(今属湖南)司马。他是唐代著名的思想家、文学家,与韩愈同倡古文运动。其诗今存一百六十三首,有诗文合编《柳宗元集》。

元　稹(779—831)　字微之,别字威明,洛阳人,北魏鲜卑族拓跋部后裔。公元793年以明经擢第,后居相位仅三个月,即为人所倾,出为同州刺史等。元稹与白居易齐名,并称"元白",诗风亦近,合称"元白体"。元诗中最具特色的当推悼亡诗和艳体诗。有《元稹集》。

崔莺莺(生卒年不详)　字双文。据《莺莺传》云,贞元中有张生游蒲,寓普救寺。适有崔氏孀妇郑氏将归长安,亦止是寺。时逢军乱,崔氏惶骇不知所托。张生与蒲将之党有交谊,遂援之不及于难。郑感张之恩,设宴款谢,并出其女崔莺莺使相见。莺莺年方十七,姿色艳异,光彩动人。张自是惑之,便向崔婢红娘道其私衷。因红娘之助,崔张遂私相结合。后张弃莺别娶,莺亦他嫁。后人考其年事,以为张生即元稹托名叙其少年情事,莺莺亦实有其人。《全唐诗》收崔莺莺诗三首。

刘采春(生卒年不详)　歌妓,徘优周季南之妻。公元823—829年间,与浙东观察使元稹有交谊。《全唐诗》存诗六首。

崔　护(生卒年不详)　字殷功,郡望清河东武城(今山东武城西北)。公元796年登进士第,或卒于公元830—831年。

贾　岛(779—843)　字浪仙,一作阆仙,自称碣石山人,范阳(今北京附近)人。早岁曾为僧,后以诗文投谒韩愈,被赏识随之入长安。返俗应举,然终生未第。其诗以"苦吟"著名,曾有"推敲"故事流传。尝坐飞谤责授遂州长江(今四川蓬溪西)主簿,世称贾长江。有《长江集》。

杨敬之(785?—846?) 字茂孝,虢州弘农(今河南灵宝)人。公元807年登进士第,与李贺、项斯等为忘年交。现存诗共约九首。

李 贺(790—816) 字长吉,河南福昌(今河南宜阳)人,唐宗室后裔,家居福昌之昌谷,后人因称李昌谷。因与之争名者以举进士犯父讳"晋肃"为由,加以毁阻。终竟不第,而全力为诗。现存诗二百四十二首,有《昌谷集》。

许 浑(791?—858?) 字用晦,郡望安陆(今属湖北),籍贯洛阳,成年后移家京口(今江苏镇江)丁卯涧,以"丁卯"名其诗集,后人因称许丁卯。公元832年登进士第。有《丁卯集》。

张 祜(792—854) 字承吉,郡望清河,籍贯南阳,晚年居丹阳。长年浪迹江湖,以处士终。有《张处士诗集》和影印《张承吉文集》。

皇甫松(生卒年不详) 字子奇,自称檀栾子,睦州新安(今浙江淳安)人,皇甫湜(777?—835?)之子。

朱庆馀(797?—?) 名可久,越州人。公元826年登进士第,官秘书省校书郎。为张籍所器重并受其影响,人谓"得张水部诗旨"。有《朱庆馀诗集》。

崔 郊(生卒年不详) 公元799年前后寓居襄州,公元806—820年间中秀才。《全唐诗》仅存诗一首。

薛 逢(生卒年不详) 字陶臣,河东人。公元841年进士及第,官终秘书监。诗呈豪逸之态,尤工七律,亦擅法书。

陈 陶(803?—879?) 字嵩伯,长江以北人。约于公元849年隐居于洪州,卒后,曹松、杜荀鹤等有诗哭之。有《陈嵩伯诗集》。

赵 嘏(806—852?) 字承祐,楚州山阳(今江苏淮阴)人。公元844年登进士第,曾为渭南尉,世称赵渭南。有《渭南诗集》。

李群玉(808?—862) 字文山,澧州(今湖南澧县)人。有《李群玉诗集》。

香严闲禅师(生卒年不详) 福州闽县(今福建福州)人,幼于洪州黄檗山出家,世称黄檗和尚。约于宣宗大中(847—859)年间卒于山,赐谥断际禅师。《祖堂集》《景德传灯录》等均有传。

李 忱(810—859) 即唐宣宗,宪宗第十三子。初名怡,即位时改为忱。公元846年即位,在位十三年,卒谥文献。李忱喜爱文学,常与学士辈唱和。现存诗共约九首。

温庭筠(812—870) 本名岐,字飞卿,太原祁(今山西祁县)人。累举不第,仅任国子助教等微职。诗与李商隐齐名,号为"温李"。现存诗近三百三十首,有《温庭筠诗集》。

刘 驾(822?—?) 字司南,江东(芜湖、南京以下的长江南岸地区)人。公元852年登进士第,官至国子博士。

薛 媛(生卒年不详) 濠梁(今安徽凤阳)人南楚材之妻,善书画,工诗文。公元860—874年前在世。《全唐诗》仅存诗一首。

黄 巢(?—884) 曹州冤句(今山东菏泽西)人。屡举进士不第,公元875年起义响应王仙芝义军,后被推为王,号"冲天大将军",即帝位后国号大齐。兵败被其甥所杀。

曹 松(848?—?) 字梦征,舒州(今安徽潜山)人。公元901年登进士第时已七十多岁,与其他四人同为"五老榜"。

马 戴(生卒年不详) 字虞臣,曲阳(今属江苏)人。公元844年登进士第,官终太学博士,曾与姚合、贾岛等唱和。其诗被称为深得五律之三昧。有《马戴集》。

王 驾(851?—?) 字大用,自号守素先生,河中人。公元890年进士及第,官至礼部员外郎,与司空图、郑谷为诗友。《全唐诗》存诗六首。

陈玉兰(生卒年不详) 《全唐诗》说她是王驾妻,存《寄夫》诗一首。王驾约生于公元851年,陈之年代当与之相近。然而《才调集》等多种早期唐诗选本,皆以《寄夫》诗为王驾所作,题作《古意》。约明末《名媛诗归》始收为陈玉兰诗,当系误记。陈玉兰其人亦不见唐宋时记载,作《寄夫》说当出后人伪托。

崔 珏(生卒年不详) 字梦之,郡望清河人。宣宗大中年间进士,以赋鸳鸯著称,时号崔鸳鸯。现存诗十五首。

刘 沧(生卒年不详) 字蕴灵,汶阳(今山东宁阳北)人。公元854年进士及第时已皓首。其人体貌魁梧,尚气节,论古今之事,令人终日不厌。

于 濆(生卒年不详) 字子漪,京兆长安人。公元861年进士及第,官仅至泗州判官。有《于濆诗集》。

吴 融(?—903) 字子华,越州山阴人。公元889年登进士第,官至翰林承旨学士。今存《唐英歌诗》三卷。

胡　曾（生卒年不详）　长沙人。咸通（860—874）中登进士第，善咏史，且能使人为之"奋飞"（辛文房语）。

罗　隐（833—910）　本名横，字昭谏，号江东生，余杭新城（今浙江富阳）人。举进士十余年不第，后依镇海节度使钱镠。有《罗隐集》。

聂夷中（837—884?）　字坦之，河东人。公元871年登进士第，后补华阴县尉。其诗多讽喻，体多五言古诗。

高　蟾（生卒年不详）　郡望渤海（今河北沧州一带）人。公元876年登进士第，官至御史中丞。后人对其诗褒贬不一。

秦韬玉（生卒年不详）　字仲明（一作中明），京兆人。累举不第，公元882年特赐进士及第。躁于仕进，交游中贵，为"芳林十哲"之一。现存诗三十六首，悉为七言。

崔　涂（生卒年不详）　字礼山，江南人。公元888年登进士第，终年羁旅，其诗"多离怨之作"。

韦　庄（836?—910）　字端己，谥文靖，后人因称韦端己、韦文靖。京兆杜陵人，晚年居成都浣花溪杜甫草堂遗址，后人又称韦浣花。公元894年进士及第，曾为西蜀王建掌书记，以劝其称帝拜相。有《韦庄集》。韦庄所编《又玄集》，为现存唐人选唐诗的重要选本。

韩　偓（841?—923）　京兆万年人。字致尧，小字冬郎，自号玉山樵人。父韩瞻与李商隐连襟。作为姨夫的李商隐，在一首追吟韩冬郎即席写给他的送别诗中，有"十岁裁诗走马成""雏凤清于老凤声"之句，可见韩偓是一位颖悟早慧的才子。但是，年近五十岁方登进士第。历官翰林学士、中书舍人、兵部侍郎等，为昭宗所倚重。韩偓集以其号称作《玉山樵人集》，又因曾任翰林学士亦称为《韩内翰别集》。韩偓诗多有政治寓意，被称为唐末实录，诗史殿军。《全唐诗》收韩偓诗四卷，末一卷是《香奁集》。此集对宋代女词人李清照颇有影响。

杜荀鹤（846—904）　字彦之，号九华山人，池州石埭（今安徽石台）人。公元891年登进士第，其诗自成一体，人称"杜荀鹤体"。有《唐风集》。

鱼玄机（844?—871）　字幼微，一字蕙兰，长安人。十五岁被李亿纳为妾，以李妻不相容，出家为女道士，后因戕杀侍婢被处死。平生多与文士酬唱交往，与温庭筠关系尤密。有《鱼玄机集》，现存诗四十八首。

章　碣（生卒年不详）　钱塘人。乾符（875—879）年间进士及第，后流落江湖不知所终。现存诗二十六首。

郑　谷（851?—910?）　字守愚，袁州宜春（今属江西）人。官至都官郎中，人称郑都官，又因以《鹧鸪》诗闻名，时称郑鹧鸪。公元887年进士及第，历任右拾遗、右补阙等。其自编歌诗名《云台集》，又称《郑守愚文集》。诗僧齐己称郑谷为"一字师"。

齐　己（864—937?）　俗姓胡，名得生，今湖南长沙人。幼孤，七岁牧牛。性聪颖，多才艺，工诗书，能琴棋，尝与贯休、孙光宪等人唱和。诗多登临之作、唱和赠别之篇，为时人所重。《全唐诗》存诗十卷，《全唐诗续拾》补诗三首及断句、联句共五则。

卢汝弼（?—921）　字子谐，郡望范阳（今河北涿州），后徙为蒲州人。卢纶之孙，景福（892—893）中登进士第，后依李克用，累迁户部侍郎。现存诗八首。

牛希济（872?—?）　狄道（今甘肃临洮）人，牛峤侄。丧乱中流寓于蜀，仕前蜀为起居郎，后主王衍时累官御史中丞等。以诗词擅名，尤工词。有辑本《牛中丞词》，凡十四首，仅存诗一首。

毛文锡（生卒年不详）　字平珪，高阳（今属河南）人，年十四登进士第，官拜司徒。前蜀亡后曾随后主归后唐，又入蜀事后蜀主孟昶，以词为蜀主所赏识。

李　珣（881之后—?）　字德润，梓州（今四川三台）人，其祖先为波斯人。未曾做官，被称为李秀才。有诗名，所吟往往动人，且精通医理。以词著称。

杨　溥（901—938）　庐州合肥人。公元920年即五代吴王位，在位十七年。禅位后徙居润州丹阳宫，随即遇害。存诗一首，为移居润州途中作。《全唐诗》归于李煜名下，实误。

冯延巳（903—960）　又名延嗣，字正中，广陵（今江苏扬州）人。南唐中主李璟时，官至左仆射同中书门下平章事。有《阳春集》，录词一百一十九首，其中杂有他人词。《全唐诗》存词七十八首，诗一首。

孟宾于（生卒年不详）　字国仪，自号群玉峰叟，连州（今属广东）人。公元944年登进士第，官至水部郎中，分司南都。南唐亡便辞归故里，不久卒。现存诗九首。

花蕊夫人（生卒年不详）　或与孟昶之生卒年（919—965）差近。据赵翼《陔余丛考》所载，此花蕊夫人当为后蜀主孟昶妃，一说姓徐，一说姓费。青城（今四川灌县）人，能文。蜀亡入宋宫，为太祖所宠，口诵国亡诗。

李　璟(916—961)　初名景通,改名瑶,后名璟,字伯玉,徐州(今属江苏)人。继其父李昪为南唐主,在位十九年。庙号元宗,世称中主或嗣主。文化素养甚高,史书称其音容娴雅,眉目若画。好读书,多才艺,十岁能赋新竹诗。李璟现存词四首曰《应天长》《望远行》《摊破浣溪沙》(二首)。后人把他和其子李煜的作品,合刻为《南唐二主词》。

李　煜(937—978)　字重光,徐州人,南唐中主第六子。公元961年继位,世称李后主。公元975年,国亡为宋所俘,三年后被毒死。现存诗十八首,词三十四首。

河南文艺出版社部分诗词类图书

臧克家　主编

毛泽东诗词鉴赏·增订二版　大32开(精)　30.00元(已出)

季世昌　徐四海　主编

毛泽东诗词唱和　16开(精)　30.00元(已出)

陈祖美　主编

唐宋诗词名家精品类编(全套十种)

黄河之水天上来·李　白集　大16开(平)　46.00元(已出)

每依北斗望京华·杜　甫集　大16开(平)　42.00元(已出)

相见时难别亦难·李商隐集　大16开(平)　46.00元(已出)

烟笼寒水月笼沙·杜　牧集　大16开(平)　32.00元(已出)

万里归心对月明·唐代合集　大16开(平)　49.00元(已出)

一蓑烟雨任平生·苏　轼集　大16开(平)　46.00元(已出)

杨柳岸晓风残月·柳　永集　大16开(平)　39.00元(已出)

但悲不见九州同·陆　游集　大16开(平)　45.00元(已出)

壮岁旌旗拥万夫·辛弃疾集　大16开(平)　40.00元(已出)

云中谁寄锦书来·宋代合集　大16开(平)　46.00元(已出)

贺新辉　主编

元曲名家精品鉴赏(全套五种)

错勘贤愚枉作天·关汉卿集　(已出)

天边残照水边霞·白　朴集　(已出)

困煞中原一布衣·马致远集　(已出)

愿有情人都成眷属·王实甫集　(已出)

重冈已隔红尘断·元代合集　(已出)

广东中华诗词学会　编

中华新韵府·韵字袖珍版　128开(精)　6.00元(已出)

李中原　编

历代倡廉养操诗选　大32开(平)　18.00元(已出)

邓国光　曲奉先　编

中国历代咏月诗词全集　大32开(精)　50.00元(已出)

史焕先　主编

江水北上——"南水北调邓州情"诗歌作品选　16开(精)　38.00元(已出)

本社图书邮购地址:(450011)郑州市鑫苑路18号11号楼

河南文艺出版社　图书发行